Jerome Weidman
"Fourth Street East"

東四丁目

ジェローム・ワイドマン

常盤新平＝訳

紀伊國屋書店

ペギーと
私たちの息子
ジェフとジョンに

装画　木内達朗
装丁　木庭貴信（オクターヴ）

四番街
三番街
二番街
一番街
アヴェニューA
アヴェニューB
アヴェニューC
アヴェニューD
アスター・プレイス
東四丁目
ルイス・ストリート
ハウストン・ストリート
ハミルトン・フィッシュ・パーク
スタントン・ストリート
ブロードウェイ
デランシー・ストリート
アレン・ストリート
ラファイエット・ストリート
North
N
イースト・リヴァー
マンハッタン島
イースト・リヴァー
ハドソン・リヴァー
ロワー・イースト・サイド

ロワー・イースト・サイド

第一章 家長

The Head of the Family

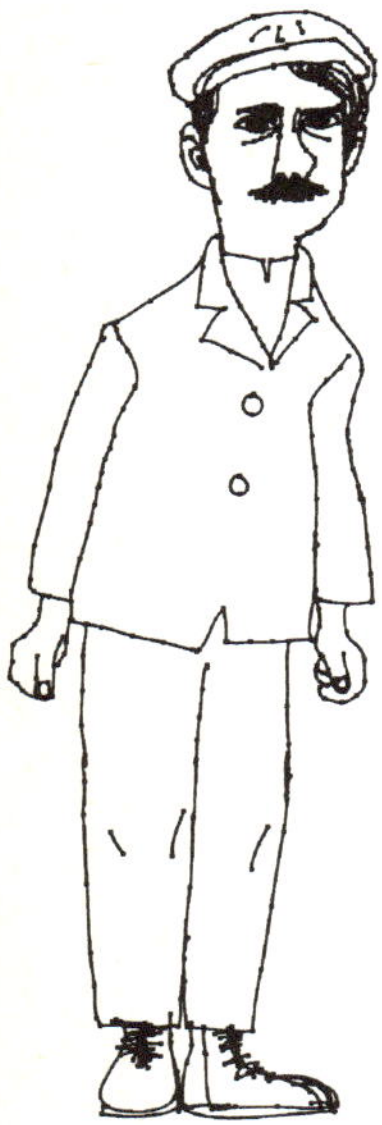

ひとつ学んだこと。複利で金持ちになるのは、銀行家しかいないということだ。そのほかの人は金持ちになる近道を考え出すしかない。私の父は考えつかなかった。

父は何も考えつかなかったと言う人たちがいる。たしかに才気ばしった人ではなかった。まぬけと言われていたのも聞いている。そうだったのかもしれない。そうだとすれば、父はばか正直だったのだ。二週間前の日曜日の朝、私はいつのまにかそのことを考えていた。父が埋葬された日だった。

その四十八時間前、父は朝食をすませたあと、心臓発作でぽっくり逝った。ぽっくりというのが、文字どおりぴったりの言葉だ。食卓をはさんで父と向かい合っていた母が言うには、父は立ち上がって、それから倒れたそうだ。この二つの不意の動きのあいだには、なんの切れ目もなかった。医者は、あまりにも突然の死だから、お父さんはきっと痛みを感じる間もなかったはずだと言った。医者の言うとおりであればいいと思う。父にはそれがふさわしい。八十二歳の誕生日を迎えたばかりだった。私の知るかぎり、八十二歳を祝ってもらった人はほかにいない。

三十歳までのことは人から聞いた話でしか知らない。私は父が二十八歳のときに生まれた子供で、二、三歳までは一方の親、つまり母のことしかわかっていなかったようだ。これはべつに驚くにあたらない。母をまぬけだと言う人はいなかった。

三つか四つになって、家に第三の人物がいるという印象を持ちはじめた。二人の大人と暮らしているという事実を受けいれて何年もたってから、私は父の若いころの話を耳にするようになった。

話は、たいてい母を訪ねてくる親戚から聞いた。家に立ち寄る近所の人たちからも聞いたが、彼らはいつも母に会いにきたのだった。近所の店の主人たちからも聞いた。私は母のお使いで、朝食のロールパンやできたてのコンビーフを貯蔵するための硝石を買いに行ったのだ。どの話も私が直接耳にしたわけではない。私の頭の上を通り過ぎていった声の断片である。笑い声がまじる話もあった。そのころ、親戚からみれば、父が物笑いの種であることに私は気づかなかった。こういう話し声のなかでも、とりわけドイッチェ食料品店やレッサーさんのドラグストアで耳にする話には、聞いていて不愉快になる棘《とげ》があった。近所の人たちにとって父が軽蔑の的であることに、そのころは気づかなかった。

私の頭の上を通り過ぎてから消えてしまった話もある。どんな内容だったかは覚えていない。たくさんのことが頭に残った。そのことに気づかなかった。煙草のかすがポケットの隅にたまっていくように、それは知らないうちに積み重なっていった。二週間前の日曜日の朝、掘られたばかりの墓の脇に立っていると、ほぼ半世紀にわたって積もり積もった声の断片が突然ひとつの形をとりはじめた。父が死んだ今になって、父の姿がはっきりと見えてきた。

ジョゼフ・ターディアス・アイザック・クレイマーは一八八五年か一八八六年に生まれた。生年が定かでないのは、父も私も父の出生証明書を捜し出せなかったからだ。父は、自分が生まれたヨーロッパの片隅でこういう記録をとる慣わしがあったかどうか覚えていなかった。たぶん父の出生はどこにも正式に記録されなかったのだろう。

けれども、一九一四年に交付された父の米国市民権証書には、父の生まれた年は一八八六年になっている。たとえ父が書類の空欄を埋める役人にせきたてられて、乏しい記憶から当て推量を言ったのだとしても、おそらくその推測は、一九一四年にはかなり正確だったのかもしれなかった。そのとき、父はまだ二十九歳のつもりでいた。母の感じ方は違っていた。

母の生年は間違いない。母をこの国に連れてきたオランダ船の三等船室乗船券に、アンナ・ツヴィルン、一八八五年生まれとはっきり記されている。だから、もし生まれた年について一九一四年の父の当て推量が正しければ、ジョゼフ・ターディアス・アイザック・クレイマーは、妻より一歳下ということになる。母はそれが気に入らなかった。

もうひとつ、母が気に入らなかったのは、父の家系が複雑なことだった。

私の父の父親は、オーストリアかポーランドのウォロショノヴァという町の近くの街道筋で宿屋を営んでいた。そういうところがはっきりしないのはもどかしいが、しかたがない。

このあたりの両国の国境は、戦争の勝敗しだいとは限らないが、たびたび変わっていたのだ。父の父親――祖父とは考えにくいのだ――の商売は繁盛していた。宿屋は、ワルシャワへ通じる本街道に合流する道路沿いにあった。

父は男ばかり七人兄弟の四男坊だった。誰も学校教育を受けていない。たぶん地元に学校がなかったのだろう。あるいは父の父親が学校教育を信用していなかったのかもしれない。私が子供のころに頭の上を通り過ぎた声の断片はどれも、この話題には触れていなかった。

父と兄弟は宿屋の周辺で野良仕事をしたり、ワルシャワの旅の途中で立ち寄る客たちが疲れを癒しているあいだに、馬車馬を取り替えたりしていた。父が野良仕事をどう思っていたのか何も覚えていないが、きっと馬の仕事は好きだったのだと思う。だからこそ、十八歳で徴兵されて、フランツ・ヨゼフ皇帝の軍で三年の兵役に服したとき、父は騎兵隊に配属されたのだろう。私は夢物語のようにこう考えていたものだが、実のところはどうだか怪しいものだ。オーストリア騎兵隊では、父の任務は馬の手入れと厩舎掃除だったのだ。けれども、父はきっとこの仕事を楽しんでいたという気がしている。

父が家を出て軍務に就いているあいだに、父の母親が亡くなった。彼女の話で覚えているたしかな事実は、死んだときのことだけだ。ある日、宿屋の中庭で馬車を停めた客に飲物を出そうとして、つまずいて転んだのだった。石で頭を打っていた。彼女は自分のベッドに運ばれた。地元に医者がいなかったからなのか、父の父親が医者という職業を学校教育と同じように考えていたからなのか、それはわからない。わかっているのは、父の母親が四日間昏睡状態で寝ていたということだけだ。そして亡くなった。父が二十一歳で軍隊から戻ってきたとき、父の父親は再婚していた。継母は十九歳だった。

この再婚の事情についていては、胸中穏やかでないものがある。私の頭の上を通り過ぎた声の断片には、今ならわかるのだが、年老いた夫と若い妻にまつわる昔ながらのジョークがいろいろとあったのだ。父の父親がいったい何歳だったのか、私は知らない。けれども、父が軍隊から帰ってきたのは二十一歳で、あとの六人の兄弟のうちで長兄は二十九歳だった。誰も結婚していなかった。父は戻ってきて、兄弟とともに厩舎や畑で働いた。

どうして父が兵役後に家族のもとに長くいなかったのか、はっきりしない。親戚からそれとなく話を聞き出そうとしたが、むだだった。やはり感じとるしかないのだ。わかったのは、この大人たちは誰も事実を知らせて、少年のくだらない好奇心を満足させてやるのがいいとは思っていないということで、彼らの考えでは、その話を聞くには私はまだ幼すぎるのだった。私が耳にした事実のなかには、誰かさんの軽率な詮索とぴたりと符合するものがあった。ほかの人にシュヴェイグ！　とぴしゃりと言われて、あわてて口をつぐんでいたが、それは、父の父親の七人の息子のなかで、若い新妻は私の父が一番のお気に入りという話だった。

おそらく彼女は父を好きでたまらなかったのだろう。いずれにしても、父は軍隊から戻ってきて二、三カ月後に、ウォロショノヴァ近くの宿屋を出てアメリカへ向かった。父親に祝福されて出発したのではあるまい。きっと父親からは一銭ももらわずに家を出たのだ。オーストリア(またはポーランド)のウォロショノヴァからニューヨーク港のキャッスル・ガーデンまでの旅は、三年かかった。父は働いて旅をつづけた。

何をして働いていたのかわからない。父はこの三年間の生活のことをいっさい口にしなかった。幼い私の頭の上であれほどあけすけに語っていた親戚や近所の人たちも。

あの三年間のことは不思議でしょうがない。どうして黙っているのだろう。今にしてみれば、あれは完全な黙秘だった。私は父が愚痴をこぼすのを聞いたことがない。もちろん喜びの言葉を口にするのも聞いたことがない。自分のことでという意味で。

父はいつも子供たちや妻、近所の人、上役、親戚、道行く人を褒めちぎった。父には、この世のいかなる悪も、そこに住む人間が創り出したものではないという堅い信念があった。むろん、こんなふうだから父はまぬけと言われたのだ。アメリカまでの三年の旅を考えてみても、常識からすれば、父が鈍いということは少なくとも間違いないらしい。

父がヨーロッパやアジアの各地を働きながら渡り歩いているころ、セルビアのアレクサンドル一世や王妃や多数の王族が、凄惨な暗殺によって葬られた。日露戦争の影響は、サンクトペテルブルグからウィーンまでの首都の暴君たちを揺さぶり、生け贄を求めてやまなかった。ドイツのヴィルヘルム二世はモロッコ危機を解決しようとタンジールへ向かう途中、三度の暗殺計画からかろうじて免れた。ガポン神父は労働者団体を率いて直訴状を携えロシア皇帝の宮廷門に向かったが、その労苦も残忍な大虐殺に終わった。モスクワでは暴動が起きた。ワルシャワやベルリンでは、ユダヤ人は夜間外出禁止になった。青年トルコ党員はオスマントルコ帝国を支配しようと、権力を笠に着はじめたとき、国策として反ユダヤ主義に絶大な効果を発見した。

あのころ無一文のユダヤ人青年がひとりで生きていくのは、容易でも安全でもなかったはずだ。それもアメリカへ行く三等船室の運賃を貯めながらの旅だった。三年の苦難に満ちた旅の道筋には二つの大陸があり、そこでは残酷な抑圧の手段を必死に講じて、自国のほころびを取り繕おうとしていた。父がどうやってそこを切り抜けたのか、私には知る由もない。知りたいのかどうかもよくわからない。堅く口を閉ざすのが、父の処世術だったのではあるまいか。どんなに残忍で卑劣なことがあったとしても、悪には背を向けるのが父の才量であり、それだから父はあの時代を生き抜いて、笑顔でニューヨーク港に到着できたのだと思う。

笑顔だった証は、私の記憶と同じく、噂ではなかった。目撃者がいる。私たち家族はいつもこの目撃者をヨキブおじさんと呼んでいた。そのころはどうしてそう呼ぶのか知らなかったし、気にもならなかった。今にして思うと、ヨキブおじさんが生きているころ、私はずっと彼が嫌いだった。とうの昔だが、彼が亡くなったと聞いて、その知らせを喜んだ自分に戸惑い苦しんだ覚えがある。二週間前に父の墓前で、ようやくそのわけを理解した。

ヨキブおじさん――そう呼ばれていたのは、言わせてもらうと、うちの親戚だったからではなく、ただ彼もウォロショノヴァ出身だったからにすぎない——こそが、父にまつわるたくさんの笑い話のうちで、最高ではないにしても最初のものを作り上げた人だったのだ。その笑い話は、私が幼くてまだ理解できなかったころに、頭の上で交わされていた。

そのころ、移民局のキャッスル・ガーデン職員には、イディッシュ語で「案内人」と呼ばれている人たちがいた。彼らの仕事は、行くあてのない移民たちを、ニューヨーク近辺の一番近い親戚や友人の家に案内することだった。この慣習は賢明だったと思われる。

当時、中央ヨーロッパから来た移民たちは、大多数ではないにしても読み書きができない人が多かった。英語を話せる移民は皆無に等しかった。新世界へ来るという大旅行を除けば、彼らが生まれた田舎町、つまりシュテトルより遠くへ旅に出た人などめったにいなかったのである。彼らの無知なことといったら、まるで子供のようだったのを今でもはっきりと覚えている。インド諸国の富を積んで到着した人はひとりもいなかったと言っていいだろうが、まったくの無一文でたどり着いた人もまずいなかった。ほとんど全員が、なけなしの貯金をはたいてアメリカへ渡る旅費を払った残りの、わずかばかりの金は身につけていた。人に盗られて惜しいものなどごくわずかしかなかったが、それでもないわけではなかったらしく、それが当時の暗黒街に目をつけられた。

港に着いた哀れなカモを狙った強盗は、いつまでもつづいていたかもしれない。港の犯罪者たちが売春にまで手を広げはじめると、さすがに当局も動き出した。移民のなかには美しい女性ももちろんたくさんいたのだ。一般の人たちの抗議の声が聞こえるようになった。そこで、行くあてのない移民は案内人をつけて送りとどけるという方法が生まれたのだった。

父がキャッスル・ガーデンに上陸したとき、父を待つ人はいなかった。誰かいたとすれば、それこそ奇跡だ。そして父は、大多数の移民と同じように奇跡の国へ旅していることを知っていたから、おそらく驚かなかっただろう。けれども、父はウォロショノヴァを出たとき、アメリカに行くつもりだとは誰にも言わなかった。自分でもわかっていなかったのかもしれない。少年のころ頭の上を通り過ぎた声の断片をかきまわしてみると、父があわただしく郷里をあとにしたとき、行き先を決めてはいなかったという気がする。父は、人間に最も古くからある欲求に衝き動かされて旅に出たように思われる。つまり、自分と不愉快な事情との間に距離をおきたいという欲求。

アメリカに行きたいという欲求——どうやら移民たちは、ニューヨークやシカゴやサンフランシスコへ行くとは言わず、まさしく黄金の大陸へ行くと言っていたらしい——は、ヨーロッパを放浪していた三年のあいだに、いつしか心の中で形をとりはじめたのにちがいない。あるとき父から聞いた話だが、ニューヨークに着いたときは、自分がアメリカの土を踏んだ最初のウォロショノヴァの市民だと信じていたそうだ。もちろんそれが間違っていたことは、キャッスル・ガーデンの移民局ですぐにわかった。

身の振り方にも明らかにいろんな型があるということがわかって、移民局は効率よく相互を参照する方法を編み出した。誰にでも出身地はあるはずだ。誰がどこから来たのか記録をつけておけば、あとからやって来る人たち全員の対応策に糸口ができる。たしかに移民局は、少なからぬ男女がウォロショノヴァからアメリカへ来たことを知るのに、長くはかからなかった。まもなく、ヨキブ・バールファインという男が、父がニューヨークに着く三、四年前に、アヴェニューDとルイス・ストリートの間の東四丁目にある、これもまたバールファインという名のもうひとりのウォロショノヴァ出身の男の家に案内されていたことが明らかになった。キャッスル・ガーデンの案内人は、父をバールファインの家に連れて行くよう指示された。

そこは給湯設備のない六階のごみごみした部屋で、のちに「旧法」安アパートとして知られるようになる、いつ火事になってもおかしくない建物だった。バールファイン家の人たちは父に会ったことはなかったし、父も会った覚えはなかった。しかし、みんなウォロショノヴァのはずれにあるクレイマー旅館のことは知っていて、父を歓迎してくれた。数年後、湯の出ない私たちのアパートで母が開いた私の堅信礼《バル・ミツバ》を祝うパーティで――費用を出したのは父だが、パーティを開いたのは母だった――私はこの歓迎の模様を耳にした。

私は、お祝いの記念にお客さんたちから贈られた万年筆八本と懐中時計と五ドル金貨六枚を持って、安全な寝室へはいった。秘密の場所である鏡台の引出しのシャツの下に贈り物を隠して、私はまたパーティに戻ろうと引き返した。そこは、寝室のドアの前でみんなを笑わせていたヨキブおじさんと数人の客たちにふさがれて通れなくなっていた。

たぶん彼は私を見たかもしれない。見なかったかもしれなかった。いずれにせよ、彼はそこをどかなかったし、おしゃべりもやめなかった。ドイッチェ食料品店やレッサーさんのドラグストアでみんなが父の話をしていたときのように、私の頭越しに口をきくこともしなかった。どちらかと言えば、私がすぐ後ろにいることに気がついて、ヨキブおじさんが声を張り上げたように私には思われた。すぐに、父がアメリカの土を踏んだ第一夜のことを話していると察しがついた。私がその集まりに近づく前にどんな話をしていたのか、もちろん知らない。けれども、そこで耳にした話から、聞きのがした話の内容を想像するのは難しいことではなかった。

「まぬけで《シュミエル》、まぬけで」とヨキブおじさんはクスクス笑っている取り巻きたちにイディッシュ語で言った。「そりゃあ、まぁね、青二才で、船からおりたばかりなんだ。わしらみたいに垢抜けしてると期待しちゃいない。だが、なんてこったい、これほどの阿呆とはね。こんなのにお目にかかるのは、一生に一度だよ。さあ、これからだ。わしらは便所を見せてやったところだった。そしたら石鹸を貸してくれと言うんだ。便器で手を洗うからってね。それからな、ガスの火に指を突っ込んで、なんでこんなに青く燃えているのか見るんだよ。だから言ってやったよ。もういい、食事にしよう、だがな、もうアメリカにいるんだ、これからはアメリカの食い物しかないとね。そこでわしはバナナをあげた。みなさん、わしらはみんなで見ていたよ。するとこのまぬけ、バナナを見たことがなかったんだね。あのね、なにか大事なものを持つようにして、そうだな、知らんがね、ピストルでも持つみたいにして、バナナを手の中でひっくり返してみたんだよ。爆発するとでも思ったのかね。私は言ってやったよ。さあ、食べてごらん、うまいぞ。アメリカの食い物だ。食え。そしたらこのまぬけ、どうしたと思う？　バナナを口に突っ込んで、食い始めたんだ、皮のまま丸ごと。全部食っちまった、皮からなにから！　顔にずっと、あのまぬけな薄ら笑いを浮かべてね、さも、うまそうに！　楽しくてたまらないみたいに！」

父は楽しんでいたのだということが、ヨキブおじさんには思いあたらなかったらしい。二週間前に父の墓前に立つまでは、私も思いあたらなかった。今、そのことを思い描いてみると、ヨーロッパやアジアの一部を三年間も食うや食わずで渡り歩いてなんとか生きのびた青年の姿が見えてくる。彼は久しく不可能に思われたにちがいないことを、ようやくやってのけたのだ。アメリカの土を踏む。笑みもこぼれてくるはずではないか？　残飯をあさって長い間生きのびてきたその同じ若者が、二、三時間後に新鮮な果物をもらう。皮ごと全部がつがつ食って、にっこり笑う以上に自然な反応があるだろうか？

私ならそれ以上のことをしていたのではないかと思う。得意気に大笑いしている自分の声が聞こえる。しかし、今にしてわかるのだが、父の性格の特徴だった、身についた慎ましさが私には欠けている。父は得意気に笑う人ではなかった。静かに受け入れる人だった。

アメリカを受け入れ、アメリカの果物を、ヨキブおじさんにまぬけだと思われた笑みを浮かべて受け入れながら、父は次の課題に目を向けていた。バールファインの家でどうやって生活費を稼げばいいのか。そこではウォロショノヴァ出身でない人でも、家賃の割り前を払っている限り、みんな歓迎されるのだ。父はまさにその翌日には仕事を見つけて稼ぎ、こうしてヨキブおじさんにもうひとつ、とっておきの笑い話を提供したのだった。

　東四丁目のバールファイン家に下宿していた若い移民はみんな、ブルックリン・ブリッジの陰に隠れたようなアレン・ストリート界隈の、紳士服を縫製する酷使工場《スウエット・ショップ》で働いていた。当時、ニューヨークにいる移民男性の大半は「衣類製造業《クローク・アンド・スーツ》」に従事していた。十分な人手があるとはとうてい思えない産業だった。その結果、工場主は手に職のない男たちを喜んで採用した。アメリカに着いて二、三日の移民たちの行動は、どれも似たようなものだった。一日目、友人か親戚の家に行って、再会。二日目、友人か親戚の働く酷使工場《スウエット・ショップ》へ行って、就職。父は、このお決まりの手順を知らなかったか、それに魅力を感じなかった。いずれにしても、父が到着した翌日の早朝、ヨキブおじさんが起きて、新しい下宿人を自分の働いている職場に連れて行こうと探したときには、父の姿はなかった。このことでヨキブおじさんやバールファイン家の人たちの関心をひいたとしても、なにが起きたのか、ヨキブおじさんの話からはよくわからなかった。私なりに語ってみたい。

　父はとても興奮していて、なかなか寝つけなかった。ヨキブおじさんとその取り巻きたちが死ぬほど笑ったあと、五、六時間はまんじりともせずに横になっていた。夜が明けるちょっと前、父はあてがわれた幅が半分のベッドにじっとしていられなくなり、起き出してそっと服を着ると、こっそり階段をおりて通りへ出た。恐怖感はなかった。ワルシャワからモスクワへ、イスタンブールからマルセイユへと放浪してきた男が、朝日の中で目覚めはじめる黄金の国の街並みに怖気づくはずもなかった。父は歩きだした。目に映るすべてのものがおもしろかった。そのほとんどが、モスクワやワルシャワやマルセイユの街で見たものと似ていなくもなかったのだ。

東四丁目を出て二、三時間すると、父は足を止めて、男が荷馬車から牡蠣の籠をおろしているのを見ていた。父はマルセイユで、牡蠣の荷降ろしをして食事にありついていたのだ。男は父に手を貸してくれと頼んだ。父は喜んで手伝った。馬車の荷降ろしが済むと、男は父に、一緒に朝飯をどうかと誘った。あとでわかるのだが、そこはロワー・ブロードウェイにあるフライシュマンズ・ホテルの従業員食堂だった。

会話が途絶えることはなかった。当時ニューヨークでは、誰もがイディッシュ語を話していた。あるいは、父にはそう思われた。実は私も、五歳で母に第一八八公立小学校の幼児クラスに入れられるまでは、そんなふうに思っていた。そのころまで私はイディッシュ語しか知らなかった。私は今でも、昔ヨキブおじさんの嘲笑を誘っていたあのしゃべり方をする。父の故郷、オーストリア（またはポーランド）の田舎訛りで。その訛りから生まれる歌うような調子が気に入っている。きっと、ホテルの食堂にいた人たちもそうだったのだろう。昼食をとりに客が大勢やってくるころには、父は真っ白な前掛けをつけ殻剝きナイフを構えて、牡蠣を並べたカウンターの向こうに立っていた。

のちに父をまぬけと言った人たちは、臆病な先輩たちに捕虜のように連れて行かれて、黄金の国の酷使工場《スウエット・ショップ》で初仕事の足かせをはめられていた。父は初仕事を自分でみつけた。薄暗くて風通しの悪い、鼠や虫の這う工場で、鞭にすくむ農奴のように、犠牲者たちがミシンに身をかがめている、そんな職場ではない。絵や鏡が華やかに飾ってあり、グラスの鳴る音や笑い声が明るく響きわたる広い部屋に、父は初仕事をみつけたのだ。そこで父は誇らしげにしゃんと立ち、腕を要する難しい仕事を楽々とこなしていた。父はこの初仕事を愛したし、同僚たちも父を愛した。今ならわかるのだが、ヨキブおじさんがあんなに躍起になって、父にこの仕事をやめさせようとしたのは、このことも理由のひとつだっただろうし、もしかすると理由はそれだけだったのかもしれない。

ヨキブおじさんの言い分には説得力があった。ユダヤ人は聖書によって牡蠣を食べることを禁じられていた。だから牡蠣を扱うことは神を冒瀆することだった。異教徒のために働くのは、とくに禁じられてはいなかった。アルコールを出す店に勤めることも。けれどもその二つが重なるとなると、眉をひそめられてもしかたなかった。たしかに父は、日曜日に働くことにしてもらって、土曜日はシナゴーグの礼拝に出られるようにしていた。しかし実際にこういうことができたのも、もうひとりの牡蠣剝き職人がたまたまあまり信心深くないユダヤ人で、彼が日曜日を非番に選んだからである。父はそのことでヨキブおじさんに、ユダヤ人同胞の魂の破滅に手を貸していると注意された。そして最後にはもちろん、お金の話になった。酒場で牡蠣の殻を剝くことは、熟練を要する職業ではなかった。なるほど父は、衣類縫製工場の見習いより少しばかり稼ぎがよかったけれども、それ以上腕が上がることはなかっただろうし、ということはつまり、現状より稼ぎがよくなることもなかっただろう。父の仕事に将来はなかった。手に職をつけ、その腕前が生かされる仕事ができるようになるまで、父に将来はなかったのだ。そして将来がなければ、男一匹、アメリカに来てなんになるか？

父はヨキブおじさんの説得に礼儀正しく耳を傾けた。私の頭の上を通り過ぎた話の断片に、父の行儀をけなしたものはなかった。父は聞き上手だった。夜ごと東四丁目でヨキブおじさんの話を聞き、朝は朝でロワー・ブロードウェーのオイスター・バーに出かけて行った。そしてある晩、おそらく父がアメリカに来て一年ほどたったころ、父は仕事から帰ってきて、ヨキブおじさんの湯の出ないアパートで、なおざりにはできない話を聞いたのだった。

ヨーロッパからやって来た青年は「衣類縫製工場」のミシンに直行させるのが日常茶飯事だったのと同じように、移民の娘たちは決まって「奉公先《プレース》」へ連れて行かれた。「奉公先」は、家事をする人手を必要としていて、それに賃金を払える家庭だった。「奉公先」はみな、あのとらえどころのない未知の土地、十四丁目の北にあって、「山の手《アプタウン》」として知られていた。ここの人たちは裕福だった。ここの人たちはいつもいい召使いを捜していた。移民の娘を「奉公先」にあがらせる手配をしていた人たちは、自分たちが召使いの仕事を世話していると思っていたわけではなかった。彼らがしていたのは、難しい問題を八方まるくおさまるように片づけることだった。誰もが働かなければならなかった。少女でも。だが少女たちも身を護られねばならない。彼女たちを放っておけば、男たちの餌食になりかねないのだ。移民の娘たちは手に職がなかった。ヨーロッパではたいてい、娘は家事で両親を手伝う以上に腕のいる仕事はしなかったし、農家なら雑用をしていればよかった。乳を搾る牛も餌をやる鶏もいない、ごみごみした都会で、こういう娘たちが何をして稼げばいいのか？　掃除ができる。料理ができる。食事の給仕ができる。幼い子供の世話ができる。寝床や食事と引き換えに、ちゃんとした家庭でこういうことができるのなら、それは利口な身の振り方とみなされただろう。移民の娘は「奉公先」にあがるのが一番望ましいとされたのは、食べさせてもらって、寝るところがあって、その上、ある程度の賃金も支払われたからだった。

そういうわけで、アメリカに来て二、三日の移民の娘たちの行動は、男たちと同じように、やはり決まりきったものになった。一日目、友人か親戚の家へ行って、再会。二日目、来る前から見つけてあった「奉公先」へ。アンナ・ツヴィルンは父と同様、このお決まりの手順を知らなかったか、それに魅力を感じなかった。彼女は、ハンガリーのクライン・ベレズナ、つまり小ベレズナと呼ばれる町の近くの農家に生まれた。兄弟姉妹がたくさんいた。何人いたのか、私にはまったくわからない。農場をつづけていくには養いきれないほどの家族がいたか、あるいは必要以上に多すぎたのだろう。十二歳になったアンナ・ツヴィルンは土地の慣習に従って、グロス・ベレズナ、つまり大ベレズナという町か市の家庭に奉公に出された。食事と寝床を与えられ、それにわずかばかりの金を年に二回もらった。半年ごとにこの金は二つに分けられた。四分の三は農場にいるアンナの両親のもとへ送られ、四分の一はアンナの小遣いになった。彼女はその金を一銭も遣わなかった。

十一年後、二十三歳のアンナは、アメリカ行きの三等船の切符を買えるだけの金を貯めていた。彼女は、クライン・ベレズナの農場にいる両親には何も告げずにグロス・ベレズナをあとにした。ほかの誰にも知らせなかった。彼女がキャッスル・ガーデンに着いたとき、頼る人はいなかった。移民局が作った相互参照法で、ツヴィルンという姓の入国者は最近いないが、ここ二、三年、クライン・ベレズナやグロス・ベレズナあたりからハンガリー人の移民が大勢アメリカにやって来て、東四丁目に住んでいることがわかった。案内人は、アンナ・ツヴィルンをエクヴェルトという同郷の人の家に連れて行くよう指示された。エクヴェルト家は、「旧法」アパートのバールファイン家の真下にあたる、湯の出ない部屋に住んでいた。その一年ほど前に、ジョゼフ・ターディアス・アイザック・クレイマーの家にもなっていたアパートだった。

エクヴェルト家は、バールファイン家が父を歓迎したように、アンナ・ツヴィルンを歓迎した。感激して。彼女は自分たちのシュテトルから来たのだ。困惑もして。食い扶持がひとり増えたのだ。そして陽気に。「新入り」はいつでも、おふざけにはもってこいだった。アンナ・ツヴィルンにはちっとも面白いところがなかった。彼女はバナナをもらうと、皮を剝いた。

第一夜のうちに、予期せぬ来客にはなんの準備もできていなかったので、急ぎの使いが東四丁目を駆けずりまわり、事前にじっくり集めておくはずの情報をあわてて捜しまわった。寝るころには問題は解決していた。アンナ・ツヴィルンに「奉公先」が見つかったのである。

朝になって、クライン・ベレズナから来た娘は、またもやその家の主人たちを驚かせた。アンナ・ツヴィルンが「奉公先」に案内されるのを断ったのだ。彼女が十一年間小遣いを貯めて黄金の国へ行く船賃にしたのは、グロス・ベレズナで青春の半分を捧げた賤業に戻るためではなかったのだ。彼らにその気があれば、彼女を通りへ放り出すこともできた。彼女は女中の仕事に就くつもりはなかった。

彼女はほかに手に職がなかったので——東四丁目の移民たちは娘向きの仕事をほかに知らなかった——エクヴェルト家は厄介な問題を抱えてしまった。東四丁目はどこもそうだが、彼らは貧しかった。他人を一晩泊めてやることはできた。いつまでも養ってやるわけにはいかなかった。その一方で、アンナ・ツヴィルンが言い出した、もうひとつの方法をとることもできなかった。彼女を通りに放り出すわけにはいかなかったのだ。エクヴェルトさんは上の階へ行って、友人のヨキブ・バールファインに相談した。その夜、父が仕事から帰ってくるころには、問題は解決していた。

ヨキブおじさんは父をバールファイン家の居間へ連れていった。安息日しか使わない部屋だ。アンナ・ツヴィルンが窓際の椅子にすわっていた。父は彼女に会ったことがなかった。ヨキブおじさんはアンナを部屋の中央に呼んで、安息日の料理を並べるオーク材の丸テーブルの上に抱き上げた。

「この娘と結婚するんだ」とヨキブおじさんは言った。「おまえの義務だよ」

父は義務を果たした。義務をちゃんと果たすには、生き方を変えなければならなかった。独身なら、牡蠣の殻剝き職人に将来はないというヨキブおじさんの意見に逆らうこともできた。妻帯者となっては逆らえなかった。

結婚式の二、三日前、父は、グラスの鳴る音や笑い声が明るく響きわたる、天井が高くて風通しのよい、華やかに飾られた鏡のある部屋で、友人たちに別れを告げた。父はそこで一年ばかり、腕を要する難しい仕事を楽々とこなしてきたのだった。あくる朝、父はヨキブおじさんに連れられて、アレン・ストリートにある薄暗くて風通しの悪い、鼠や虫の這う工場へ行った。父をまぬけ呼ばわりした人たちも、鞭にすくんでいるかのようにミシンに身をかがめるやり方ぐらい、父がすぐに覚えたことは認めた。学ぶことなどほとんどないのだろう。父はそれ以来、亡くなる直前まで、「衣類縫製工場」で過ごした。

もちろん私は推測するしかないのだが、察するところ、それが無難ということだったらしい。「衣類縫製工場」で働くことは、命がけでやるほどの精神の充実という意味では、父には得るものなどなかったはずだ。ほかの人たちは、酷使工場《スウエット・ショップ》の労働条件に対する闘争にそれを見いだしていたと思われる。父はこの闘争に参加した。事実、父は、「経営者」から苦闘の末に最初の譲歩をかちとる草分となった小グループの一員で、その譲歩がきっかけとなって、今では国家の主要産業を左右する誇り高き裕福な労働組合の確立へとつながるのである。だが父の参加は、たとえそれがどんなに身の危険を伴うことだったにしても、そして当時の状況からすれば、その危険は生半可なものではなかったはずだが、革命の情熱に衝き動かされてのことではなかっただろう。きっと、ただ恥ずかしがりやだっただけなのだ。父は内気な人だった。世間の注目を避けるだけではなかった。ちょっとした視線にも怖じ気づいていた。視線を避けるためなら、その他大勢という保護色を得るためなら、その人たちが何をしていようと、父はあわててその仲間にはいっただろう。その集団がピケを張ることになったとすれば、父が真っ先に思い浮かべるのは、頭を殴られるかもしれないということではなく、出て行かないとみんなにしりごみしていると思われることだった。父はしりごみしなかった。

「こいつはたいしたとんまだよ」とヨキブおじさんがあるとき私の家で数人の客に言った。彼らは、私の父が頭を割られたというので、見舞いがてら母とお茶を飲もうと、うちへ来たのだった。「工場に駆け込んできた人がいて、『銃撃隊の隊長だ！　射撃できるやつが要る！急げ、誰かいないか！　命がけで志願するやつは！』と叫んだとする。どうなると思うかね？」ヨキブおじさんは寝室のドアのほうに顔を向けた。そのドアの向こうには、父が頭に包帯を巻いて寝ていた。「ジョー・クレイマーは、射撃兵がいないので、隊長がひどく気の毒になり、ミシンからいきなり立ち上がると、こう言うんだ。そんなにがっかりしないでください！　私を連れていってください！」

私が思うに、たとえ主義主張が申し分のない正当なものだったとしても、父はその集団にはいっても、精神を満たされることはなく、あげくは頭を割られ、その満たされない思いが父の生涯をかけたあの情熱へとつながっていったのではないだろうか。

そもそものきっかけについては、法的にたしかな証拠となることは何も知らない。協力がなければ、心の中は探れない。他人の心とはそういうものだ。そして父は、人に尋ねられれば、とても内気で臆病だったから、どうしてそんなことをしているのかに口を閉ざしてはいられなかっただろう。誰かがまず父に尋ねてもよかったのだ。父が生きているうちは、誰も訊かなかった。父が亡くなった今となっては、私も訊けない。

そのほうがよかったのかもしれない。とにかく、私のためには。父がどうしてあんなことをしたのか、なぜあのような生き方をしたかを、私の口から説明するには。こういうことには、本人の言葉などかならずしも役には立たない。実のところ、よく混乱してしまう。車輪を発明した人がその目的を説明するのに、自分の発明品を黙って指さす以上に雄弁なやり方があるだろうか？　ひとりだけの地下組織を創り出した理由を説明するのに、父が言葉でつけ足すことがあっただろうか？　父は自分が救った男の人や女の人たちを示したにすぎない。頼まれてやったのではなかった。だからここに書きしるす。

当時、ニューヨークのロワー・イースト・サイドでは、どこの移民家庭も「呼び寄せ」と呼ばれる手続きにかかわっていた。呼び寄せるのはたいてい、兄弟姉妹、息子、娘、父母といった肉親だった。どこから呼び寄せるかといえば、すでにアメリカにいる移民本人の出身地であるヨーロッパの町からがほとんどだった。

呼び寄せ手続きにはたくさんの書類作成が必要とされたが、それにかかる費用は今日ではささやかな額とみなされるだろう。その時代とアレン・ストリートの酷使工場《スウエット・ショップ》で賃金を稼がねばならなかった人たちを基準にすれば、それはささやかな金額とはとても言えないものだった。にもかかわらず、呼び寄せ手続きを遅らせ、もっぱら難しくしていたのは、お金の問題ではなかった。事務手続きである。文書を理解するどころか、字が読める移民さえめずらしかったのだ。書類の空欄を埋め、公証人の前で宣誓し、いろいろと複写して、ヨーロッパの領事館に郵送し、外国から要求される書類がさらに追加されて、その上よくあることだが、記録が失われているときには、そのうんざりする手順をまた最初からやり直さねばならなかった。父はそのめずらしい移民だったのだ。実は、めずらしいからこそ、父は物笑いの種になったのだった。
「こんど呼び寄せる奴のことを知ってるか？」とヨキブおじさんがゴードンさんのキャンディ・ストアの前のベンチで、笑いころげる仲間を相手に話す声が今も聞こえる。「あのとんま、ジョー・クレイマーが、誰を呼び寄せる手助けをしているか、知ってるかね？」ヨキブおじさんの取り巻きたちは、話を聞くときの決まり文句の問いかけを心得ていた。誰も当て推量などしない。「五丁目で厩舎をやってるあのポーランド人、レスニアックの弟を呼び寄せてるのさ！」

少年でも、信じられないという驚きの声や低い口笛を理解できた。とにかく、東四丁目に住む少年には。そこはもっぱらユダヤ人ばかりが住みついているブロックだった。四丁目のユダヤ人が、五丁目に住むポーランド人の異教徒を呼び寄せる手続きに手を貸すなどという話は前代未聞だった。だが、父が呼び寄せ手続きでやった新しいことはどれも、父がそれに没頭しだすまでは聞いたことのないものばかりだった。

父は当然のことながら、肉親を呼び寄せることからはじめた。父が東四丁目から肉親に手紙を書きはじめるころには、父の父親はウォロショノヴァで亡くなっていて、長兄が若い継母と結婚して、その幸せな夫婦はワルシャワに通じる街道筋で宿屋を営んでいた。おそらくそういうわけで、彼らは、アメリカに呼び寄せる手助けをしたいという父の申し出を断わったのだろう。父は家を出た理由を思い出して、そんな申し出はしなかったのかもしれなかった。けれども、父はほかの兄弟にはその申し出をした。五人とも申し出を受けた。これが母を悩ませることになった。

母は父に、うちの家族もろくに養えないのにと言った。どうやって五人分の渡航費を工面できるの？　できなかった。父はひとり分の渡航費を出す余裕もなかった。しかし、書類を作ることならできた。これはお金がかからない。移民を呼び寄せる手続きの事務処理には、ある程度の知性とたいへんな忍耐力が必要だった。東四丁目では誰も前者で父を認めようとはしなかった。けれども後者では認めないわけにはいかなかった。だから嘲笑という武器を使ったのだ。

「ほら、お出ましだよ」と父がはるばるラファイエット・ストリートまで出かける土曜日の朝になると、彼らは言うのだった。「近所のシェバス・ゴイが」と。

シェバス・ゴイ、これは直訳すると「土曜日の異教徒」という意味で、土曜日にユダヤ人の家にやってきて、聖書によって正統派の人々が安息日に禁じられている雑用を手間賃をもらってやる人のことである。東四丁目ではこの仕事はたいていただひとつ、焜炉《ストーブ》に火をつけることに限られていた。私の知る限り、これをやるのは、そのはっきりした理由から、異教徒と決まっていた。この言い方は、冗談以外では決してユダヤ人に使われることはなかった。私の父が大まじめでそう呼ばれるのを耳にするのは、家族にはなんとも耐えがたいものだった。もちろん、私はその家族のひとりなのだ。

父は、はっきりした理由があって近所のシェバス・ゴイと呼ばれたのではなかった。父は生涯、土曜日にマッチを擦ったことなどない。だが、東四丁目ではもっと悪いとされていることをした。父はシナゴーグで行われる土曜日の礼拝に出るのをやめたのだ。やめざるをえなかった。当時の「呼び寄せ者」たちにHIASと呼ばれていたヘブライ人移民援助協会に行けるのは、土曜日しかなかった。HIASへ定期的に通わないと、呼び寄せ手続きに伴う事務処理はかならず滞ってしまうのだ。事実、HIASに通わずに事務処理が進むことはなかった。HIASは、ラファイエット・ストリートの細長い二階建、茶色の建物にあり、そこでは、気が狂うほど複雑な終わりなき書類が、移民の気持ちを解する根気強い事務員たちによって簡単明瞭にされていくのだった。

父は、東四丁目の多くの人たちと同じように、アレン・ストリートで家族の糧を稼いでいる平日には、HIASに行けなかったし、頼みの事務所は日曜日には閉まっていた。東四丁目の多くの人たちと違って、父は、神をとるか情熱をとるかの問題に正面から向き合った。シナゴーグで行われる安息日の礼拝に出ないのが罪深いことはわかっていた。また、この礼拝を休まない限り、呼び寄せ手続きの事務処理がはかどらないのもわかっていた。父がどう決心したのか、前にしるしたように隠していることは何もない。その決心で父が何を犠牲にしたのか、私にはわからない。けれども、私の目から見た二つの事実をつけ加えることならできる。ひとつ、父はとても信心深い人だった。そしてもうひとつ、父はおくびにも出さなかったけれど、毎週の冒瀆行為のせいでさんざん嘲笑され侮辱されることには気づいていた。嘲笑や侮辱がいっそうひどくなってきたのは、土曜日ごとにHIASへ通う父が、実の兄弟同然に懸命に他人の書類を作成していることや、ユダヤ人と同じように異教徒の事務手続きにも精を出していることが知れわたるようになったころだ。父は、ヨーロッパから呼び寄せようとしている人の、生まれも性格も人柄も、また、男だろうと女だろうと子供だろうと、いっさいかまわなかった。何年もやっているうちに、めきめき腕を上げた父の奉仕の手を借りるには、ただ助けを求めれば、それでよかった。父は誰も拒まなかった。

家族の迷惑が恥ずかしさに変わったのは、父の手助けが、呼び寄せ手続きの次の段階にはいったときだった。

父が亡くなって、私ももう恥とは思わない今となっては、父のしたことはとても思いやりがあったように思われる。何ヵ月も、ときには何年も苦労したあげく、渡航費がないためにすべてが水の泡になるとしたら、それまでの事務処理はむだになる。父は自分でお金を工面できないので、ほかの人から調達しようとした。東四丁目では父より稼いでいる人はめったにいなかった。父ほどの稼ぎがある人はいるにはいた。五十ドルとか七十五ドルとかいった寄付金を、たいていは赤の他人で、しかも多くは異教徒である移民のために出せるほど余裕のある人などいなかった。だが一ドルぐらいなら誰でも用立てられた。あるいはもっと少額なら。誰もそんな余裕があるとは思わなかったし、寄付したいという人もまずいなかった。

父は彼らを説得するのを仕事にした。この仕事のために、父は日曜日をあてるようになったのだ。

父は、東五丁目のカトリック教徒がミサへ出かける早朝からとりかかって、それからほかの通り、ほかの宗派へと場所を変えていった。夜更けまで近所やよその町を歩きまわり、西はアヴェニューAから南はコロンビア・ストリートまで、見ず知らずの人を引き止めては長々と、書類がすべて整っているのにほんの十六ドル足りないために、次のユダヤ人虐殺を逃れられないレンベルグの少女のために嘆願するのだった。ほんとに一ドルでもなんとかなりませんか？　その半分では？　二十五セントでは？　十セントでも助けになるんです。こんなに安くていいことができるんですよ。お得ですよ！　その姿はまさに、ロワー・イースト・サイドの人たちが名付けた、物乞いそのものだった。

けれども、とりわけそれは効果があった。父はもちろん記録をつけていなかったし、家族が父の情熱をしのぐには、ただ何も気づかないふりをしているしかなかった。ところが二週間前の墓地からの帰り道、姉と私はいつのまにか幼かったそのころの話に熱中していた。あれから数十年も経った記憶をよりどころに、私たちは男女子供合わせて三十三人の名前をあげることができた。みんな今も生きていて、ヒトラーのユダヤ人大虐殺がヨーロッパ全土を襲う前に、父の尽力でアメリカにやって来た人たちだ。その名簿は完璧とはほど遠いものだった。私たちの記憶にこびりついていた人たちの名前しかないのは、父が彼らのために尽くすことが、家族には一番の恥だったからだ。

ひとつだけ、私たちは、キャッスル・ガーデンの案内人が突然、見ず知らずの移民を従えてやって来ることからは免れた。自分が受け持った人たちへの父の関心は、書類が出来上がって渡航費が集まってからも尽きることはなかったのだ。父は、彼らを乗せた船がどうなっているのか、書類に署名をした親戚はどうしているのかと気にかけた。その親戚が、異国から来る人が上陸したときにキャッスル・ガーデンで待っているかと気づかうばかりか、到着したばかりの人に仕事の口を用意してやっているかということにまで気を配った。やって来る人たちの多くは、船まで出迎えに来てくれた親戚よりも、長い時間をかけて書類を用意してくれた人をはるかに信頼していた。結果として、アメリカに来る手助けをしてもらった大勢の移民たちと父との関係は、彼らがこちらへ来てからも長くつづいた。その関係はたいていお金のことだった。

父は複利というものに信仰心のような信頼を寄せていた。父は複利について、アメリカに来るまでは聞いたこともなかった。よその国にもそれがあるとは信じられなかった。ただひとつ、この黄金の国では、人は額に汗して稼いだ一ドルを受け取り、大地に種を蒔くように大理石のビルディングにそれを植えつけ、育つのを見守ることができる。新たにやって来る一人ひとりに、男の人が「衣類縫製工場」の初仕事に出かけたり、女の人が最初の「奉公先」へあがったりする前に、父は複利の徳を教えこむのだった。私はその話を聞いたことがないけれど、説得力のあるものだったに違いない。父の話を聞いた人はほとんどが、最初の休日になると、アメリカで稼いだ初めての給金のいくらかを父のところへ持ってくるのだった。土曜日であれば、父はその人と一緒に、HIASからそう遠くないバワリー貯蓄銀行まで歩いて出かけ、その移民が初めての預金口座を開くのを手伝った。彼らの多くは預金通帳にとても畏れをなして、自分の手元におくのを厭がった。彼らは父に、通帳の保管人になってくれと頼んだ。私は今でもあの水色の封筒の分厚い束を覚えているが、それは母の古くなったコルセットから引き抜いたゴム紐で束ねられていて、私が父といっしょに使っていた鏡台の一番上の引き出しにはいっていた。あるときは、父は二十冊から三十冊の通帳を保管していたこともあったはずだ。母は、父の呼び寄せ手続きにかかわることは何もかも気に入らなかったが、なかでもこの最後の産物を最も嫌っていた。

信託関係というものは、母を不信感でいっぱいにした。他人の預金通帳を任されるというのは、行きつく先はたったひとつ、揉《も》めごとしかないのだ。それが初めてでも最後でもなかったが、やっぱり母は正しかった。

エスタ・モルカ・ウンガをポーランドから呼び寄せたのは、東三丁目に住む彼女の叔父で、父の工場で働いている人だった。父は事務手続きを手伝い、渡航費集めを助け、「厄介事《ヌージング》」と言われていることのひとつひとつに気を配った。エスタ・モルカの叔父さんが船まで迎えに行ったか、「奉公先」を用意しているかといったことだ。父は彼女に複利について教えた。

彼女は感心した。はじめての給金を父のところへ持ってきたので、父は彼女に付き添ってバワリー貯蓄銀行へ出かけた。彼女は父に通帳を預かってくれと頼んだ。父は引き受けた。通帳は、母のコルセットから引き抜いたゴム紐で縛った束に加えられた。月に一度、エスタ・モルカは給金をもらうとうちの玄関口に現れて、父と連れだってバワリー貯蓄銀行へ行って預金した。その関係は、父と父が呼び寄せを手伝った移民たちとのあいだにあった、ほかの十数人との関係となんら変わりはなかった。

そして、エスタ・モルカがアメリカにやって来て三年目の年に、彼女の叔父が亡くなった。彼は子供のいない男やもめだった。彼とエスタ・モルカがどれほど仲がよかったかは知らないが、まもなくして、彼女が叔父を亡くして寂しがっているのがわかった。この三年のあいだ、彼女は毎週日曜日になると、「奉公先」からダウンタウンへやって来て叔父と過ごしていたのだった。私たちが彼女に会うのは、月にたった一度、それもほんのちょっとだけだった。父とバワリー貯蓄銀行に給金を預けに行くために、うちへ寄ったときである。エスタ・モルカは、叔父が亡くなってまもなく、日曜日はうちへ来るようになった。どういうことなのか、じきにわかった。

彼女の叔父は生き残っているたったひとりの身寄りだったのだ。今となっては彼女は天涯孤独の身の上だった。彼女は「奉公先」が気に入っていた。奉公先の家族は親切で、感じのいい人たちだったらしい。エスタ・モルカは休みの日も喜んで彼らと過ごしただろう。けれども彼らにはそれがわからなかった。ほかの使用人と同じように、彼女も休みの日を心待ちにしているると思いこんでいた。日曜日になると、彼らは楽しく過ごしてもらいたい一心から、エスタ・モルカをせかせるようにダウンタウンへと送り出して、それが彼女を、どうやって過ごせばよいかわからない孤独な十時間へと追い立てているとは思いもよらなかったのである。彼女は、今は故郷となった新しい土地でほかにただ一軒知っている家へ向かうしかなかった。

まず、母が迷惑に思った。人付き合いが複雑になるからでも、エスタ・モルカがそれを台無しにするからでもない。わが家にお付き合いなどというものはなかった。私たちがやっていたのは、東四丁目のどの家庭でもやっているのと同じことだった。潮のように変わることのない、判で押したような生活。日曜日は遅れを取り戻す日だった。私と姉は学校の宿題。母は繕いものやアイロン掛けといった家事雑用。父は、物乞いに出かけないときは、呼び寄せ手続きに伴う書類の作成。思いがけない来客があると、このお決まりの日課が崩れてしまうのだ。お客さまはもてなさなくてはならない。

エスタ・モルカが日曜日に来るようになって二、三週間もすると、彼女がもてなしてもらおうとは思っていないことがわかってきた。ことさら改まって話をされたり、お天気や政局のことをあれこれ言われたり、お茶を出されたりといったことに、彼女はきまりの悪い思いをしていたのだ。ある日曜日、私たちがみんなで彼女のもてなし方に気を揉んでいたところ、彼女がわからせてくれた。彼女はよそ行きの上着を脱ぐとブラウスの袖をまくりあげ、母に代わってアイロンがけにとりかかったのである。エスタ・モルカは、夕飯前にはとっくにそれを済ませて、銀食器磨きにとりかかっていた。それは、母が週の半ばまでやるつもりがなかった仕事だった。それからというもの、エスタ・モルカの日曜日の訪問にはなんの問題もなくなった。その反対だ。私たちみんながあてにする、都合のいいものになったのである。だが誰もそれを口にはしなかった。日曜日の朝、母がアイロンがけするものを積み上げ、姉が繕う靴下を集め、私が修繕してもらいたいセーターを取り出すと、そこには、うんざりしたように深いため息をつき、辛抱強い目をぎょろつかせ、あきれたといわんばかりに肩をすくめる姿があった。あの退屈なとんまのエスタ・モルカがやって来たのだ。

ある日曜日、彼女は来なかった。一時間かそこらは彼女がいないことに気づきもしなかった。彼女はいつもそっとやってきた。何も言わずに仕事にとりかかっていた。昼すぎになって、今日はエスタ・モルカがただ遅くなっているわけじゃないとわかって、私たちはみんな怒り出した。父を除いてみんな。父はいつものように、前日にHIASから持ち帰った書類の束に没頭していた。けれども、ほかのみんなは、姿を見せないエスタ・モルカに黙ってはいなかった。よくもまあ、顔を出さずにいられるもんだね？　誰がシャツにアイロンをかけるんだい？　ぼくのセーターはどうなるの？　私が今晩はこうと思ってた靴下は？　来ないなら来ないで、せめてそれを知らせるぐらい、まぬけな新入りにもできるだろうに。私たちはかっとなっていて、彼女のほうから連絡がとれないことなど考えてもいなかった。アパートには電話がなかったのだ。

次の日曜日、エスタ・モルカが蒼白い疲れた顔でやって来た。私たちは彼女が流感で一週間ばかり寝込んでいたと知って、それなりに同情した。だが、アイロンがけするものを積み上げて待ち受けてもいたのだった。

この関係がどれぐらいつづいたのかよく覚えていないが、まるで今朝の出来事のようにはっきりと鮮明に覚えているのは、エスタ・モルカが結婚すると言い出した日のことだ。彼女は台所でアイロン台の前に立ち、私のシャツにアイロンをかけていた。母と父と姉と私は食卓を囲んでいて、朝食を済ませるところだった。姉にもっとパンを食べさせようとしていた母が、顔を上げた。

「なんて言ったの?」と母が言った。

「結婚するんです」とエスタ・モルカは言った。

私たちはいっせいに彼女をみつめた。あれから何年も経っているというのに、彼女がどんな容姿か、ちゃんと見たのはそれが初めてだったと思う。彼女はきれいな娘ではなかった。実のところ、私の頭にとっさに浮かんだのは、彼女はもう娘とは言えないということだった。アメリカにやってきたとき、彼女はたしか二十代後半だったはずだ。そのころ私は第一八八公立小学校、ミス・キッチェルの二A-Iクラス。今は第六四中学校、ミス・ハロックの特進《R・A》Iクラスだ。六年は過ぎている。ほぼ七年だ。エスタ・モルカは三十代の女性だった。

彼女は背が低く、ずんぐりしていて、落ちついていた。茶色の髪を、当時の若い娘たちに流行りの髪型にしていた。二つに分けた髪を耳元で大きく膨らませるキャッスル・クリップスという髪型だ。それがエスタ・モルカを滑稽に見せていた。どうしてだろうと不思議に思って、そのわけがわかるかとじっくり見てみると、凝った若々しい髪型にしているのがかえって丸顔の無邪気な醜い顔だちを強調していることに思いあたった。その顔からエスタ・モルカの実直な青い瞳がじっとみつめて――。

調子にのって人物描写を試みていたら、あたかもその思考の道筋で思いがけない出っ張りにぶつかったかのように、心臓が飛び出しそうになった。無邪気で実直でブス、というのはたしかに正しいが、まったくもって的確というわけではない。おつむが弱い、と言ったほうが当たっているのだ。ふいにちくりと刺すような恐怖を覚えながら、私の頭に浮かんだのは、家族同然になっていたこの娘、この女性には、精神的にちょっとおかしいところがあるということだった。突然、いつも内側から鍵がかかっている校庭の扉が見えてきた。始業のベルが鳴って、私たちが長い列を作って教室まで進むとき、その扉の向こうから、ときおり黒板を爪で引っかいたような、神経を逆撫でする荒々しい金切り声が聞こえてくるのだった。その扉の向こうがどうなっているのか、知っている人はいなかった。扉で遮られたその教室を、私たちはみんな「きちがいクラス」と呼んでいた。

「どういう人？」と母が言った。「結婚するからには、相手がいるんでしょう？　相手は誰なの？」

「モンティ」とエスタ・モルカは言った。

「モンティ？　それ、なんの名前だい？」

「彼の名前です」とエスタ・モルカはせっせとアイロンをかけながら言った。

ふと不審に思ったのか、母の顔が曇った。「ユダヤ人だろうね？」

エスタ・モルカは答えなかった。むすっとしてアイロン台をじっと見下ろしていた。

「訊いてるのよ」と母は言った。「ユダヤ人なの？」

「知りません」とエスタ・モルカは言ったが、嘘をついているのは私にもわかった。

「ユダヤ人の娘は、モンティという名前の人とは結婚しないもんだよ。ちょっと、何にアイロンをかけてるの。カフスのボタン、壊しちゃったじゃないか」

それっきり口をきかないまま、エスタ・モルカはアイロンをかけ終え、姉の靴下を繕い、私のボーイ・スカウトの制服の袖に新しい勲功バッジを縫いつけ、銀器を磨き、日曜日の夕食を用意し、食卓を片付け、皿を洗い、台所を掃除した。十時になると、いつもの休日と同じように、エスタ・モルカはアムステルダム・アヴェニューへ戻るために、帽子をかぶりコートを着た。その日曜日の夜は、いつもと違うことがひとつだけあった。私たちにひとりずつキスしたあと、ドアのほうへ行く代わりに、エスタ・モルカは父のほうを向いたのだ。

「お願いがあるんです、ジョーおじさん。預金通帳をください」

「預金通帳だって？」

父は見た目にも戸惑っていた。母は違った。

「どうして？」母はぴしゃりと言った。「日曜日の夜遅くに、銀行も閉まっているのよ。日曜の夜に通帳で何をしようっていうの？」

エスタ・モルカは明らかに反対されることを予期していた。もっとはっきりしていたのは、それにどう対応すればいいか、指示されているということだった。

「私の通帳よ」と彼女は私の聞き慣れない声で言った。「私のお金よ。通帳をちょうだい」

「その異教徒にあげるんだね」と母が言った。「そのモンティって男に。ばかだね。彼はおまえなんかと結婚しないよ。欲しいのはおまえのお金だけなんだから」

「嘘です」とエスタ・モルカは言った。その声はもう涙声ではあっても、もとの聞き慣れた声になっていた。「お金じゃないわ」

「じゃあ、どうして預金通帳がいるの？」と母が言った。

「私のものです」とエスタ・モルカは強情だった。「ください」

「よく聞きなさい。どうしようもないおばかさんだね。通帳を持って行ってモンティって男に渡すと言うんなら、もう二度とこの家に来るんじゃないよ。わかったかい？」

エスタ・モルカは躊躇したので、どうやらわかってはいたのだ。だがぐずぐずためらってはいなかった。

「私の通帳です」ようやく彼女は言った。「ください」

「わかったよ」と母は言った。「でも私の言ったこと、覚えときなさい。もう二度とこの家には来ないで」。母は父に顔を向けた。「通帳をあげて」

そのとき、またおかしなことが起こった。父親が母親に逆らうのを見たことがない少年には、思いもよらないことだった。

「だめだ」と父が言ったのだ。

「なんですって？」母のびっくりした声だった。

「そいつが異教徒なら」と父は言った。「そのモンティという男だ。そいつが金だけのためにおまえと結婚するというんなら、だめだ。通帳は渡せん」

すると、怒りよりも驚きをあらわにして、エスタ・モルカは言った。「でも私のものです。私のお金です」

「おまえの血だ」と父は言った。「おまえが奉公先で働いた幾歳月、それがあの通帳には詰まってる。歳月だ。金じゃない。おまえの血なんだ。おまえの血を、私が見たこともないやつにくれてやるというのか。そんなことのために私はおまえの叔父さんに――安らかに眠り給え――おまえをポーランドから呼び寄せるという叔父さんに、手を貸したんじゃない。そのモンティという男、おまえと結婚がしたいのか、おまえの預金通帳がほしいのか、男らしく本人がここへやって来て、頼めと言うんだ」

次の日の夜、男がやって来ると、どれもこれも驚くことばかりだったので、しばらくのあいだ、私は何がどうなっているのか理解するというより、頭の中を整理していた。

ひとつには、エスタ・モルカがモンティという男の人を連れて来たときに、これは難しくてわからないと思った。私は彼女の「奉公先」もほかの移民の娘たちの「奉公先」も見たことがなかった。けれども、どこから思いついたのかわからないが、ずっと頭に思い描いていた光景があって、そこではエスタ・モルカやほかの娘たちが、まるで監獄に入れられているかのように六日間監禁されているのだった。そして日曜日になると、門の錠がはずされて、娘たちは束の間の外出を許される。月曜日だというのに、エスタ・モルカはどうやってそこを抜け出せたのだろう?

もうひとつ、モンティのことで面食らったのが彼の風貌だった。私は結婚のことなど何ひとつ知らなかったが、ただ知らず知らずのうちに、まわりにいる夫婦を見ていて印象に残っていることがあった。なかでも、端《はた》で見ていてよくわかったのは、夫はふつう妻よりも年上で、妻のほうがたいていは夫よりも魅力的だということだった。どちらも、エスタ・モルカとモンティという男の場合には当てはまらなかった。

彼は背が高くすらりとした男前で、肩幅は広く力強い手をしていた。もちろん、私は彼が何歳なのか知らないが、エスタ・モルカよりはずっと若く見えた。

けれども、今うちの台所に立っているこの妙なカップルのことで一番びっくりしたのは、二人がとても恋人同士には見えないことだった。エスタ・モルカは、三丁目のアメリカン・シアターでときどき観るロシアのニュース映画に出てきた、怯えているばかな百姓女のようだったし、モンティは、狡猾な目を鋼のように光らせ、素早く左右を睨んで、まるで若い用心棒のようだった。ギャング映画で、暴力団のボスの二、三歩後ろを歩いている男だ。モンティが口を開く前から、母が正しかったのを知った。モンティのような男が、エスタ・モルカのような女と結婚するはずがない。

「あんた、彼女に言ったそうだな。預金通帳が欲しかったら」と彼は父に言った。「おれを連れて来いと」

少なくとも彼の声には驚かなかった。それはまさしく、敵のギャング一味からボスを護る殺し屋の、凄みのある声そのものだった。

「そうだ」と父は言った。

「そうかい」とモンティ。「来てやったぜ。通帳を出しな」

「その前に結婚証明書を見せなさい」

「何だと?」

「エスタ・モルカの話では、おまえと彼女は結婚するそうじゃないか。通帳は彼女の夫に渡す。ほかの誰にも渡さん。おまえと彼女の名前の書かれた結婚証明書を持って来るんだ。そしたら通帳を渡そう」

モンティはそのばかでかい右手を振り上げ、握り拳をつくると、その拳を父の顔めがけて思いきり打ち込んだ。父は冷蔵箱《アイスボックス》に倒れ込んだ。母が悲鳴をあげた。姉は何か叫びながら父のほうへ駆けよった。私もついていった。モンティは片手で私のズボンのお尻をつかみ、もう一方の手で姉の肘をつかんだ。彼は私たちを母のほうへ押し戻したので、私たちは三人とも台所の床に倒れこんだ。倒れるとき、私はエスタ・モルカの顔をちらりと見た。涙が彼女の頬をころがり落ちていたが、身じろぎひとつしなかった。

「通帳をよこせ」とモンティが言った。

「結婚証明書を持ってきてからだ」父は血だらけの唇で言った。

モンティは腕を伸ばして父を冷蔵箱から引っ張りあげると、もう一発、父の顔に拳を見舞った。

「通帳を出せ」

「渡さん」

四発殴られてから、母が叫んだ。「渡すわ！　私が取ってくる！」

母は寝室へ駆け込み、小さな水色の封筒を持って戻ってきた。モンティはそれを受け取ると預金通帳を取り出し、中をちょっと改めてからポケットにしまった。

「行くぞ」と彼はエスタ・モルカに言った。

彼女は黙って彼についていった。

一年ばかりたって、市の福祉課の職員が父に会いにやって来た。身元不明の女性が四十二丁目に近い三番街で雨の中をうろついているのが見つかったのだ。彼女は自分が誰なのかわからなかった。話などとてもできそうにもない。口にする言葉もわけがわからない。彼女のびしょ濡れのバッグの中から、十年前のアントワープ発ニューヨーク行き三等乗船券の領収書がみつかった。東四丁目のうちの住所で、ジョゼフ・ターディアス・アイザック・クレイマー方、エスタ・モルカ・ウンガ宛に書かれたものだった。父はその民生委員に同行してベルヴュー病院へ向かった。その女性はエスタ・モルカにまちがいなかった。

彼女は父がわからなかった。それから三十年経っても、父がわからなかった。その間ずっと父は、彼女が入れられている州北部の精神病院を年に二回、欠かすことなく訪問した。彼女がキャッスル・ガーデンに着いた記念日の二月に一回、そして大祭日《ハイ・ホリディ》のちょっと前にあたる八月末か九月の初めにもう一回。

父はいつも自家製のスポンジケーキをみやげに持って行った。母はきまって文句を言ったが、ちゃんとケーキを焼いていた。エスタ・モルカの生涯の最後の十年、母の関節炎がだんだんひどくなって何を焼くにも大変になってくると、父は年に二回、病院へ出かける日の前日にはかならずデランシー・ストリートへ出かけて、スポンジケーキを買ってきた。ケーキは、焦げ茶色ではなく黄金色をしていなければならなかったし、焼いたときに縮れた紙がケーキに張りついたままでないとだめだったのだ。こういう細かいところが大切であり、そんなケーキが手にはいるところと言えばデランシー・ストリートしかなかった。

エスタ・モルカがキャッスル・ガーデンから東三丁目の叔父さんの家に連れて来られた日、彼女がポーランドからやって来たことを祝って集まった人たちは、焼き上がって縮れた紙が巣のように張りついている黄金色のスポンジケーキを切り分けて食べたのだった。それは、エスタ・モルカが黄金の国の輝かしい六年間でただひとつ覚えていることだった。

彼女が一年前に亡くなったとき、ニューヨークから出かけていって葬式に参列したのは父ひとりだけだった。父は自分の社会保障手当から毎月五ドルをとりわけて貯め、そのお金でエスタ・モルカの墓を最期に飾る石を買った。父は自分の行くシナゴーグのラビに頼んで、死者のための祈禱、カディッシュを唱える勤めを担うことにした。故人の魂が無事天国にたどり着けるように、丸一年のあいだ毎日、朝な夕な唱えなければならない祈禱である。

ひと月ほど前、生前の父に最期に会ったとき、父は私に、エスタ・モルカの魂が無事天国に行けるまでには、カディッシュがまだ六週間あると言っていた。

数えてみると、父が十六日前にぽっくり逝ったときは、このうちの二週間ちょっとを済ませたところで、エスタ・モルカの魂を、父が行かせてやりたかった聖地へ送り届けるにはまだ一カ月足りなかった。

その日の夕暮れ、そしてそれ以降は毎晩だが、私は自分がどこへ行けばいいかを知った。とにかく、四週間ばかり。ちょっと努力すれば、ときには朝にもそれをやることができた。

第二章

徴兵資格

Draft Status

第一次大戦の話を聞いたり読んだりするとかならず、心はシュガークッキーのほうへ飛んでゆく。東四丁目で過ごした子供の時分以後、一枚も食べていないし、目にもしていない。昔はそれが、決まりきった私の生活の一部だったことを思い出すと、不思議な気がする。夏は毎週木曜日に父と五丁目の埠頭へ行き、十セント分の氷の塊《かたまり》を買ってくるという面倒な仕事もそうだった。氷は、鶏卵のはいっていた木箱と、捨ててあったローラースケートの車輪四個を使って父と私がつくった荷車で家まで運び、それから冷蔵箱《アイスボックス》へ入れるときには、古いユダヤ日報《ジューイツシュ・デイリー・フォワード》で丁寧に包んだ。こうすれば長持ちすると、うちの近所では信じられていた。

東四丁目では、どこの母親も家族の一週間分のパンやケーキを金曜日に焼き、母も例外ではなかった。母が焼くものは、近所の母親たちが焼くのと同じものだった。安息日のための、精白した小麦粉を使う儀式用のパン二つ（店で買うライ麦パンは平日にしか食べなかった）。蜂蜜ケーキ。イディッシュ語ではレカクといい、父と話をしたり、父のつくった過ぎ越しの祭りのワインを一杯やるために立ち寄った男性客に出した。女性客のためのスポンジケーキ。

そしてシュガークッキー。これは、姉と私が学校から帰ると毎日飲まされるミルクにつきものだった。

母のミルクに対する思いは、ロックフェラー一族の石油に対する思いのようなものだったのだろうか。母はミルクを信じた。シュガークッキーは母の信仰を私たちにも守らせるための鼻薬だった。この鼻薬は効き目があったにちがいない。私はいまでもミルクを喜んで飲むし、どういうわけかミルクを飲むといつも思い出すのは、生まれてからずっと知っていた世界が突然、何の前触れもなく、恐ろしい未知のものに一変したことを、不意に実感して打ちのめされた日のことだ。

その日、私は第一八八公立小学校から帰ってきた。学校では、ミス・カーンの幼児クラスで、ラフィアヤシで籠を一番上手に編める生徒の三人にはいっていた。台所のテーブルには母が用意したいつものおやつが並んでいた。ジェリーの空き瓶二本にはいった冷たいミルクと、その真ん中に一皿のシュガークッキー。姉はまだ帰っていなかったが、これは珍しいことではなかった。姉のクラスは第一八八公立小学校の「女子部」一年A組で、そこではどんなことをしているのかよく知らなかったものの、私が通っている男子部の活動と違うことは知っていた。

たとえば女子部には〈しあわせの青い鳥〉というクラブがあった。何年もたってから、それがメーテルリンクの有名な戯曲にちなんだものだったとわかったが、そのクラブの部員が何をしているのか、どうして姉は、授業が終わってからも学校に残っているのか、まったくわからなかった。それに興味もなかった。シュガークッキーには影響しなかったからだ。

母はいつもクッキーを六枚皿にのせていた。私に三枚、姉に三枚。姉の帰りがいくら遅くても関係なかった。決まりがあって、私たちはそれをよく守った。三枚目のクッキーを食べてしまって、もっと欲しければ、私は母に頼んだ。姉の分の三枚にはぜったいに手をつけなかった。その日、私がショックを受け、生まれてからずっと知っていた世界が突然変わってしまったことに気づいたのは、私の記憶にあるどの午後とも違って、姉の三枚のクッキーに手を出すどころか、自分の分にも手をつけなかったからだ。

それまで私が知っていたシュガークッキーは、淡いレモン色をした直径四インチほどの円盤で、ほどよい柔らかさの、噛みでのある真ん中には、真っ白い砂糖がかたまって、こんもりと盛り上がっていた。美食家のブリヤ＝サヴァランでも、母のオーヴンから生まれたクッキーをがぶりとほおばり、ドイッチェさんの食料品店で買ってきた冷たいミルクを口いっぱいに含んだときに何が起こるか、この取り合わせに近いものは思いつくまい。この運命の日にはそれが起こらなかった。

「どうしたの？」と母が言った。

母がこう言うのはいつも、母のどちらかというとつましい生活が、とにかく、たとえわずかでも、日常の日課から道をはずれたときだった。

「なんでもない」と私は言った。

これは、大人や敵や世間からの質問が、私の注意深く築いたバリケードを越えてきそうになったときの決まり文句だった。

「クッキーを食べてないじゃないの」

「おなかがすいてないんだ」

「どこか悪いのよ。ボールズ・ロールズをとってくるわ」

ボールズ・ロールズは角の薬屋のレッサーさんが売っている下剤で、見た目は汚れたゴルフボール、味はすっぱいイチジクのようで、ちょうどセールスマンが経費伝票に雑費という言葉を使うように、東四丁目の母親たちはそれを子供たちに用いた。

「いらないよ」と私は言った。「大丈夫だよ」

「それじゃ、どうしてクッキーを食べないの？」

「だって砂糖が、白くないんだもの」

このようなシュガークッキーははじめてで、おいしい黄色の円盤のこんもりと盛り上がった塊が白くなくて、茶色なのである。

「ドイッチェさんはもう白い砂糖を売ってないのよ」と母は言った。「戦争だから。戦争をしているのは知ってるでしょう？」

もちろん戦争だということは知っていた。金曜日の夜、母がいつもデザートに煮込んだ干しスモモを出すと、私は注意深く種を全部集めて、台所の流しで洗い、週末をかけて陽当たりのいい窓框で乾かしてから、月曜日に学校へ持ってゆき、休み時間のあいだに、ミス・カーンに引率されて、クラス全員でルイス・ストリートとハウストン・ストリートの角まで行って、私はどこか誇らしげな気持ちでアメリカ陸軍収集箱に投げいれるのだった。ミス・カーンは、それがわが国の勇敢な青年たちにガスマスクを送る助けになるのだと言った。しかも、毎週水曜日、十セント硬貨を集会へ持っていくと、戦争支援スタンプを私の自由債券帳に貼ることができる。私が理解できなかったのは、なぜ戦争で、母がシュガークッキーをつくるためにいつも買っていた白砂糖を、突然、ドイッチェさんが、売らなくなったのかということだった。

「アヴェニューCにあるレオポルスタットへ行ってきてあげるよ」と私は言った。「あそこなら何でも売ってるから」

私は第一八八公立小学校で私より二学年上の、ヘニー・レオポルスタットが、父親の店のことで何度もそう言うのを聞いていたし、もちろんそれを信じていた。

「レオポルスタットさんのところへはもう行ったわ」と母は言った。「それにルイス・ストリートのシェフラーの店にも。全部行ってみた。白砂糖はどこにもないの」

この言葉はショックだった。そのときはなぜなのかわからなかった。赤砂糖でできた母のクッキーが、いつも白砂糖でつくっていたクッキーとまったく変わらずにおいしかったことは間違いない。答えは「いつも」という言葉にあると思う。私はまだ五歳だったが、その五年間が結局は生涯、私がとてもよく知っている唯一の生涯ということになり、それは、その生涯ではじめての、慣れ親しんだことが突然、不可解にも中止されるという経験だった。

何年かのち、トーマス・ジェファーソン高校の中等代数のクラスで隣の席だった少年の父親が、一九二九年、株式市場が崩壊した翌日に会社の窓から飛び下りた。私はたまたまこのことを担任のフィッシャー先生に話して、なぜ大の男がそのようなことをするのかわからないと言った。

「人はものごとに慣れてしまう」とフィッシャー先生は言った。「たとえばお金がどんどんはいってくるようなものだよ。それに慣れきっていたのが、ある日、お金がはいってこなくなると、怖くてたまらなくなる」

不意に、東四丁目で五歳の私に何が起きたのかを理解した。いつもおいしい白砂糖のきれることはなかった。ところがある日、白砂糖がもうなくなって、私を恐怖におとしいれたのだ。

幸いにも、母方のベレルおじさんのおかげで、私の恐怖も長くはつづかなかった。ベレルおじさんはうちの裕福な親戚だった。第一次マッキンレー政権のときにハンガリーからアメリカへやってきて、やっとのことでコネティカット州のウォーターベリーへたどりつくと、炭酸飲料の製造業者のもとで瓶入りソーダの箱を運ぶ職に就いた。マッキンレーが暗殺されたときには、ベレルおじさんは自分の炭酸飲料工場を持っていた。五歳の私はまだおじさんに会ったことがなかったけれども、母がおじさんのお気に入りだということはわかった。いつも母に贈り物を送ってきた。贈り物で母が喜ぶことはめったになかった。私にはなぜなのかわからなかった。いつだったか、過ぎ越しの祭りの直前に、百ポンドのマッツォーがはいっている箱をもらったように、ものをもらってどこがいけないのか。確かにそれは、三部屋しかないアパートの台所と居間の半分を占領したし、過ぎ越しの祭りのあともしばらくはマッツォーを食べなくてはならなかったが、数日のあいだ、私は東四丁目でちょっとした重要人物だった。その近所には、それほどあっと言わせる贈り物を考えつくおじさんを持つ人がほかにいなかったのだ。

「だってあの人は贈り物をするときに相手のことを考えないんだから」と母は腹立たしげだった。「身勝手なのよ。ほかの人もそうだけれど。贈り物を見れば、どんなに金持ちかわかるわ」

これが理由だったのかもしれない。母のつくるシュガークッキーが変わってしまったのが、私の心に思いがけない恐怖を植えつけた数日後、アメリカン・エキスプレス社のトラックが、母宛ての二百ポンドの白砂糖一袋をのせて東四丁目に到着した。これが大評判になった。

そのころ「八分の一ポンド」もの量を買える人はいなかった。東四丁目では八分の一ポンドという計量単位を聞いたことがなかった。母は、近所の誰もがそれまでなしで済ませてきた食品を二百ポンドも手にしたのだ。たとえ母がこれは怪しいと言ったにしても、実はまったく簡単なことだった。おそらく二十種類はあるさまざまな味の炭酸ソーダ水の製造業者として、ベレルおじさんは大量のシロップを製造していたので、シロップをつくるには砂糖がなくてはいけない。フェルディナント大公がサラエボで暗殺されたとき、母のベレルおじさんには、ウォーターベリーの倉庫に貯蔵しておいた大量の白砂糖があった。マルヌ川で戦争が長引きそうなことがはっきりして、長い戦争の結果としてかならずある民間の物資不足が大西洋を越えて忍び寄ってくると、母のベレルおじさんは、彼らしい意思表示をする絶好の機会と見て、それをつかんだ。母の対応も同じく母らしかった。

「二百ポンドの砂糖なんて」と母は腹立たしげに言いながら、狭い台所の真ん中に陣取っている大きくふくらんだ麻袋を見つめた。「どうしたらいいかね?」

もちろん、この質問は言葉のあやだった。母はけっしてほかの人に助言を求めたりしなかった。その必要がなかったらしい。母の行動に迷いがあるように見えたことなど一度も思い出せない。私の記憶するかぎり、母は気前のいい人ではなかった。こう言っても母の人柄を非難しているのではない。気前のよさは、少なくとも食べもののような物質的なものがからむ場合、まったくといっていいほど財力しだいだ。ない袖はふれないし、食べものは近所のすべての主婦がたえず心配して目を皿にしているものだった。東四丁目は金持ちが住む町ではなかった。私の記憶では、ただ一軒、ミシグ夫妻という子供のいない若夫婦だけが、東四丁目の主婦たちをいつも悩ませていた、わが家の食卓に一日三度の食事を並べるという問題とは無縁のように見えた。そういうわけで、ベレルおじさんの思いがけない贈り物の母の扱い方にはとても驚いた。

「シェプ・レッフェルを持ってきて」と母は私に言った。

シェプ・レッフェルとは、青と白の磁器製のお玉で、金曜日の夜に使うのだった。金曜日の夕食は、平日の夜のように台所のテーブルではなく、居間の大きな円いオーク材のテーブルで食べた。このとき、母はハンガリーから持ってきた白目のスープ容れ《チューリン》からシェプ・レッフェルでヌードル・スープを注ぐのだった。私が居間の棚からお玉を持って台所へもどると、母がヌードル用ナイフで砂糖の袋を開けて、台所の床に白目のチューリンをおいているところだった。

「アイス・ペールを持ってきて」と母は言った。

アイス・ペールは、平たくて、あちこちはがれている、もとは白かった琺瑯の洗面器で、冷蔵箱《アイスボックス》の下においてあった。温かい気候のときにはユダヤ日報に包まれた氷が上でゆっくり溶けてゆくので、その水を受けるようになっていた。けれども、ベレルおじさんの贈り物が届いたのは三月だった。十月末から五月はじめまで、東四丁目では、冷蔵が必要な食べものは非常階段に出しておく。アイス・ペールは空っぽで乾いていた。私はそれを冷蔵箱の下から引っぱり出して、母がそれにベレルおじさんの袋から砂糖を山盛りにすくって満たすのを見まもっていた。母はそれから白目のチューリンにかかった。それがいっぱいになると、母は立ち上がり、ヘッカーズの小麦粉の麻袋をほどいて縫ったエプロンで手をふいた。

「これでよし。アイス・ペールを持って。一階からはじめるよ」

私はアイス・ペールを抱えあげ、母はチューリンを持ちあげて、四階のわが家から一階へおりていった。ルイス・ストリートと四丁目の角にある、私たちが住んでいたアパートは二軒長屋《ダブル・ハウス》で知られていた。二つの六階建ての建物が狭い中庭をはさんで立ち、片方は通りに面し、もう一方は中庭に面していた。どちらも各階に六組の「貸間」があった。(「アパートメント」や「フラット」という言葉は、ニューヨーク公立図書館ハミルトン・フィッシュ・パーク分室で最初の貸し出しカードをもらい、小説を読むようになるまで知らなかった。)どちらの棟の貸間も全部まったく同じつくりだった。台所をはさんで寝室と居間があり、この三部屋が全部一列に並んでいた。浴室はなかったが、私たちのところがたいへん恵まれた建物と考えられていたのは、「廊下に便所つき」、つまり便所が各階に一箇所あって六世帯だけで使えるからだった。東四丁目のほかのアパートはほとんどが「庭に便所つき」、つまり表の建物と裏の建物を分ける中庭にあった。それぞれの便所を何世帯が使っていたのか思い出せないが、私たちの建物は、「表棟」に三十六世帯、「裏棟」に三十六世帯が住んでいたのをはっきり覚えている。母がベレルおじさんの贈り物を受け取った日まで、一日で私たちのアパート七十二世帯全部を訪ねた人は、家主のコプツィン氏一人だけだったと思う。彼は毎月一日の朝早く、姉と私が学校へ行くのでまだ着替えているところにやって来ると、一軒一軒まわって家賃を集め、領収書を走り書きした。領収書はそのあと箪笥の引き出しの底に、市民権証書や祈禱服と同じように大切にうやうやしくしまわれた。

七十二軒のドアをノックしたら疲れるだろうという考えが少しも浮かばなかったのは、おそらく、七十二軒のドアをノックする姿がいつも私の頭のなかで、コプツィン氏のポケットが、上の階へあがってゆき、集金が増えるにつれてだんだんふくらんでゆくようすと結びついていたからだろう。小切手で払うなど東四丁目では聞いたことがなかった。勘定はすべて、一包み一セントのスリーXチューインガムを買うのから、月々の家賃の支払いまで、現金払いで、どこの家庭もその現金を、母と同じところにしまっていた。ストッキングの片方の上の部分をたくしこんで小さく堅く丸めたところである。母がはいていたストッキングの片方がそうだった。お金は、家族のなかで財布を預かっている者の手がすぐに届かないところにはぜったいにおかれなかった。母のストッキングのたくしこんだ部分は、「スタンダード銀行のママのアヴェニューB支店」と家族に呼ばれていた。コプツィン氏が毎月一日に姿を見せると、母は、半分開いたドアの陰に慎み深く身を隠して、ひと月分の家賃を取り出した。コプツィン氏はそれを受け取るとき、けっして疲れたようには見えなかった。おそらく、各世帯をまわるときに、白砂糖でいっぱいのアイス・ペールを持っていなかったからだ。それにコプツィン氏は、ノックしたドアを開けた女性に母が言ったことも口にしなかった。

「コネティカット州にいる変わり者の叔父が」と母は言った。「白砂糖のばかでかい袋を送ってきてね。工場でも多すぎるくらい。誰が使いきれるというのかね。少しどう?」

どの女性も同じことをした。疑わしそうな表情を浮かべた。それから同じことを言った。

「一ポンドいくら?」

「商売じゃないのよ。ただで手にはいったんだから、ただであげるの。何か容れ物を持ってきて」

私のアイス・ペールと母のチューリンが空になるころには、七十二世帯のアパートのうち、表棟の三階まで来ていた。私たちは家へもどり、アイス・ペールとチューリンをまたいっぱいにして出なおした。たまたま母の顔色に気がつくまで、私は疲れてきたとは思っていても、これが重労働だとはわかっていなかった。家へ五回補充にもどったあとで、裏棟の半分にさしかかったとき、母がわずかによろけた。これはただごとではなかった。母は大柄ではなかったが丈夫な人だった。よろけるところなど見たことがなかった。驚いて母の顔を見ると、疲れきった表情をしていた。それで私も疲れていたから言った。「ママ、くたびれたよ。」

「あと二階だけよ。アパートの人みんなにあげたいの」

母は疲れきっていたかもしれないが、声は元気だった。楽しんでいたのは間違いない。私はふと自分もそうであることに気がついた。いま考えると、理由ははっきりしているように思われる。私たちは、価値あるものを人にあげる立場に立ったことがなかった。そうする機会、開いたドアからのぞいた顔が疑わしい表情から半信半疑、そして感謝へと変化するのを見まもるのは、人を酔いごこちにした。裏棟の最上階へ着いて、母が最後のドアをノックしたとき、母も私もわずかながら酔っていたと思う。ドアが開いて、ミセス・ミシグが顔を出した。

「何のご用?」と彼女は言った。

「ご用って?」と母は陽気に言った。「あげたいものがあるのよ!」母はコネティカット州の変わり者の叔父について嬉しそうに短い口上を述べた。「お鍋か袋を持ってきて、パーシング将軍がカイゼルをやっつけるまでに、いるだけの白砂糖をもらってちょうだい」

「帰って」とミセス・ミシグは冷やかな険のある声で言った。「ファーツ・ルケルから逃げ出す徴兵忌避の人たちからなんか、何もいりませんよ」

彼女は私たちの鼻先でぴしゃりとドアを閉めた。私はもちろんびっくりした。二時間以上のあいだ、アイス・ペールと白目のチューリンを持って、アパートの表と裏の棟をまわりながら、母と私はどこの玄関でも受け入れてもらった。私はあとでハミルトン・フィッシュ・パーク分室の貸し出しカードで借りた本を読んで知ったのだが、あのバーデン＝パウエル将軍が率いる救援隊とともにマフェキングにはいったときに大歓迎を受けたのと同じだった。実は、母が私たちの気前のいい——私はこの言葉が適切を欠くとは思わない——お裾分けに対するミセス・ミシグの反応をどう思ったかは知らない。ほんとうは母のことを考えていなかったからだ。自分のことを考えていた。私はショックを受けたばかりではない。訳がわからないでいた。私たちが訪ねたアパートのほかの人たちがみんな心から喜んで受け取ってくれた白砂糖をミセス・ミシグが断わったからではない。彼女の言ったことに戸惑ったのだ。

ファーツ・ルケルとは東四丁目に住む人たちの、フォート・スロカムの読み方だった。それはマンハッタンから遠くない、アメリカ軍の施設で、徴兵されるとここへ送られた。私はフォート・スロカムについて、それを生み出した戦争と同じくあまりよく知らなかったが、その名が何か不快なものを意味すること、アヴェニューCの歯科医、ドクター・ヤコボウィッツのところへ行くのと同様に、近所の人たちが避けようとしていることはわかっていた。なぜ私と母に対してあれほど怒ってにべもなかったのか、なぜミセス・ミシグは門前払いをくわせたのか、わからなかった。何よりも、数ポンドの白砂糖の贈り物を断わる人がいるのが理解できなかった。私は母にきいた。

「あの人は頭がおかしいのよ」と母は言ったが、声には説得力がなかった。母の声はこの一時間ほどのようすと同じだった。疲れきっていたのだ。人にものをあげる喜びは失せていた。

「帰ろう」と母は言った。「おかしなことを言ったあの頭のおかしいおばさんのことは忘れなさい」

そうしようとしたが無理だった。ミセス・ミシグの声にこめられたひどい蔑みは頭にこびりついて、一日中不快なこだまのように響いていた。私は、母がその夜、仕事から帰ってきた父にこのことを話すだろうと思った。夜のわが家の会話は、父が母にアレン・ストリートの工場でその日あったことを話し、母が父に、父のいないあいだに東四丁目で起きたことを話すのだった。ときどき私が、ミス・カーンのクラスでどんなことがあったかをきかれたり、姉が、〈しあわせの青い鳥〉の部員は近ごろ何をしているのかをきかれたりしたが、これは珍しいことだった。台所のテーブルを飛びかう会話はだいたい父と母のあいだで交わされるもので、私はそれを聞いて、いろんな知識を身につけたのだった。当時は何事もそのように思われた。両親の会話はいつも、とにかく私や姉の話よりも私にはおもしろかった。かならず何か驚くことがあった。

けれどもその夜、母の会話に出てこなかったので、あんなに驚いたことはなかった。母は台所にある、いまでは四分の三が空になった白砂糖の袋について説明し、私といっしょにアイス・ペールと白目のチューリンに砂糖を入れてアパートをまわったことを話した。ミセス・ミシグや、この変わった若い女性のドアをノックしたときの出来事には触れなかった。

事実、ミセス・ミシグにはべつに変わったところはなかった。彼女は不満そうな表情をした小柄な女性で、明らかに自分は近所の人たちよりも格が上だと考えていて、その証拠に、めったに裏棟の最上階にある貸間から出てこなかった。そこには夫と二人で住んでいた。その夫が変わっていた。

彼はたいへん背が高く、肩幅の広いたくましい青年で、底意地の悪そうな、取り澄ました顔つきをしていた。これはおそらく彼が着ていた誂えの服と酷薄な目つきのせいだったろう。瞳孔がないように見える険しいぎらぎらする黒い目で、世の中をにらみつけていた。東四丁目にはほかに、ミスター・ミシグのような口髭をたくわえている人もいなかった。口髭は二つにはっきりと分かれて上唇の上から突き出し、目の色に合わせて黒く塗られたミニチュアの牡牛の角のようだった。しかし、近所の人たちにミスター・ミシグがどこか変わっていると感じさせたのは、誂えのスーツや人目を引く口髭ではなかった。私たちが不思議だったのは、この夫婦が東四丁目で何をしているのか誰にもわからなかったからだった。

第一に彼はトルコ人で、東四丁目は、わずかにオーストリア人が混ざっていたが、ハンガリー人の町だった。第二に夫妻は見るからに金持ちだった。ミセス・ミシグは模造アザラシ皮のコートを持っていた。ほかに東四丁目で毛皮のコートを持っていた女性は、とにかく昔は、ミセス・シュマンスキーだけで、彼女の夫はアヴェニューCの角で鶏肉屋をやっていて、コートを買うとすぐに、シュマンスキー夫妻はアプタウンのブロンクスへ引っ越していった。近所では誰もこのことを俗物のやることとは思わなかった。当然の成り行きだった。東四丁目は一生を過ごす場所ではない。通過駅だった。人びとがここに住むのは、よそで暮らすよりも生活費がかからないからだった。よそで暮らす経済力ができれば、すぐに東四丁目を出ていった。私の知るかぎり、未練を残す人はいなかった。だから近所の人はみんな、なぜミシグ夫妻が私たちのなかで暮らしているのか不思議だったのだ。彼らには明らかによその土地で暮らす力があった。

さらに明らかだったのは、彼らが東四丁目で暮らすのを楽しんでいなかったことだ。近所の人たちとけっしてつきあわなかったし、近所の人たちは、ミスター・ミシグが誂えのスーツをつくったり、妻に毛皮のコートを買ってやったりするお金をどうやって稼いでいるのか思いをめぐらすのをけっしてやめなかった。父が朝六時半にアパートを出るとき、誰もが、父はアレン・ストリートにある工場へ行くところで、そこでポケットをつくっているのだと知っていた。ヘニー・レオポルスタットの母親がその数分後にアパートから出てきて通りを渡り、アヴェニューCへ向かうとき、誰もが、彼女は家族でやっている食料品店を開けにゆくところだと知っていた。この種の情報は近所のすべての家族について誰もが知っていることだった。けれどもミスター・ミシグが毎朝通りに出てきて、高価なスーツに身を包み、もったいぶった横柄な足取りで、ゆっくりと西のアヴェニューCのほうへ歩いてゆくとき、東四丁目の人は誰も彼がどこへ行くのか知らなかった。

もう一つ誰も知らなかったのは、なぜミスター・ミシグが近所の子供のいない男たち全員にのしかかっている脅威、ファーツ・ルケルに平然としているように見えるのかということだった。

私が経験していた、はじめての戦争に対する東四丁目の姿勢を思い出してみると、イーサン・アレンと彼の率いるグリーン山脈軍を鼓舞した忠誠心に通じるものはまったくなかった。

東四丁目の移民たちにとって戦争や徴兵は不愉快だが、ありふれた現実だった。近所の人たちの多くは兵役を避けて故国を逃れてきていた。東四丁目の近所の人たちと同じく、父は、フランツ・ヨーゼフ皇帝とウッドロー・ウィルソン大統領のあいだに違いはないと見ていた。二人とも国民に軍服を着せたがって、父の生活を脅かした。この姿勢はごく一般的だったので、近所で最も忙しい男は結婚仲介業者のミスター・タンネンバームと思われた。当時は毎週五組か六組かの結婚式があった。それにもかかわらず、軍の兵の需要は増える一方で、結婚したからといって男は家庭で無事ではいられなかった。新婚の若い夫たちはたえずフォート・スロカムへの旅にさらわれていった。ただ子供のいない若いミスター・ミシグは徴兵の心配がないように見えた。

当然、これについてはたくさんの噂があった。この噂で知ったのだが、父が徴兵の心配がなかったのは、同級生の父親たちと同じく、ミス・カーンが私たちにせっせと干しスモモの種を集めさせたり、戦争支援スタンプを買わせたりするようになるずっと前に父親になっていたからだった。このことを知っていたので、ミセス・ミシグが私たちの白砂糖のお裾分けを断わったときに罵声を母に浴びせたのが解せなかった。どうして彼女は父を徴兵忌避者呼ばわりできたのか？　父は二人の子供の父親なのだ。

その翌日、学校へ行く途中でヘニー・レオポルスタットにぶつかった。いや、むしろ彼のほうがぶつかってきたのだ。私たちはあまり親しくはなかった。それは年齢と地理のせいだった。ヘニーは私よりも二学年上で、ラフィアヤシの籠は卒業し、ミス・キッチェルのクラスで算数に取り組んでいた。それに、暇なときはだいたい、アヴェニューCにある父親の店で過ごしていた。そこは私が住んでいた東四丁目のあたりより、ほんの一ブロック西にすぎなかったが、ヘニーの態度は、普通の砂漠のオアシスとメッカほども違う隔たりがあると言わんばかりだった。彼は確かに私の親友たちの誰よりも大人だったし、彼の父親の商売敵であるミスター・ドイッチェから親が食料品を買っている子供たちを馬鹿にするきらいがあった。けれども、ヘニーは私に露骨な意地悪をしたことなど一度もなかったし、この朝、思いがけず嬉しかったことには、いかにも親しげだった。実は、私を待ち伏せしていたのにちがいない。すぐに理由がわかった。ヘニーはペレルおじさんの贈り物のことと、母がそれをどうしたかを聞いたのだった。

「アパートの住人全員が混じりっけのない白砂糖を二ポンドずつ、ただでもらったんだってね」と彼は言った。

「ミセス・ミシグ以外はみんなね」と私は言った。

「どうして?」とヘニーがきいた。

私は彼に話した。

「彼女にどんな悪口を言われようと気にするな」とヘニーは軽蔑をこめて言った。「きみのお父さんが軍服さえ着なくてすむなら。きみのお母さん、僕にもその白砂糖を数ポンドわけてくれないか」

「いいよ」と私は言った。「学校が終わったら、壺か何か持って家へおいでよ。」私たちは角を曲がってルイス・ストリートへはいり、その間私はずっとミセス・ミシグについてヘニーが言ったことを思い返していた。何かおかしかったのだ。「ねえ」と私は言った。「徴兵忌避の人たちからは何もいらないってどういう意味だったのかな。僕のお父さんは徴兵されてないよ」

「そうだけど、戦争が長引けば、兵隊にとられる可能性はある」とヘニーは言った。「男の人が足りなくなってくるだろう？　そうなるとまず結婚していて子供が一人しかいない男の人を兵隊にとりはじめる。次は結婚して子供が二人いる人たち。だからきみのお母さんは赤ん坊を産むんだ。子供三人のほうが、二人だけよりもきみのお父さんはファーツ・ルケルから離れていられるからね」

　そのとき校門に着いたので、ちょうど話をやめることができてほっとした。母が身籠もったとはじめて聞いたのを、ヘニーに知られたくなかった。私は妊娠については五歳児なみのことしか知らなかったが、ただ東四丁目はよその土地よりもませていたということがあったかもしれない。はっきりわかっていたのは、そのあいだずっと、母が身籠もったのを恥ずかしく思うということだった。少年がもう一人の少年に、ヘニー・レオポルスタットが教えてくれたばかりの私の母の状態と同じく身重の母親のことで悪口を言ったために、第一八八公立小学校の校庭や森林製材株式会社の埠頭で喧嘩がはじまるのを何度となく見てきた。ヘニーはなんて親切なのだろうと思った。私をからかったりせずに、父の徴兵資格の説明にまぎらわせて、事実をそのようにさりげなく教えてくれたのだ。その日の午後、ヘニーがうちの台所へ父親の食料品店から空になったバター桶を持ってきたとき、私はベレルおじさんの袋から砂糖を桶の縁まで入れてやった。

「どういうつもり？」と、アヴェニューCの露天商まで夕方の買い物に行っていた母は、野菜のはいった紙袋を抱えて帰ってくると言った。「おまえは優に十軒分もあげたんだよ。いまごろ、あの子のお父さんは自分の食料品店で一ポンドいくらで売るつもりやら！」

これには思いいたらなかったが、それがその朝学校へ行く途中でヘニーが私を待ち伏せしていた理由だろうとわかっても、私は気にしなかった。ヘニーは私が思いがけないときに、いじめにあうかもしれないことを警告したのだった。私の当面の問題はただ一つ、恥ずかしい妊娠期間が過ぎ去るのをじっと待つことだった。

赤ん坊が生まれてくるまでにどれだけの期間が必要なのかはまったくわからなかったが、一夜で生まれてくるわけではないことは知っていた。もしかしたら何年もかかるのかもしれなかった。一年がどれだけ長いのかもよくは知らなかったけれども、私の家族から恥ずかしさが取り除かれるまで何年かをのりきらねばならないだろうとは覚悟していた。

私はその夜何時間も横になって眠れぬままに、この時期をやりすごす方法を考えていたが、具体策は一つしか思いつかなかった。アパートの角を曲がってルイス・ストリートにはいり、第一八八公立小学校男子部の三丁目入口に出るといういつもの通学路を行くかわりに、四丁目を西のアヴェニューCへ行き、アヴェニューCの南から三丁目に出て、それから用心深く三丁目を通って校門まで行こう。こうすれば、私や私の家族をよく知っていて、ヘニー・レオポルスタットから教わったばかりの恥ずかしい秘密に気づいた少年に、あまり会わないだろうし、ひょっとすると一人も会わないかもしれない。

この計画はうまくいった。翌朝、私は知っている人に一人も会わないで校門に着くことができたし、午後は同じ新しい通学路を逆にたどって帰宅し、朝と同じ幸運に恵まれた。これで気持ちが少し軽くなり、家のドアを開けながら、前途に広がるぞっとするような試練の時をうまくのりきれるかもしれないと楽観していた。その考えは長くはつづかなかった。

うちの台所は、いるはずのない人でいっぱいだった。とにかくそんな時間ではなかった。父が帰ってくるのは四時間後である。いつも七時半に仕事からもどってくる。五丁目にある褐色砂岩の診療所へ行くと五十セント、往診だと一ドルかかるグロップル医師は、うちの台所の流しの蛇口で手を洗っているはずがなかった。何よりも、午後三時半に姉は第一八八公立小学校女子部の〈しあわせの青い鳥〉で何かをしているはずで、十人あまりの近所の人たちに、父の過ぎ越しの祭り用ワインをついでいるはずがなかった。考えてみれば、近所の人たちもそれぞれ自分の家の台所で、家族のために夕食の支度をしているはずなのだ。

「この子を寝室に連れてゆきなさい」とグロップル先生がご機嫌で言った。その声の調子から、姉がまず最初に先生にワインをついだのだろうとわかった。「生まれたばかりの弟を見せておやり」

寝室へ連れていかれて、赤ん坊を見たってしょうがなかったが、その光景には胸をなでおろした。東四丁目では、生まれてきた赤ん坊に罪はない。恥ずかしいのは生まれるまでなのだ。安堵の気持ちが強すぎて、素直に感謝できなかった。母か、生まれたばかりの弟か、グロップル先生か、誰に感謝したらいいのかわからなかったが、出産までの長く恥ずかしい期間が終わったことに感謝しているのはわかっていた。私は機嫌よく自分に割り当てられたお祝いのための役目につき、私を手伝うように選ばれた相手がヘニー・レオポルスタットだったのはまさにうってつけに思われた。

「ここにいるヘニーがお父さんの店におまえを連れていってくれるから」と父は言って、ユダヤ日報の紙名の上の余白に走り書きしたリストを私に手渡した。「早く帰ってこいよ。お客さまはもうお集まりなのに、家にはワインと金曜日に焼いたシュガークッキーの残りしかないんだ。」父はそれからヘニーに二ドル札を五枚渡した。「お金が足りなかったら」と父はヘニーに言った。「明日、払いに行くとお父さんに伝えてくれ」

ヘニーにはこの伝言を伝える機会がなかった。私たちが彼の父親の店にはいってゆくと、ミセス・ミシグがまな板《スライシング・カウンター》の前に立ち、模造アザラシ皮のコートを両手できっちりと身体に巻きつけながら、注文した鮭の腹身の薫製《ベリー・ロックス》の切り方について、ミスター・レオポルスタットに文句を言っているところだったからだ。

母がミスター・レオポルスタットの店をふだん贔屓にしなかったのは、ミスター・ドイッチェとちがって、ヘニーの父親は本当の意味での食料品商ではなかったからだ。彼が持っていた店は、東四丁目では食通の店として知られていた。ミスター・レオポルスタットは、魚の薫製や生のオリーヴやスパイスをきかせた珍味などを売っていて、そうした品々を、東四丁目の人たちは特別なときにしか買う余裕がなかった。たとえば私の家族がちょうど、赤ん坊の誕生を祝うようなとき。私の知るかぎり、ミスター・レオポルスタットの店でいつも買い物ができるほど裕福な人は、近所ではミシグ夫妻しかいなかったし、私はうちで開くパーティのことで興奮していたものの、どこか冷めていて、小柄で横柄な若い女性がベリー・ロックスという、ミスター・レオポルスタットが売っているスモークサーモンのなかでも一番高いのを買うだけではなく、その切り方に注文をつけているところに出くわすなんて、私とヘニーにいかにもふさわしいと考えるだけのゆとりがあった。ヘニーと私が店へはいってゆくと、彼女は口をつぐんだ。彼の大柄で陽気な父親がげらげら笑って、大きなナイフをバトンのように頭上でふりまわしたからだ。

「よう、おにいちゃん！」とミスター・レオポルスタットは大声で言った。「それからほやほやのおっかさんに、おめでとうってな！」

「ご立派な市民だこと」とミセス・ミシグが冷ややかに言った。「徴兵を免れようと子供をつくる人たちにお祝いを言うなんて!」

「子供をつくる理由なんて、知ったこっちゃない」とミスター・レオポルスタットは言った。「とにかく、子供が生まれたら、おめでとうを言い、パーティのためのチョウザメや祝魚《マスリニス》を売る。だから来たんだろう」と私に向かって言った。「ちがうか?」

私は頷いて、父に渡されたリストを差し出した。ヘニーが二ドル札を五枚渡した。私は口をきかなかった。ミセス・ミシグの表情が私を不愉快にしたのだ。それに、二日前、母の鼻先でドアを閉めたときの彼女の底意地の悪い声が忘れられなかった。

「坊やの父さんは近所の人たちを全部招待したのだね」と言いながら、ミスター・レオポルスタットはリストから顔をあげた。「鯉のつみれ《ナブル・カープ》十ポンド、一度にこれほどたくさん仕入れたことはないよ。ヘニー、この子といっしょにシュミーリックの店へ行って、うちの店でいるからと言ってこい。おまえたちがナブル・カープをとってくるまでにリストのほかのものはそろえておくから」

「わかった」とヘニーは父親に返事をして、私に言った。「行こう」

「恥を知るべきよ」とミセス・ミシグは、ヘニーと私が出かけようと背を向けたときに、大きなよく通る声で言った。「赤ん坊が生まれて、父親がファーツ・ルケルに徴兵されずにすむから、ナブル・カープでパーティを開こうなんて」

「ミセス・ミシグ」とミスター・レオポルスタット。「うちのベリー・ロックスの値段は同じだから、お客さんに忠告はしないものだが、奥さんとミスター・ミシグ、あんたのご亭主は体格のいい健康な若者だ。この戦争はいつまでつづくか誰にもわからない。赤ん坊の一人や二人いようがかまわないでしょう。子供のいない妻帯者がとうの昔にファーツ・ルケルにとられなかったのは驚きですよ」

ヘニーといっしょに彼の父親の店からアヴェニューCへ出てみると、私が何年かのちに小説を読むようになるまで聞いたことがなかったことをミセス・ミシグがやってみせた。頭をつんと反らせたのだ。

「ミスター・ミシグはファーツ・ルケルを恐れてなんかいないわよ」と彼女は言った。「お国がミスター・ミシグを必要とすれば、行きます。ミスター・ミシグと私は、この戦争が終わるまで子供をつくらないことに決めているんですからね、彼を徴兵忌避者と誰にも言わせないわ！」

ミスター・レオポルスタットの食通の店の扉が、私とヘニーのうしろで乱暴に閉まった。もちろん私は、徴兵忌避者と呼ばれるのがなぜそれほど恐ろしいことなのかはわからなかったが、東四丁目でただ一人非難をよせつけない人妻が、二日後にまた父を侮辱したことはわかっていたし、私はそれに対して何もしなかった。私は怖かったのだ。ヘニーはこのことを理解していたにちがいない。通りを北へ向かいながら、彼がミセス・ミシグについてちょっと言ったからで、それは東四丁目では耳新しくなかったのだが、私はそのとき誰もが言っていることだとは知らなかった。話題を変えたほうがよさそうだった。

「シュミーリックの店って何なの?」と私は言った。

「父さんの店に品物を卸してくれる問屋だよ」とヘニー。「ハウストン・ストリートにあるんだ」

ハウストン・ストリートならよく知っていた。イースト・リヴァーへ出るあたりは第一八八公立小学校の南の境界線になっていた。ところがシュミーリックの店は一番街の近くで、ハウストン・ストリートでも私がそれまで行ったことのないところにあった。ヘニー・レオポルスタットは父親の使いで何度も行ったことがあると言った。そのためか彼は私ほどまわりの様子に興味がなさそうだった。そこはハウストン・ストリートでも私の知っているあたりとは違って、住宅街ではなかった。西へ行けば行くほど、まわりには問屋やトラックが増えた。シュミーリックの店はその界隈の店と変わりばえがしなかった。灰色の、いやな臭いのする建物で、荷積み用傾斜路と事務所がアーチ形の入口の脇に隠れていた。鉛筆を五、六本、小山のような白髪にさした女性が、しばらくヘニーの話を聞き、それから髪の毛の鉛筆を一本引き抜いて伝票に何か走り書きした。

「ナブル・カープはすっかりきらしていて」と彼女は言った。「十四丁目のフリードランダーの店へ行って、この注文伝票を渡してちょうだい。」彼女は伝票の一枚目の紙を破ってへニーに渡した。「場所はわけなく見つかるわ。六番街と七番街のあいだよ」
わけなく見つかったが、私は迷子になりはしないかと不安だったし、ヘニーも同じ気持ちだったと思う。二人ともそれまでこのあたりへ来たことがなかった。私たちはゆっくり歩きながら、何も見落とさないように気をつけた。見るものがたくさんあった。たとえば六番街高架鉄道《エル》。これははじめて見た。十四丁目を西へ歩いていた私たちの目の前にいきなり現れたその一部は、何度も見たことのある、一番街エルや三番街エルと違わないように見えた。しかし私にははじめてだったので、六番街エルにはいくつか発見があった。たとえば、緑色の駅舎へつづく長い上り階段の一番下の段に、私がよく知っている一番街エルや三番街エルの駅へつづく階段の一番下の段では見たことのないものがあったのだ。

男が一人、歩道にすわり、手摺りによりかかって、片腕を階段の一番下の段にのせていた。服はぼろぼろで、顔は汚れ、髪の毛はもつれていた。膝には汚らしい古ぼけた茶色のフェルト帽をのせていた。高架鉄道の駅へと階段をのぼる人のなかには、男の前を通り過ぎるときに、足を止めて、ポケットに手をつっこみ、小銭を一枚か二枚とりだして、その帽子に落とす人もいた。ヘニーといっしょに近づいてみると、男は首から看板をさげていた。それにはぞんざいな字でこう書いてあった。「脚の不自由な者にお恵みを」。そのあとすぐに、私は男の口髭に気がついた。髪の毛同様、くしゃくしゃだったが、上唇の上からミニチュアの牡牛の角のように突き出している、その二つにはっきりと分かれた髭は間違えようがなかった。

それから、片方のズボンの裾がまくられ、義足の上でピンでとめてあるのが目にはいった。義足は若者の小銭でいっぱいのフェルト帽をよいほうの脚に安定させる支えになっていた。

ヘニーが私と同じものを見ていたことに気がついたのは、彼がこう言うのが聞こえたときだった。「やれやれ、ファーツ・ルケルが怖くないはずだ!」

私の感想はまったく違った。なぜだかわからない。こう思ったのを覚えている。「だからあんなに高いスーツや奥さんの模造アザラシ皮のコートが買えるんだ!」そのとき、瞳孔がないように見えるあの光った黒い瞳から酷薄な眼差しがこちらへ揺れて、私の視線をとらえた。ヘニーの視線もとらえたにちがいない。私たちは同時にくるりと背を向けて走りだした。

十四丁目で見たことをヘニーがいつ父親に話したのか知らないけれど、私はグロップル先生が、母が床を離れても大丈夫と言うまで待った。それはたまたま金曜日だったので、母は生まれたばかりの弟にミルクをやったあと、まず最初に一週間分のパンやケーキを焼きはじめた。その午後、学校から帰ると、テーブルにはジェリーの瓶二本にはいった冷たいミルクとシュガークッキーが六枚のった皿が用意されていた。

「私が寝ていたこの一週間に」と母は、私が一枚目のクッキーにかぶりついたときに言った。「誰が四丁目から引っ越していったと思う?」

考えるまでもなかった。フリードランダーの店から十ポンドのナブル・カープを運んだ翌日、ヘニー・レオポルスタットと私は、ミシグ家の家財道具がウェルトナーの馬屋から来た荷馬車に積まれているところを見ていた。けれども、ミセス・ミシグが徴兵忌避者の妻からベレルおじさんの白砂糖をもらうのを拒んだ日の、母の顔に浮かんだ、あの傷ついた表情を思い出した。東四丁目でただ一人、毛皮のコートを持っている女性の声にこめられたひどい蔑みを思い出した。母には、そのニュースを伝える満足感を味わう権利があるような気がした。

「誰なの?」と私は言った。

第三章

子供か棺桶

A Kid or a Coffin

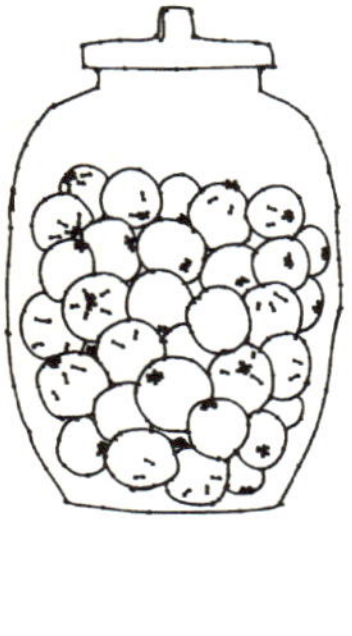

東四丁目に住んでいた子供のころ、モンロー・クラインは「毛のあるナイフ」——もちろんイディッシュ語で——といわれていた。「毛のある」という言葉で彼の父親と区別されていた。クラインさんはまったく毛が無かった。クラインさんは私がはじめて会った政治家だったけれど、そのころは彼をそんなふうに思ってはいなかった。

第一次大戦後まもない当時、私は身のまわりで起こっていることについてあまり考えなかった。そのまま受け入れた。私は八歳くらいで、身のまわりの出来事がまったくまともなことのように思われた。つまり、誰の身にもあることだったのだ。

八歳くらいと言ったのは、そのころ東四丁目では、出生証明書がでたらめだったからだ。女の人は陣痛が来ても病院に行かなかった。大声で隣の人を呼んだ。私の二十世紀への門出を証明できる事柄をまとめると、母が大声で呼んだとき、リヒトブロー夫人がその声を聞いてやってきたということになる。

昼ごろだった。歴代の暗殺された大統領たちのことを伝記作家が史実に基づいて書きしるしたように、正確な時間を確定するすべがなくても、信頼すべき時間を計る確かな目安がある。たとえば、市のごみ収集トラック。あのころ、東四丁目へは週に一度、火曜日にしか来なかったので、それがお昼ごろだったとわけなくきちんと説明できる。

二週間前、リヒトブロー夫人が父の葬式に来たとき、私が生まれた日の話をした。リヒトブロー夫人は去年で九十三歳、上の入れ歯の具合が悪かったけれど、その日のことははっきりと覚えていた。

「火曜日だったよ」とリヒトブロー夫人は言った。「その日が火曜日だったとわかるのは、その前の日にうちのコンビーフの鍋に硝石を入れたからさ。ちゃんとしたコンビーフをつくるには、五日間硝石に漬けなければいけないから、私はいつも月曜日に硝石を入れるんだよ。長すぎてもいけないし、短かすぎてもいけない、きっかり五日、私はいつも月曜日に硝石を入れるから、金曜日、ろうそくに灯をともす前に、重しをとって、硝石を捨てるのを忘れなかった。金曜日にろうそくをともす、これは忘れっこないよね。だからろうそくの灯をともす前にしなければならないことも忘れない。だから月曜日に硝石を入れて、五日間おくわけだから間違いはない。それであんたが生まれたのは火曜日だってわかるんだよ。私がコンビーフに硝石を入れて重しを置いた次の日、あんたのおかあさんが大声で呼んだのさ。その声を聞いたとき、うちのベニーにごみを持たせて下に行かせたところだった。ちょうど通りでごみの車の音が聞こえたものでね。そんなわけで、硝石のことからその日は火曜日だったたってわかるし、ごみの車で正午だったってわかるんだよ。いつもその時間にごみの車が来ていたからね。ちょうど十二時だった。私は廊下を横切って、あんたの家にすっとんでいったよ」とリヒトブロー夫人は言った。「お母さんを一目見てから、走って引き返して、うちの窓から通りにいるベニーに叫んだんだ。ごみはもういいから、急いでグロップル先生を呼びに行っとくれって」

グロップル先生は、アヴェニューBに向かってアヴェニューCの角からちょっとはいった東四丁目の褐色砂岩の家に住んで、そこで開業していた。診察時間というものはなかった。予約して診てもらう人などいなかった。一つには、東四丁目では誰も電話を持っていなかったからだ。グロップル先生も持っていなかった。もう一つは先生が予約帳を持たなかったからだ。病気になったら、歩いてゆき、先生の仕度ができるまで診察室の手前の部屋にすわって待つ。持っていくお金は五十セント。お金を持っているのが心もとないほど具合が悪いときは、母親が紙にお金を包んで上着に針でとめるのだった。グロップル先生は請求書を出したことがなかった。請求書を書く時間がなかったのだ。昼も夜もなく働いていた。看護婦はいなかった。なにもかも一人でやっていた。往診を一度も断ったことがない。往診に遅れることもなかった。呼び出されれば、昼でも夜でもすぐに出かけた。いや、駆けつけた。

何年かのちに、私がボーイスカウト第二二四隊のシニア班リーダーだったとき、グロップル先生の息子のモーリスがわけを説明してくれた。モーリスは幼児班《ビーヴァー》のリーダーで、打ち合わせをするから、ひと晩彼の家に来るようにと言ってきた。縄結び予選コンテストの準備をすることになったのだ。隊長のミスター・オスターワイルは、年一度のオール・マンハッタン大会に出る私たちの隊の代表チームを選ぶ、それが唯一の公平な方法だとみていた。モーリスと私は褐色砂岩の地下室にあった、グロップル家の台所のテーブルで紙と鉛筆でその作業をしていた。突然鉄の地下通用門が大きな音をたてた。モーリスが様子を見に外へ駆け出していった。しばらくして、彼が診療所の待合室へ階段を駆け上がっていく音がした。私は窓際へいって、夜の通りを覗いた。歩道の、グロップル家の入り口の階段前にある街灯の下に、一人の男が立って、玄関のドアにつづく褐色砂岩の階段を見上げていた。彼は震えていたが、驚くことではなかった。一月のことで、身支度を整える間もなく家から走ってきたのが一目瞭然だったからだ。ズボンと袖無しのシャツという姿だった。けれども、彼は寒さに震えているだけではなかった。怯えているようだった。

　私が窓際に行ってからしばらくすると、グロップル先生が小さな黒い鞄を持ち、青っぽい灰色の中折れ帽をなおしながら、褐色砂岩の階段を駆けおりてきた。東四丁目で、医者が力を発揮するのは、着ている服によるところが大きい。グロップル先生はウッドロー・ウィルソン大統領のような服装をしていた。移民してきた女の人に、ウッドロー・ウィルソンのような身なりの男の人が、毎時間これを二つずつ服《の》みなさい、どんなに苦くても、あるいはコーシャであろうがなかろうが、いやがってはいけないと言えば、彼女はそれを服んだ。グロップル先生の青っぽい灰色の中折れ帽――何年かのちに、それはアプタウンのドブズで買ったものだとわかった——は、東四丁目の往診では聴診器と同じくらい大事なものだった。

先生は怯え震えている男の腕をつかんで、一緒にアヴェニューCのほうへ走っていった。まもなく、モーリスが台所に戻ってきたので、私はどうしたのかと聞いた。モーリスは鉛筆を手に取りながら肩をすくめた。「さあ、でもきっと子供か、棺桶だよ。この辺の人たちが往診に一ドル払うのは、赤ん坊が生まれるか、誰かがくたばるかのどっちかさ」

私が生まれて何年もたたなかったその日、グロップル先生がうちのアパートに二度目の私の往診に来たとき、私は自分が死にかけているのがわからなかった。

父や弟と一緒に使っていた寝室に先生が現れる十日前、ミス・キッチェルが、休み時間に第一八八公立小学校の自分のクラスの生徒を引率して、近所では「ルーフ・ガーデン」といわれているところへ散歩に出かけた。これは公園のきたないベンチのような濃い緑色の建物で、役にたたない飾りだけの尖塔や小塔がたくさんついていた。この建物の一部分は、三丁目の端でイースト・リヴァーに突き出した埠頭を囲んでいた。南北戦争直後に、市はいかにももっともらしい理由があって建てたのだろうが、実際はばかばかしいほど装飾に凝ったお粗末な建物でしかなかった。グロップル先生が私をこの世に送り出してくれるころには、そんな理由はとうに忘れられていた。ミス・キッチェルが六月の明るい陽光を浴びて、受け持ちの生徒たちを散歩に連れ出したころ、私はルーフ・ガーデンは二つの目的にしか使われていないと思っていた。

戦争中、兵士たちが何度も三丁目埠頭に上陸し、濃い緑色の建物の下で教練や点検などを終えてから、あの謎めいた、私にはまだ未踏の地、「アプタウン」へと三丁目を行進していった。また毎年夏になると、ときおり日曜日の午後に、金モールのついた制服姿の一団が楽器と金属製の折り畳み椅子を持って、三丁目埠頭へ現れた。彼らはルーフ・ガーデンのはずれか川沿いに、椅子を縦横に並べ、楽器の調子を合わせてから演奏をはじめた。

彼らがどこから来たのか、どうして演奏しているのか、誰も知らないようだった。この辺の住人ではなかったし、母が子供のころハンガリーで覚えて、東四丁目で私たち姉弟に教えてくれた歌は一曲も演奏しなかった。曲が違うのだった。聞きなれない曲もあった。けれども年上の人たちは、とくに第一八八公立小学校を卒業して今はアプタウンで働いている人たちは、このような歌が好きらしかった。いつのまにか私も好きになっていた。私は年上の男の子や女の子のように、もちろん歌に合わせて踊ったりはしなかった。ダンスを覚えたころには、もう東四丁目に住んでいなかった。けれども、この日曜日の午後に開かれた軍楽隊の演奏会で、若い――当時の私にはとてもそうは思えなかったが――男女がルーフ・ガーデンの下で踊りながら歌うのを聞いて、「ケイ・ケイ・ケイ・ケティ」、「オーヴァー・ゼア」、「林檎の花咲く頃」、「星条旗よ永遠なれ」の歌詞を全部覚えたのだった。

ミス・キッチェルが生徒たちを散歩に連れていった日に、私は別のことを学んだ。ハムラビ王やクラレンス・ダローのような人たちの精神を養う土台となった、規則や規定がなぜ生まれてきたのかということである。白髪で、靴のボタンのように輝いている茶色い目をした、小柄な猫背の女性から学んだことは、たいへんな教訓だった。ミス・キッチェルはおそらく体重が八十ポンドもなくて、けっして大声を張り上げることはなかった。ただし、朝に、ピッチパイプで正しい基本音を鳴らしてから、生徒たちを先導して、お気に入りの讃美歌二曲、「主よ、夜明けに誰が求めん」か「上り下りの続く道端で」を歌うときは例外だった。

私の好きな歌は「旗を立てろ！　いざはためかせよ」だった。それは、十二歳だが、もうまもなく堅信礼《バル・ミツバ》で成人する、第六四中学校に通っていたモンロー・クラインが、その歌のメロディーに猥褻な歌詞をつけたからだった。大人が近くにいないときに、その替え歌を歌ってくれた。私は歌詞の意味がまったくわからなかったし、おそらくモンローもわかっていなかったのだろうが、それははっきりしなかった。今にしてわかるのだが、あのころ私は親分肌にひかれたにすぎない。モンローは親分肌だった。ほかに私が知っているそのような人たちのことをふり返ってみると、それはもっぱら早熟からきているように思われる。もし五歳で、ミッシャ・エルマンに冷や汗をかかせるほど上手にヴァイオリンを弾くことができたら、ほかの演奏家たちは師として尊敬せざるをえない。もし十二歳で、じつに敬虔できわめて感動的な讃美歌を猥褻な歌詞に書き直すことができたら、まちがいなく仲間たちはたいへんな畏敬のまなざしでみるだろう。ミス・キッチェルが休み時間に第一八八小学校から私たちを引率して散歩に行き、三丁目埠頭のルーフ・ガーデンに着いた日、私はそんなふうにモンロー・クラインのことを思っていたのだ。モンローはアヴェニューCにある父親の金物店で使う石炭をいっぱいに積んだ一輪車を押しながら、私たちのほうへやってきたのだった。モンローはいつも学校をサボって埠頭へ行き、繋がれた艀から父親の店で必要なものをもらっていた。

「おい、おまえら」とモンローが言った。「ほら！　それがフローティング・コニーだ！」

フローティング・コニーとは、ロワー・イーストサイドに移民してきた住人たちの衛生状態を適度に保つために、市が考案した一連の建造物のなかで唯一の移動施設に、東四丁目がつけた名前である。生やさしい事業ではなかった。

たとえば、私は十一歳になるまで、一度も浴槽を見たことがなかった。母もそうだった。けれどもハンガリーの農場に育った子供のころは、週に一度、台所のコンロのそばに据えつけられたブリキの洗い桶で垢を洗いおとすのが習慣になっていた。東四丁目のアパートの台所は、それほど広くはなかった。私が東四丁目に住んでいたとき、このような台所をいくつも見た。

それらはすべてうちの台所とまったく同じだった。十二フィート平方、四方の壁に床から四フィートほどの高さに黒い腰板が付いていた。腰板の下の壁は濃い緑色に、上の壁はそれより少し薄い緑色に塗られていた。天井はきまって薄い茶色とも黒ずんだ黄色ともいえる色だった。それがどちらとも言いがたいのは、天井はめったに塗り替えられなかったからで、母は何年もの間にたまった埃で薄黒くなった黄色だと思い、父はかつては白く塗られたのが年月を経て黒ずんできたと思っていたからだった。リノリウムの床の色は住人の好みにまかされていた。母はそのころ、市の建物の廊下に使われるような地味な焦げ茶色を好んだ。「汚れが目立たない」からである。もちろん住人は自分が選んだ家具を部屋に入れられたが、家主が備えつけてくれたものが三つだけあった。一方の壁際に大きな石炭ストーブ、一つしかない窓にいちばん近い隅の金属製の流し台、灰色のセメント製で幅四フィート、長さ二フィートの長方形の盥《ウオッシュタブ》。この盥はセメントの壁で二つに仕切られ、縦横それぞれ二フィートの正方形の盥に分けられていた。盥の一つは家族の衣類の石鹸洗い用で、もう一つはすすぎ用、東四丁目のたいていの主婦は、備えつけのこの設備をそのように使っていた。母は違った。

東四丁目三九〇番地の部屋に引っ越してきてすぐに、母は管理人から小ぶりの玄翁《ハンマー》を借りて、盥を二つに分けているセメントの壁を打ち砕いた。父が粉々のセメントを、アパートの前の歩道にあったごみ缶に運んでから、母は古いパン切りナイフで、こわしたセメントの壁で二つに分けていた盥を平らに削った。私たちが三九〇番地に住んで初めての土曜日に、私が家族の誰よりも先に、その間に合わせの盥《バスタブ》で入浴した。次に入った父は、幅四フィート、長さ二フィートでは少し窮屈だと言ったが、問題は深さだった。それ以来、母は、少なくとも週に一度はみんなが風呂に入るのを忘れないように気を配った。近所では母の創意工夫に感心する人が多かったが、覚えているかぎりでは母の真似をした人はいなかった。住民感情として、それは行政の問題だということらしかった。もし市当局が、ロワー・イースト・サイド全体が更衣室のような匂いがするのを望まないならば、その対策を講じるのは市の義務であり、いうまでもなく市はそれなりのことをしてきた。

市はつぎつぎに公衆浴場を建てた。私が知っているのはリヴィングストン・ストリートにあった。自分のタオルを持っていかなければならないが、一セント銅貨を払うと、よごれた白いズボンを履き、もっとよごれた袖無しのシャツを着た市の職員に、細長い石鹸のかけらをもらい、仕切りのないシャワーが並んだ部屋に入ることができた。どのシャワーもお湯と水が出て、灰色の大理石の壁には驚くほど工夫を凝らした落書きがあった。初めてそこへ行ったすぐ次の日に、友だちのヘンリー・レオポルスタットに落書きの話をしていると、母に聞かれてしまった。その結果、公衆浴場はそれが最初で最後になった。同じことがフローティング・コニーへ初めて行ったときにもいえるのだが、その理由は違っていた。

フローティング・コニーは、もちろん、東四丁目のほとんどの人が行ったり、話に聞いていた唯一の海辺の行楽地、コニー・アイランドにちなんで名づけられた。フローティング・コニーは一隻の艀なので、外から見たところ、毎日引船に曳かれてイースト・リヴァーを往き来する艀と似ていなくはなかった。艀は四丁目埠頭に停泊し、積んできた木材や石炭が森林製材株式会社やバーンズ石炭株式会社の貯蔵場へ運ばれていて、それが私の寝室の窓から見えた。けれども、このような艀とフローティング・コニーが似ているのは外見だけだった。

市がフローティング・コニーを、衛生施設か娯楽施設のどちらにするつもりなのか、私にはわからなかった。いずれにせよフローティング・コニーが私たちの町に来ると、両方の役目を果たした。それは川に浮かぶ大きなプールだった。艀の中央部は巨大な長方形で、まわりは木でできていて、底は格子状になっていた。格子の底からイースト・リヴァーの水が満ちたり引いたりした。この青空プールの四方には、公園のベンチのようなお定まりの汚い緑色に塗られたロッカーが並んでいた。

フローティング・コニーをはじめて見るずっと前に、私はモンロー・クラインやほかの人たちから、市が六月一日にマンハッタンの埠頭をゆっくりまわる艀を送り出したという話を聞いていた。フローティング・コニーは一艘、あるいはそれ以上の市の引船に曳かれて停泊する。その艀はしっかり固定される。ほかの場所に移る前の一週間かそこいら、停泊している埠頭の近くの住民は、朝の九時から日没まで、無料で乗船して木製のプールで泳げるのだ。無料。扉のないロッカーには鍵もない。幸いにもロッカーはみなプールに面していて、扉がなかった。だから、艀の中央を流れる川の水で泳いでいる間、自分の服から目を離さないでいられた。これは大切なことだった。服を盗まれたら困る。フローティング・コニーを訪れる者は裸で泳いだ。当然男性の日と女性の日があった。私がはじめてフローティング・コニーを見た日はどちらでもなかった。ミス・キッチェルのクラスが三丁目埠頭のルーフ・ガーデンに着いたとき、フローティング・コニーは市の引船に曳かれて、三丁目と四丁目の間にまたがる係留所にゆっくりはいろうとしていた。

「引船の船長が、自分の思うままに動力を使うみごとな腕前を、気をつけて見てごらんなさい」とミス・キッチェルは言い、私たちは二列に整列して見た。「彼はエンジンを全開にしたままにはしません。進んでは停まる。進んでは戻す。進んでは停まる。そしてもう一度進んで戻す。このように、とても重い艀をゆっくり一定の速度で進むように保ち、ゆるやかに移動して停泊するのです。そうではなく、もし引船の船長が全部の力を不注意に使うと、艀と埠頭の両方を傷つけるかもしれないし、あるいはこわしてしまうかもしれません。ここに私たちみんなにとって教訓になることがあるのです」

私はそれが何か聞きたくて今か今かと待ちかねた。ミス・キッチェルのいろんな教訓に心を打たれていたのだ。私が家で教えられることとはまったく違っていた。というよりも、やり方が違っていた。たとえば、母はこうは言わなかった。「泥のついた靴をはいたまま、家にはいってはいけません。はいる前に玄関に脱いできなさい。」ことの起こりは、ある日、泥のついた靴をはいたまま家にはいったのだ。家の奥まで行かないうちに、ぴしゃりと一発お尻をたたかれる。泣いても逆らってもおとなしくしていても、つくったばかりのきまりを命令的に言いわたす母がいる。「泥のついた靴をはいたまま、家にはいってはいけません。はいる前に玄関に脱いできなさい。」これはよいやり方だった。とにかくききめがあった。二度と泥のついた靴をはいたまま家にははいらなかった。

ミス・キッチェルのやり方は胸のすくほど違っていた。ある日、泥のついた靴をはいたまま教室へはいる。ミス・キッチェルがとんできて、網戸を通り抜けようとするイエバエのように、かん高い声でまくしたてる。

「まあまあ、なんて汚ないんでしょう！　さあ、そんな泥だらけの靴は脱いでね。そうそう、それでいいわ。すぐにドアの外に置けば、廊下で乾きますよ。いいですか。では、雑巾で、汚れたところを掃除しましょうね。そうそう。さてみなさん、今のことをみんなが忘れないようにしましょう。ここに私たちみんなにとって教訓になることがあるからです。ぜったい泥のついた靴で教室にはいってはいけません。泥のついた靴はかならず外で脱いで、教室にはいる前に廊下に置いてくること。この教訓を忘れないようにしましょうね」

一生懸命に聞かなければと思ったおぼえはない。ミス・キッチェルがかん高い声で教訓の話を始めるとすぐに、私はいつのまにか熱心に聞いていた。けれども六月のあの日には、引船の船長がフローティング・コニーを停泊位置へと操縦する方法に、どんな教訓が隠れているかをミス・キッチェルが話してくれる前に、モンロー・クラインが意見を述べた。「フローティング・コニーが埠頭に着いたら、キッチェル先生、生徒たちを泳ぎに連れてきたらどうですか？　休み時間はまる一時間ありますよ」

私はそれを聞いて最初に感じたことを覚えている。すごい。驚きはしなかった。モンロー・クラインの提案はいつもすばらしかった。どうしてミス・キッチェルはそれをほとんど取りあげないのか、私は腑に落ちなかった。とりわけ彼女が私と同じように、モンローの提案がすばらしいと思っているのが明らかだったから。もちろんモンローはミス・キッチェルのクラスにいるには年長すぎたが、いつも近くにいたように思う。おそらく彼は生まれついての政治家だったからだろう。いずれにせよ、たとえミス・キッチェルが実際にモンローの提案がすばらしいと言わなかったとしても、感心していたとわかるのは、いつもそこに教訓を見いだしていたからだ。

「あなたがそんな提案をしてくれてうれしいわ、モンロー」とミス・キッチェルは言った。「そこに私たちみんなにとっての教訓があるからです。イースト・リヴァーで泳ぐのがどんなに危険か、わかっている人はほとんどいません。市のえらい人たちもわかっていません。または関心がないのかもしれません。もし関心があれば、このような船に来て、汚れた川の水のなかで泳ぐのを市民に勧めたりはしないでしょう。イースト・リヴァーで泳げば、乳様突起炎、瘰癧、ジフテリア、結核、脳膜炎、腸チフス、風疹、発疹チフスなどたくさんの病気を無防備に招くということを、信頼できるお医者さまから聞いて知っています。あなたが提案をしてくれてうれしいのはね、モンロー、汚れた川の水で泳ぐのは危険だとみんなに注意する、こういう機会をあたえてくれたからなのです。この教訓を忘れないようにしましょう、いいですね?」

私はそうしようとしたが、簡単ではなかった。暑い天気が続いていて、その週からもっと暑くなったのだ。男性の日、学校が終わるとすぐに、近所の年上の男の子たちはみなイースト・リヴァーの埠頭に向かった。父親たちも仕事から帰ると、フローティング・コニーに一浴びしに行く人もいた。私の父は行かなかった。そして、女性の日に母も行かなかった。姉と私は艀のプールに近づくのを禁止されていた。

「おまえがおしゃべりだから」とフローティング・コニーが三丁目埠頭に停泊して最初の土曜日の午後に、姉が苦々しげに言った。姉はルイス・ストリートの角を曲がって泳ぎに行く友だちの姿が見えなくなるまでじっと見ていた。「みんなおまえのせいよ」

姉の言うとおりだった。すべて私が悪かったのだ。私はミス・キッチェルを心から崇拝していたので、毎夕、食卓を囲んで晩ごはんを食べるとき、その日彼女が生徒たちに教えてくれた新しい教訓について、家族にこと細かに話した。フローティング・コニーが三丁目埠頭に着いた日、私はモンロー・クラインの提案と、ミス・キッチェルがそれから引き出して教えてくれた、みんなのためになる教訓の話をした。

「先生の言うとおりだ」と父が言った。「忘れもしない、昔、ダ・ヘイムでそういうことがあったんだ」

このダ・ヘイムという二つのイディッシュ語は、直訳すると「家庭《ザ・ホーム》」である。父にとっても母にとっても、その言葉はずっと大きな意味を持っていた。我が家《ゼア・ホーム》。そして一人ひとりにとって我が家は一戸の家屋《ハウス》以上のものであり、今住んでいる家のことではなかった。父と母がダ・ヘイムという言葉を口にするときには、二つの単語の短い響きに、はっきりと言外の意味が含まれていた。それは二人にとって、ほかのすべての家庭はかけがえのないただ一つの我が家に帰る、長い旅の途中の仮住居《かりずまい》だということだった。

「兄や弟や友だちと一緒に、森の向こうに泳ぎに行ったんだ。そこの水はひどい臭いがしたので、母はよく、行ってはいけない、病気になるよと言っていたけれど、わかるだろう、男の子たちがどんなものか。聞く耳を持たない。それで私たちは出かけていって泳いだところ、三日後に兄ともう一人の子が病気になり、それから二、三日して死んでしまったんだ」

「とうさん《パパ》の話、聞いたでしょ」と母が言った。「うちにはそんな汚い水にはいる人はいないのよ。いい?」

姉と私は頷いた。もしモンロー・クラインが孝行息子ではなく、東四丁目の生活で父親の役目を誇りに思わず、熱心に父親の手伝いをしていなければ、それで話は終わっていただろう。クラインさんはアヴェニューCで金物屋を営んで生計をたてていたが、彼の生き甲斐は民主党だった。彼は第六州議員選挙区の地元の顔役だった。

毎年、夏も過ぎ労働祝日が近づくと、クラインさんと共和党の責任者であるディーナーが、十一月の第一月曜日の翌日にあたる最初の火曜日に、東四丁目の住民が投じる票をめぐって、下工作を始めるのだった。クラインさんが宿敵共和党の責任者に一つまさっていたのは、東四丁目で商売をしていたことだ。東七丁目に住んでいるディーナーさんの強みは共和党のほうが資金を持っていることだった。とにかくデイーナーさんのほうが遣えるお金が多いように思われた。たしかに票集めの序盤には彼は気前がよかった。

何年もたって、私が選挙権を得て、フランクリン・デラノ・ルーズヴェルトに一票を投じて、投票すべき人はほかにいないと、同世代の大多数と同じように信じたとき、取引も選挙のうちだというのは間違っていることがわかってきた。けれども、私が子供のころには、それが東四丁目では民主主義の仕組であり、それが間違っていると考える人はいなかったのだ。明らかにクラインさんはそうは思っていなかった。

彼は八月の終りごろになると、夜にときどき立ち寄って、姉の頰をふざけてつねったり、金物屋で鍛えた手で私や弟の髪をかいたり、母に「寒さに備えて」必要なものを尋ねたりした。もちろんこのようなやりかたは当を得ていた。冬は東四丁目ではつらい時期だったから。

アパートはセントラル・ヒーティングの設備がなかった。一年を通じて料理に使われている、台所の石炭ストーブが冬のただ一つの暖房だった。つまり台所から離れるほど寒くなるということだ。たとえば、十一月からは居間のせいぜい三分の一の部分でしか暮らせなかった。ドアに近い側で、台所へ直接に通じていた。同じように、寝室も三分の一の部分はどうにかいられた。やはり台所へ直接通じるドアに近い側で、ストーブの反対側にあった。肉屋の冷蔵庫にはいったことがあるが、この寝室にいるよりはまだましだった。寝室はウナギの寝床のような安アパートでは突きあたりにあった。部屋の中ほどまでいくと、服から出ている体のあちこちが寒さで疼き出す。端までいくと、目が潤み、頬骨が刺すように痛み、鼻水が出てくる。

クラインさんとディーナーさんがどうしても欲しい票との引き替えに欠かせなかったのが、冬の訪れとともにイースト・リヴァーの川岸に住む人々を襲う寒さから身を防ぐものだった。もちろん何で身を守るかは選択の問題だった。家族全員の厚手の下着を頼む有権者もいた。ゴム長靴を選ぶ人もいた。リヒトブロー夫人はきまって、愛するベニーの冬物のコートと、自分たち夫婦の厚いセーターが編めるだけの毛糸、ストークの去痰薬を四本頼んでいた。「東四丁目でこれだけは間違いないってことが冬に起こるのさ。」クラインさんやディーナーさんとの交渉の情報交換をしていたときに、彼女が母にそう言ったのを覚えている。「かならず家じゅうの者が咳をし始める。家にストークの薬がたっぷりあれば、過ぎ越しの祝いまで生きていけるよ」

母が集められる二票と引き替えにもらうものはいつも同じだった。無煙炭二トン。母は無煙炭とは言わなかった。東四丁目で誰もが言うように硬炭《ハード・コール》と言い、買える人はほとんどいなかった。軟炭《ソフト・コール》より高価で、あまり煤が出なくて、火持ちがよかったのだ。母は二トンあれば心配なく冬を越せるとわかっていたので、二トンのためなら、投票所で用紙に記入するとき、所定の場所に×印が書き込めるように、クラインさんとディーナーさんのどちらの候補者なのか、名前を見分ける方法をすすんで覚えた。母は字が読めなかった。

この交渉事にさほどむずかしいことはなかったが、メヌエットのように終始形式通りに、少しも変わりなく進行した。たとえば、ディーナーさんがクラインさんより前に訪れることはなかった。おそらくクラインさんが私たちと同じ建物に住んでいたのに、ディーナーさんははるばる東七丁目からやって来なければならなかったからだろう。あるいは二人が申し合わせていたからだろう。クラインさんはいつも最後には、母の言う二トンの無煙炭をくれるにもかかわらず、きまってはじめには、二トンは自分には無理なのでよく考えなければいけないと言うのだった。彼が考えている間に、ディーナーさんが現れた。ディーナーさんはいつもクラインさんより急いでいるようだったので、姉は頬っぺたをつねられることもなかったし、私と弟は髪をいじられずにすんだ。ディーナーさんはたぶん時間に追われていたから、少しも無駄にしたくなかったのだろう。

「クラインがくれると言ったものなら何でも」ときまって彼は言った。「私はもっと多くやろう」

母の答えもいつも同じだった。「よく考えとくよ」

母は考えたりしなかったと思う。最後にすることはいつも同じだったからだ。結局、私はディーナーさんが言った「もっと多く」がどれほどか、三トンなのか四トンなのか、わからなかった。彼がどれだけたくさんくれるのかを示す機会もないうちに、母はいつもクラインさんの二トンの申し出を受け入れた。理由の一つは明らかだった。彼が支払う家賃のおかげで、この建物の住人は誰でも地下室のケメレルを使う権利をあたえられていたのだ。ケメレルとは貯蔵用に粗雑に作られた蓋付の大きな木箱のことだ。チペンデール様式の家具やブリストルガラスの保管用だったのだろうが、ケメレルでそういう使い方をされるのを見たおぼえがない。ここの住人はみんな同じ目的で使っていた。石炭の貯蔵だ。私の家のケメレルは二トンを無理なく収容できたし、冬を越すにはそれで十分だった。たくさんもらっても、貯蔵に困るだけではないか？　そのように母の考え方は実地に基づいていたのだと思う。

母の考え方にどれほど政治的な根拠があったのか、私にははっきりわからないし、母から話を聞くこともできなかった。母の寡黙だけが私がたどれる糸口だ。母はあまり複雑な人ではなかった。つまり、欲しいものを手に入れようとするとき、母がどのように頭を働かせるかを知ることだ。彼女が欲しいものは彼女が必要とするものだった。自分自身と家族のために。母は、自分に必要なのは人が生きていくためのものだ、とヨーロッパでつらい思いをした若いころに学んでいた。

たとえば、母は美しいものを身につけることなど口に出したこともなかったし、まして人に話したり、欲しがったりしなかった。けれども、母がアヴェニューDの角にある肉屋のカナーヴォーゲルさんからスープ用の骨をただでもらうようにしていたのを私は見ていた。ルイス・ストリートのゴットリーブさんの店より贔屓にするよう、同じ建物に住む奥さんたちに勧めると約束したのだった。母は一度もその約束を守らなかったし、そのとき私は幼くても、母が約束するのを聞いていて、守るつもりがないこともわかった。母は欲しいものを手に入れてきた。いや、必要なものだ。母の関心はそれにつきた。道徳を論じたり、つまり誓いの言葉を守ることの是非を問うのは、母にとって時間の無駄だった。そんな時間があれば、自分と家族が生きていくのに必要なほかのものを手に入れるために使ったほうがよっぽどよかったのだ。

母はクラインさんとの約束を守らないのを気にかけていなかったと思う。母の悩みは、毎年母が同じ約束をするのを父が知っていたことだろう。父は社会主義者だった。クラインさんとディーナーさんが票集めをしている候補者たちをひどく嫌っていた。父は、ジェイコブ・パンケン、オーガスト・クラエッセンス、マイヤー・ロンドン、ヴィクター・バーガー、ユージーン・デブズのような人たちを応援して、一票を投じた。確信をもってそうした。母も彼らに票を入れた。父への義理立てからだ。母が気が気でなかったのはきっと、毎年母がつく嘘に父が気づいているのを知っていたからだろう。

けれども、たとえ私がもう少し年が上で話を聞きたいと言っても、母は噂話の恐ろしさを知っていたから、そのことを話す気はなかったと思う。そんな話をしたら、クラインさんとディーナーさんの耳にまで母は二枚舌だという噂が伝わったかもしれない。当然二人は腹を立てて、毎年母の二票を買うのをやめたかもしれない。そうなれば、母はどうしても欠かせない食料のためのお金で、同じようにどうしても欠かせない石炭を買わなければならなかっただろう。そのために型通りに運ぶ冬の燃料の交渉で、絶対に変わることのない、父が受け持つ役割があった。クラインさんとディーナーさんがうちの台所に入ってくると、すぐに父は出ていった。短気で有名な仰々しいヴィクトリア朝の小説家のように出ていったのではない。父はおとなしい人だった。彼はそっと出ていった。

今も目に浮かぶのだが、あの暑い夏の土曜日、台所のドアが開いて、父は読んでいたユダヤ日報から顔を上げた。クラインさんが息子のモンローを連れてはいってきた。子供のいる家に父親が行くときはいつもモンローがついてきた。両者とも交渉を進めるにあたって、この駆け引きは子供に見せないほうがいいと感じていたにちがいない。交渉の現場を見せないように子供たちを連れ出すのがモンローの役目だった。

「どうも、どうも、どうも」とクラインさんは言った。彼はいつも自分や党本部の資料をカーボン紙で写すかのような口調だった。「ちょっと折り入った話があるんで、おじゃましてもいいかな?」

「すまないが」と父は母に言った。「用事があったんだ」

彼は新聞をたたんで小脇に抱えて、家を出ていった。クラインさんは居間、そして寝室を台所から覗きこんだ。

「ほかの子たちは?」

母が、姉は赤ん坊の弟を連れて、第一八八小学校に〈幸せの青い鳥クラブ〉の集まりに出かけたと説明した。

「それで置いてきぼりか」と彼は言って、また私の髪を突いた。「うちのモンローに活動へ連れていかせようか?」

「活動」というのは「活動写真館」の略だったのだと何年もたってからわかった。それは四丁目では、三丁目のアヴェニューCとアヴェニューDの間にあるアメリカ映画劇場のことだった。私はこれまで二回しかはいったことがなく、どちらのときも、クラインさんにお金をもらい、彼の息子のモンローと一緒で、クラインさんが第六州議員選挙区の民主党支部長が母に票を入れてもらおうと交渉をはじめる時期だった。

「本人が行きたいならいいですよ」と母が言った。

クラインさんはモンローに十セント硬貨を二枚渡した。モンローが私の手をとって、一緒に出かけた。私たちは黙って歩いた。モンローは父親の手伝いをするときはいつもまじめにやったが、世話を頼まれた子供とはあまり話をしようとしなかった。何もしゃべることがなかったのだろう。一人で考え事をするのが好きだったのかもしれない。私は彼を責める気にはならなかった。あなたは無口だったその埋合せをしているのねと妻は言うけれど、あのころ私は口数がひどく少なかった。当時、話し方を知らなかったのだが、私も一人で考え事をするのが好きだったのだと今にしてわかる。考え事をしていて辟易することが今でもある。

「おい、あれを見ろよ」と突然モンローが言った。

彼は三丁目のピクルス屋を指さした。それは私が見るのが大好きな眺めだった。けっして見飽きることがなかった。店は三個の木製の脚立の上にのった長さ十二フィートくらいの幅広い板だった。その屋台には、大小さまざまなピクルス、香辛料で味つけしたトマト、生の黒オリーブ、赤や緑の唐辛子をいっぱい詰めた小さい樽が三、四十個も並べられていた。いくつかの樽には小さめの板がかぶせてあって、その上にスライスしたピクルスやトマトがピラミッド状に積まれていた。一つ一つのピラミッド状の山や樽から、小さなへらの形をした木札が突き出していて、そこに値段が書いてあった。一セントで買えるのは、ピクルス一切れか、大きめの青いトマト四分の一個、赤い唐辛子半本、小ぶりのトマト。まるごとのピクルスは大きさによって二セントから五セントした。

このピクルス屋をやっているマイヤーソンさんは、三丁目とアヴェニューCの角にあるアパートの地下室に、自分の屋台の板や脚立、樽を置いていた。毎朝、手押し車の行商人たちがやってきて、アヴェニューCの両側に店を並べて野菜や果物を売りはじめるころに、マイヤーソンさんは板や樽を持ってきて、ピクルス屋を店開きした。平日の朝、買い物袋を持ってやってくる主婦たちにとって、マイヤーソンさんのピクルス屋は、一日の終りに用意した家族の夕食に少々風味を添えるものを選ぶだけの場所ではなかった。噂話をしたり、気分転換に一休みしたりする溜まり場でもあった。彼女たちは足を止め、一セント銅貨一枚でピクルスを一切れ買い、お天気や、もうすぐ結婚する人、最近亡くなった人、家計のことをひとしきりしゃべるのだった。言うまでもなく、安息日にはアヴェニューCの歩道沿いに手押し車の市場は開かれなかった。けれども、マイヤーソンさんはシナゴーグから戻ったあとで店を開いた。土曜日の午後は大勢の若い人たちが活動を見に行き、その途中でマイヤーソンさんの店の樽のおいしいピクルスを買いに寄るからだった。私の好きなのはゴルフボールほどの大きさの小ぶりの青いトマトで、汁が飛ばないように気をつけて噛まなければならなかった。並べられたおいしそうなピクルスの中でどれがモンローの好物かわからなかったが、私と同じようにきれいだと思って眺めているのは見てとった。

ほかにもわかったことはあったのだが、当時はそれが何であるかわからなかった。そのときモンローはまだ十二歳だった。けれども私にしてみれば、彼はとりわけ背が高かったので、大人と同じだった。私はまだ一人ひとりの大人を意識して区別しようとするのが大切なのだということがわかっていなかった。ただ自分より年上で背が高い人たちはみな、二、三共通する基本的な特徴を持っているのを知るようになった。一つは自信だ。彼らはいつも自分がしたいことや、しようとすることを知っているように思われた。だからモンローがピクルス屋をじっと見ているときに、彼の顔に浮かんだ表情を見て、私は驚いた。彼はなにか心の中で戦っているようだった。私は何やら自分もいつか経験することを眺めているのだとは、そのときわからなかった。誘惑の危機。

「欲しいか?」とモンローがようやく口をきいた。私はすぐに頷いた。樽からただよってくる、えもいえぬ酸っぱい匂いがたまらなかった。私は言葉が出てこなかった。「何がいい？」とモンローが訊いた。「一ペニーのスライスか？」

「ううん」と私は言った。「あれ」

私は小ぶりの青いトマトの山を指さした。モンローが一つ取って、私に渡し、自分は三セントの太いピクルスを選んだ。彼はクラインさんからもらった二枚の十セント硬貨のうちの一枚をマイヤーソンさんに渡した。マイヤーソンさんは黄麻《ジュート》地の前掛けのポケットから釣銭を数えて出した。私は、モンローがピクルスをかじるのを待ってから、トマトにかぶりついた。気をつけて、ほとばしるおいしい汁をどうにか口の中で受けとめた。それからモンローは私を連れてアメリカ劇場へ向かった。劇場に着くころには、私のトマトはなくなり、モンローはピクルスを食べおえていた。派手なポスターを見つめながら悩んでいるようだった。ポケットからひと握りの硬貨を出してじっと見た。

「おい、トマトもう一つどうだ？」

私は自分の運のよさが信じられなかった。それまで一度に一つしか食べたことがなかったのだ。

「うん」と私は答えた。

アヴェニューCの角へ戻った。モンローは私の手をとり、私のトマトと、自分のピクルスをもう一つずつ買った。それから私を連れて角を曲がり、アヴェニューCにはいってこう言った。「あの映画の話だけどな。けんかのシーンはないんだぞ」

けんかとは殴り合いのことだった。それが映画のおもしろさを判断する唯一の基準だった。東四丁目では、アメリカ劇場に新しい活動写真がかかると、最初に観た男の子も女の子もしつこく訊かれた。「けんかはあったか?」と。もし答えがイエスなら、誰もが観に行こうとした。答えがノーなら、誰もが見る気をなくした。

「けんかがないの?」と私は訊いた。

疑っているのではなかった。ただ二人のクラスメイトが、そのアメリカ劇場の新しい映画はけんかのシーンがたくさんあったと言うのを聞いていただけだった。私は嘘を言われていたと知ってがっかりした。モンローは明らかに、がっかりした私の声を聞いて、非難していると思ったのだ。

「おれが嘘つきだっていうのか?」

何年たっても、あの冷たくて金属的な、威嚇する彼の声が聞こえたし、なぜモンロー・クラインが東四丁目で「毛があるナイフ」と呼ばれていたのか、身にしみてよくわかった。急に怖くなった。

「ううん、そうじゃないよ、ただ聞いてたのが——」

「おまえが聞いたことは気にするな。あの映画はくだらない」と言ってから、モンローの顔つきが変わった。「とにかく映画を観るには暑すぎる。フローティング・コニーに行ったことがあるか？」

私は胸がわくわくしてきた。映画のことなど忘れてしまった。悪いことに、母の厳しい禁止令も忘れてしまった。

「ない」と私は言った。

「行こうぜ」

彼は私を連れて三丁目の埠頭のルーフ・ガーデンまで行った。フローティング・コニーが係留所でゆるやかに浮いたり沈んだりしていた。私たちが道板《タラップ》を上がって甲板に行くと、回り木戸の入口の向こうに係員が立って監視していた。

「ロッカーは左」と彼が言った。

モンローは私を押して入口を通らせ、そのあとからついてきた。私たちは木のプールの四方に巡らしてある濡れた板張りの通路に出た。男の子や大人たちであふれかえり、飛沫を上げたり叫んだり笑ったりしていた。モンローのあとについて歩道を歩いていくと、彼が空いているロッカーを見つけた。私たちは服を脱いで釘に掛けた。

「泳げるか？」とモンローが訊いた。

「ううん」

「じゃあ浅いほうへ行こう」

この浅いプールで、私ははじめて泳ぎを教えられた。モンローは教え方が上手だったのにちがいない。彼にあがろうと言われるころには、少しは浮かんでいられたし、沈まずに何度か手で掻くこともできたのだから。あまりに楽しかったので、服を着るときまで、二人とも油膜の筋がついているのに気がつかなかった。

「どこにいたか母さんには内緒だよ」と、埠頭を出て家へ向かっているときにモンローが言った。

「臭いでわかるよ」と私が言った。

モンローはしばらく黙って歩いてから言った。「映画館の天井から水が漏っていたって言うんだ。大勢の人たちにかかったって。俺にもだ」

母は疑い深い性格だったが、私がそのように説明すると、何も聞かずに私の話を信じた。それで、私がいない間に行われた、冬の石炭をもらうクラインさんとの交渉がうまくいったのだろうと思った。私は理にかなった推理が最近できるようになっていた。

泳ぎを覚えるまでには、教えられているときに、間違なくかならずある程度の水を飲むことになる。フローティング・コニーで手足をばたつかせていたとき、飲みこんだものはひどい味がしたが、夢中になりすぎて、自分ではわかっていても、あまり飲まないようにすることができなかった。夕食のあいだ、母の作ったヌードル・スープから油膜の味がしていた。いい取合せではなかった。一晩中気持ちが悪かった。

朝になって、母は熱があると判断した。もちろん家には体温計がなかった。たとえ持っていたとしても、誰も見方を知らなかった。けれども母は私の額をつついて、五十セントを使うときがきたのを知った。紙に硬貨を包んで私のシャツにピンで止め、グロップル先生の待合室に座《すわ》っているようにと私を送り出した。覚えているのはアパートの前の歩道までで、それしか覚えていなかった。私は倒れてしまったらしい。

次の記憶は混乱している。関節が痛んだのは覚えている。目の焦点をうまく合わせられなかったようだ。ベッドは息苦しいほど暑く、それから凍えるほど寒くなった。母が台所から運んでくれる食べ物も受けつけなかった。そのうち突然にグロップル先生がベッドにかがみこんでいた。

すぐに自分が危ない状態だとわかった。命にかかわらなければ、母は一ドルかけて往診を頼んだりしなかっただろう。そういうことがわかるにつれて怖くなり、外の世界がはっきり見えなくなってきた。また何もかもがぼやけていった。どれくらいそんな状態にあったのか知らないが、それほど長くはなかったと今わかるのは、次にまわりの様子に気がついたとき、共和党支部長のディーナーさんが母といっしょにベッドの側に立っていたからだ。

「誰がこんな目にあわせたか知ってるかね」と彼が言った。

「誰ですか？」と母が訊いた。

「毛があるナイフだよ」とディーナーさんはイディッシュ語で言った。「土曜日にクラインさんが来てたんじゃないかね？」

「そうだとしたら？」と母が言った。

「それで奴はモンローに息子さんを映画に連れていかせたね？」とディーナーさんは言って、私のほうを顎でしゃくってみせた
「だとしたら？」と母が言った。

「そして映画には行かなかったんだ。モンローはその金をアヴェニューCのマイヤーソンの屋台でピクルスを買うのに遣って、映画に行く金がなくなり、息子さんをフローティング・コニーへ泳ぎに連れて行った。それで具合が悪くなったというわけだ。あんな汚い水じゃあ馬でも死ぬよ」

「どうしてそれを？」と母が訊いた。

「二人がまずアヴェニューCでピクルスを食っているのを、それからあの汚い水で泳いでいるのを、十人もの人が見ていたんでね」とディーナーさんが言った。「あんな男だよ、その息子があんたの息子さんを死にそうな目にあわせたんだ、そんな親に十一月の二票をやるのかね？」

「クラインさんにうちの票をやるなんて言ってません。彼は話をしにきただけです。あなたと同じですよ」

「じゃあ私も話をさせてもらうよ。こうしよう。クラインさんがお宅の二票と引き替えに約束したものは何でも同じものをやるが、そのうえアプタウンの専門の先生に診てもらうお金

も出そう」

「誰がそんな先生に診てもらうんですか？」

「息子さんだよ。病気がどんなに重いか、見ればわかるだろう。こんな病気はグロップルには手にあまる。診てもわからない。もう二日も来てるんじゃないか？　それでこの子はよくなってるかね？　よくなってると私が言ったら？　私の頭はどうかしてる。前より悪くなってる、そういう状態なんだ。死ぬかもしれない。この子に必要なのは、アプタウンの専門医に診てもらうことだ。十一月の二票を私にくれると言えば、石炭もやるが、とりあえずその先生を連れて来よう。どうかね」

「わかりました」と母が言った。

その日しばらくして、あるいは次の日だったのかもしれないが、見知らぬ人がベッド際に現れた。彼は、東四丁目でアプタウン・スーツといわれる服装をしていた。ダブルのスーツのことだ。彼は、ネクタイに、小粒のダイヤモンドをちりばめた、小さな金色の蹄鉄型のタイピンがついていた。私はすぐに彼を信頼した。彼が安心させるような声を出して、何か実際に言ったのかもしれないが、私にはわからなかった。彼がいつまでいたのか、いつ帰ったのか覚えていない。けれども、次にまわりのことに気がついたとき、母とディーナーさんが心配そうに私を見下ろしていたのをはっきり覚えている。

「よくなるよ」とディーナーさんが言った。「きっとよくなる。専門の先生にかかれば、かならずよくなるものだ」

彼の言葉にはあまり説得力がなかった。死ぬという考えが心にはいりこんだのは、このときだったと思う。私は気がついたのだが、ほとんどの人は、四十代にはいっても、いつまでも生きられると信じている。病気、同世代の人たちの死、死亡記事にだんだんに増えていく知人の名前、このようなことから、「人はいつか死ぬ」という言葉に自分も含まれると、徐々にわかってくるのだ。こんな幼い年ごろでそのことを知るようになったのは、私ひとりだ。そのとき自分がどう感じたかを覚えている。恐怖とあきらめ。死にたくないが、死にかけていることはわかった。もしアプタウン・スーツにダイヤモンドの蹄鉄を身につけたあの人が命を救ってくれなければ、救ってくれる人はいない。それまで何度も読んではいたが、実際には一度も見ていないことをしたのをはっきり覚えている。文字どおり、私は顔を壁に向けたのだ。

私を振り返らせたのは、台所で言い争う声だった。私は驚いて耳を傾けた。ディーナーさんとクラインさんが同時に家に来たことは一度もなかった。

「専門医を連れてきたか！」とクラインさんが怒鳴った。「あいつに何ができるのかね？」

「何がおまえの息子だ！」とディーナーさんが怒鳴り返した。「おまえのモンローがいなけりゃ、あの子が死にかけたりしないよ！」

「死にかけてるだと？　私が助けてやる！　共和党が何だ。役にもたたない専門医をよこすだけで、それが何になる！　でも黙って見てろ！　民主党があの子を救ってやる」

怒鳴りあう声に混じって、静かにしなさいと母が二人をたしなめる声がした。それがうまくいったのか、あるいは大声が私に聞こえないように、けんかしている二人を台所から居間へ連れていっただけなのかもしれない。いずれにせよ、怒鳴り声が遠ざかったとき、モンロー・クラインが部屋にはいってきた。立ち止まって台所の方をふり返り、見られていないのを確かめると、忍び足でベッドへやってきた。

「心配するな」と彼は声をひそめて言った。「親父が『シエム・ハ・セイファ』の金を民主党のクラブに出させることになってる」

そのころはこの言葉を一度も聞いたことがなかった。何のことかわからなかった。あとで知ったのだが、それは新しいトーラーの巻物がシナゴーグに寄贈される儀式の名前だった。トーラーを寄贈する人に何かいいことがあって感謝の意を表わすときや、悪いことが起こらないように神へお願いするときに、この儀式が行われる。今回は後者の場合になるシエム・ハ・セイファは、クラインさんが手筈を整え、州議会下院議員第六選挙区の民主党のクラブからお金が出る。

シエム・ハ・セイファの準備にどれほどの日数がかかるのか、かかったのかはわからない。羊皮紙に書かれるトーラーの巻物は手書きでなければならないので、だいたい手間がかかるものだと聞いていた。母は私が今にも死ぬのではないかと恐れていたので、母の記憶はまったくあてにならない。だが、あとで母に聞いた話では、民主党のクラブが謝礼金を払って、誰かほかの人のシェム・ハ・セイファのためにほぼできあがっていたトーラーを手に入れるよう、クラインさんが手筈を整えたということだ。そのシェム・ハ・セイファは、先に延ばしても寄贈者の感謝の意をそこなうことがない、神への感謝の意を表わす儀式だった。私は危篤状態だった。私のシェム・ハ・セイファは先に延ばせなかった。延ばさずにすんだ。

土曜日の夜、日没後まもなく、クラインさんと息子のモンローが、父や母といっしょに私の寝室にあらわれた。私はひどく具合が悪かったので、党の支部長が来ても父が家にいるのは、何か普通ではないことが起こっている証拠だということさえわからなかった。母が私を毛布でくるんだ。

「よし」とクラインさんが息子に言った。「抱き上げろ」

モンローが私を抱えて、居間へ運んだ。父と母、クラインさんがあとにつづいた。母が、東四丁目を見渡せる窓際に椅子を持っていった。モンローが私を抱えたまま腰を下ろし、窓から外が見えるように私を膝に乗せた。

「いいですよ」とモンローが言った。「いってらっしゃい」

父と母は心配でためらっているようだった。「大丈夫だ」とクラインさんが言った。「十一月に私が頼んでいる二票は、息子さんと同じように、信頼のおけるところへやるべきだね」

多少気まずい間があいたのち、民主党支部長が父と母を部屋から連れ出した。

「トーラーをもらいに行くんだよ」とモンローが言った。「俺たちはここから見ていよう」

何を見るのかわからなかった。シナゴーグは通りの向かいの左側にあった。ポラック貸馬車屋は向かって少し右側にあった。その真ん中の通りには誰もいなかった。突然そこに、十人ほどの男たちの集団が急いで馬に乗ってやってきた。五、六人が灯油を浸して火を灯した松明を持っていて、火の粉が背後に飛び散った。全員がサンファン・ヒルの戦いでテディ・ルーズヴェルトと義勇騎兵隊員が身につけていたのと同じ服装をしていた。馬のひづめの音で、向かいのアパートの住人たちが窓際に寄ってきた。馬に乗った男たちはシナゴーグに着くと、手綱を引いて馬を止め、意味がわからない祈り《ブルーチャ》の言葉を二言三言叫び、馬の腹を蹴って全力疾走していった。

馬上の男たちがアヴェニューDの角を曲がって、姿が見えなくなるころには、正式の頭飾りをつけたインディアンたちを乗せた、氷を運ぶ荷馬車がルイス・ストリートの角を曲がって東四丁目にはいってきていた。荷馬車がシナゴーグに向かって通りをゴトゴト行くとき、インディアンたちは荒々しい鬨の声をあげ、先端に火のついた綿がついている矢を空中に放った。込みあう両側の歩道から出てきた男の子や女の子たちが歓声をあげながら、落ちてくる矢を追いかけた。祈りの言葉を唱えられるほどの間、インディアンたちは鬨の声を止めたのだが、荷馬車はシナゴーグの前で停止しなかった。天辺にダチョウの羽根飾りのついた軍《シャ》帽《コー》を被り、踏んぞり返って東四丁目にはいってきていた軽騎兵の一団がすぐ後ろに迫っていたからだった。彼らは『星条旗よ永遠なれ』を歌って、サーベルを頭上にかざしていた。

彼らがシナゴーグの前を通るころには、私の目はサーカスの衣装をつけた吹奏楽団《ブラスバンド》にひきつけられていた。楽隊は東四丁目にはいってくると左右に動きながら、二人の道化師に道をあけた。道化師たちは、耳が張り裂けるほどの音量で楽隊が演奏する『ティペラリー』に合わせて踊りながら、たがいに相手の上を越えて宙返りをし、大きな赤と緑のボールを操った。

私は今まで一度もパレードを見たことがなかったし、まだ子供で、何も考えられないほど気分が悪かったけれども、モンロー・クラインの膝の上で、うれしさに体がむずむずし、心待ちにしていたものを見ているのだということはすぐにわかった。今でも好きだ。しかし、そのあとに何度も見たパレードと違うところが一つあった。遊牧民の族長たちの集団が先頭に立ち、後方でやや風変わりな『カスター将軍最後の攻防』が演じられる間に、金色の飾り房のついた青いビロードの天蓋が東四丁目に運ばれてきたのだ。支柱は、耳の前に髪の房を長く垂らして、つば広の帽子《シュトラーメル》を被った、アプタウンのタルムード学園の生徒四人に支えられていた。その天蓋の下を、宗教の儀式にふさわしい優雅な足どりで、クラインさんがゆっくりと、歩調を整えて歩いてきた。州議会下院議員第六選挙区の民主党が、私の快復を神様へ懇願する証しとして、東四丁目のシナゴーグに寄贈するトーラーを、あたかもかよわい子供を扱うかのように、そっと両腕に抱えていた。クラインさんの脇に父と母がいた。二人とも神妙な面持ちだった。ずっと目を伏せていた。祈っていた。二人の唇が動くのが見えた。

「おまえはきっとなおる」とモンロー・クラインは私に言った。「神様はお前の投票用紙の正しい欄に印をつけてくださるさ」

その夜、私の熱は下がった。四日後からまた学校へ通うようになった。ほぼ五十年の間、あの十一月の投票をどうしたのか、と母に訊いてみたいと思っていた。私にはその問いを口に出す勇気がなかった。

第四章 訂正

A Correction

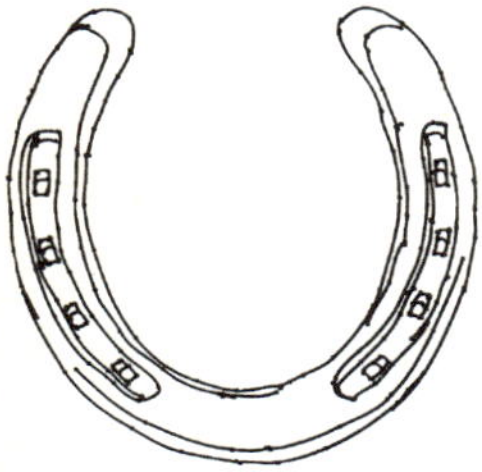

厄介なことに、年をとるにつれて自分というものがわかってくる。性格の欠点や頭の悪さにはどうしても直らないものがあることをじわじわと、身に沁みて感じるようになる。直るものではない。すでに時間切れ。もう先がないのだ。

たとえば私には、昔から新聞や雑誌で読んだことを何でも信じるところがあって、その癖はいまだに直らない。とくに、朝刊に出ていることは素直に受け入れる。もちろん、毎朝、新聞を広げて、肩紐が交差したアメリカ製ブラジャーの宣伝広告と、デンマーク産ブルーチーズを使った料理の紹介記事のあいだに、さりげなく組みこまれた、「訂正」と題する小さな欄を目にするまでの話ではあるが。

私はこうした訂正文を読むのが楽しみで、それも躍起になって見つけ出そうとしているのは、いずれ訂正欄にスルール・ホニグのことが載るだろうと、望みをかけてきたからだ。

けれども、私はすでに五十歳を越え、今やこれも儚い望みと諦めるしかないようだ。第一、ニューヨークのどの新聞も、すすんでスルール・ホニグについて伝えられた事実に誤りがあることを突きとめようとはしないだろう。彼はもうニュースにはならないのだ。その証拠にスルールはこの四十年、新聞に取り上げられていない。それに、たとえニューヨークの新聞がスルール・ホニグについて何か記事を載せて、それがまた間違っていたとしても、その間違いに気づくのは、結局、私のほかにはいないだろう。スルールに対して、いい加減な扱いをされてはたまらない。また彼としても、私たちの子供のころに起きた出来事が「訂正」欄に載る日を待ちつづけて、スタートラインに身構えたまま、残りの人生を過ごすような真似を私にはさせたくないだろう。私がグローブをはずして、この戦いからおりるときがきた。

　ホニグさんのどんなところが好きで、彼がなぜ、いまだに私の少年時代の楽しい思い出になっているかといえば、それは、彼が私の生活に爽やかな風を吹き込んでくれたからだ。こんな言い方は、鍛冶屋に行ったことのある人には奇妙に聞こえるかもしれない。鍛冶屋の店は、東四丁目とルイス・ストリートの角にある私たちのアパートと向かいの、赤煉瓦造りの低い建物の一階にあった。

　あのころの東四丁目は、その川沿いを中心に私の生活があったイースト・リヴァーの貨物船と、当時はビジネス街というものがあることすら知らなかったアプタウンとの間を結ぶ、とりわけ重要な商業道路だった。東四丁目の埠頭は二つの会社に占められていた。北側、つまりアプタウン側はすべて森林製材株式会社《フォレスト・ボックス・アンド・ランバー・カンパニー》の、乾燥のために積みあげた木材の山で埋めつくされていた。南側、つまりダウンタウン側には、バーンズ石炭株式会社《コール・カンパニー》の起重機や黒い石炭の山が詰めこまれていた。

艀にのせた木材や石炭は、引船で埠頭まで運ばれたのち、ニューヨーク各地へ荷馬車で配送される。この二つの会社が何十台の荷馬車をもち、何百頭の馬をかかえていたのかわからないが、相当な数だったにちがいない。私には、いや私のあまり当てにならない記憶によれば、荷馬車は木材や石炭を山のように高く積みあげて西へ向かい、空手で東の川べりの艀へもどっていくとき、私たちの家のあたりをひっきりなしに素通りしていったように思う。こうした荷馬車のどの馬にも、スルール・ホニグの手によって蹄鉄が打たれた。

彼は巨大な豚肉の塊のような男だった。ふいにそんな言葉が浮かんだのは、何年ものちに、オレゴン州のポートランドへ嫁いだ姉を訪ねて、ふたりで肉屋の並ぶ通りを歩いていたときだった。どの窓にも腹わたを取った蠟色の豚が喉元に大きな鉤針を突き刺されて、紐に何頭も吊るされていた。東四丁目で、弟である私といっしょに「ユダヤ料理《コーシャー》」を食べて大きくなった姉は、胸がむかつくと言った。姉の場合はそうなのだろう。私は違った。その光景は、私が十一歳のときに知ったスルール・ホニグの姿を思い出させてくれた。

彼のとてつもない背丈や胴まわりをいっそう際立たせていたものがたくさんあって、それは十一歳の少年を感心させずにはおかなかった。みずみずしい石榴《ざくろ》のような色の髪をきっちりと刈りあげた頭。その上にのった丸い小さな帽子《ヤマルカ》。傷だらけの黒い革の前掛け。街灯の柱のように太い力こぶ。もじゃもじゃの赤い胸毛。それはあまりにも毛深くて、シャツをまったく着ないホニグさんのシャツの代わりをしているように見えた。夏も冬も上半身裸で働いて、その姿は、道行く人からも、家の窓からたまたま外を見る近所の人たちからもよく見えた。鍛冶屋のお客は出入りにひろびろとした場所が必要で、その奥の炉の前で、ホニグさんは仕事をしていた。その炉は、第一八八小学校の幼児クラスで習った笑い話に出てくる、よみの国でいつも蠟細工の鼠にこっそり近づこうとする、石綿でできた猫にも我慢ができないほど熱そうだった。

ホニグさんの仕事ぶりは人目を引いた。馬に背を向けて働いていた。かがめた背中を馬の尻の間で器用に動かしながら、自分の脚の間に馬の肢をはさみ、革の前掛けの切り込みから取り出したペンチで、まず古い釘を抜き、蹄についた古い蹄鉄をはずしていく。最後の釘を抜くと、古い蹄鉄が大きな弧を描いて鍛冶場の遠い隅のほうへ飛んでいくのだった。黒い革でできた前掛けの別の切り込みから、短くて幅の広い、凶器のように鋭いナイフが出てきた。

ホニグさんは小刻みに、しっかりと、じつに力強い手つきで、前回、装蹄してから、これまでに蹄《ひづめ》にたまった角質を削りとっていった。粉々になった象牙色の削りかすが飛び散った。蹄をきれいにすると、ナイフを前掛けにもどし、炉の白熱の火の中から、真っ赤に焼けた蹄鉄が先端についた長い鉄の棒を引き抜く。ここで細心の注意を払って、赤熱の蹄鉄を馬の蹄にのせる。白い煙がジュッと音をたてて、ホニグさんの赤い胸毛のあたりまで立ちのぼってきた。それで思い出すのが、やはり何年もたってから、ロンドンのパブで、ウェイターがエールのマグに熱い火かき棒を突っこんだときにゆらゆらと立ちのぼった煙だ。けれども、ホニグさんの鍛冶場ではにおいが違った。ポートランドで姉が腹わたを抜かれた豚を見て言ったように、おそらく吐き気をもよおすにおいだった。ところが、またしても私は例外だった。東四丁目のにおいには慣れっこになっていたのだ。

ホニグさんが蹄鉄をのせて、黒い革の前掛けの、別の切り込みから取り出したペンチで、まだ真っ赤に焼けた蹄鉄から鉄の棒をすばやく抜き取るころには、この異様なにおいも鍛冶屋にたちこめるさまざまなにおいの中に消えてゆくのだった。一番強烈な二つのにおいが、ホニグさんの汗と馬の糞尿。なぜだかわからないが、新しい蹄鉄をのせると、馬の括約筋がゆるむ。そこが面白いところだった。

ホニグさんは蹄鉄をとめる釘をひとつかみ前掛けのポケットから取りだして、釘の頭を出すようにして口にくわえこんだ。最初の三本、蹄鉄の両端に一本ずつと弧の中央に一本が、今でも私が感心する手際のよさで、あっというまに打ちこまれた。ホニグさんは口から釘を出して、その釘をひとつずつ蹄鉄の穴に入れ、革の前掛けのもうひとつの切り込みから、柄は短いが頭の重いハンマーを取り出して、この三本の釘を真っ赤に焼けた蹄鉄に一本ずつ、ただの一撃で打ちこんでいかねばならなかった。それが終わると、馬の蹄の形に蹄鉄を合わせていった。まるで打ち上げ花火を見ているようだった。ハンマーを打ちおろすたびに火花が飛び散ったのだ。火の粉が顔や裸の胸にかかっても、ホニグさんは平気だった。冷めかけた蹄鉄が灰色に変わる前に、その蹄鉄がちゃんと蹄にのって、蹄鉄の表面が平らになるよう、残りの釘も打っておかねばならなかった。いつもこういう具合だった。

この職人芸に対して今、一番興味をそそられるのは、私が当時、これを職人芸と見ていなかったことだ。ホニグさんが馬に蹄鉄を打つ様子を立ち止まって眺めた覚えはない。彼の動きを風景の一部として見ていた。石炭や木材を運ぶ荷馬車についても同じだ。寝室の窓の下に見える埠頭から、あのころの私には具体的な形も意味ももたない世界へと、荷馬車はゆっくりと走っていった。ヴェニスの運河で初めて櫂《かい》を持ち、ゴンドラの漕ぎ方をおぼえようとするマルコ・ポーロにとって、中国がきっとそういう世界であったように。私はそんなふうに見ていただけだった。いや、むしろホニグさんとの友情を生み出すことになった周囲の様子にはまったく無関心だったのかもしれない。ところが、ほんとうに驚くようなことが起こった。ある日、彼は風景から抜け出て人間になった。文字どおり。

その日、学校の帰りにアヴェニューDから四丁目へと歩いてきたときまではごく普通の何事もない日だった。たしかミス・マードラーの算数の時間に習った整数と被乗数の問題で悩んでいたとき――こういう勉強は、そのころあまり得意ではなかったが、分数のほうはまだましだった――大きな声がした。

「おい、坊主！　来な」

私は立ち止まり、声のするほうへ振り向いた。鍛冶屋のホニグさんの店から聞こえてきたのだった。すぐにわかったのだが、たしかにホニグさんの喉から出た声だった。彼はまた呼んだ。

「おい、坊主！　来な」

彼がイディッシュ語でそう言ったと断わっておくほうがいいだろう。彼は店の両開き戸をひろびろと開けた向こうで、立ち上がった馬の端綱《はづな》をつかんでいた。

「えっ？」と私は言った。

「こいつをつかんでろ」とホニグさんは言った。

イディッシュ語だった。

「えっ？」と私。

英語で。

「こいつをつかんでろ。おたんこなす坊主」とホニグさん。

イディッシュ語で。

「どれを？」と私。

何語で言ったかは覚えていない。

けれども私はすでに端綱《はづな》をつかんでいた。それは正確にいえば端綱に取りつけられた引綱で、端綱から垂れていた。後年、私は競馬好きの人たちと多少の付き合いをするようになった。彼らの話から馬の扱いについてわかったことがいくつかある。なるほど、馬は簡単に怯える。しかし、すぐにおとなしくなるのも事実だ。どうやら馬も人間と同じく、お前を愛している、とはっきり口に出して言ってもらいたいのだ。私はついぞ気がつかなかったのだが、端綱をつかみ、英語やイディッシュ語で「よしよし。さあ、落ちついて。慌てるな。ほらほら、いい子だね」などと声をかけてやれば、馬はおとなしくなる。一九二四年のその日、ホニグさんが私の手に押しつけた端綱を私がつかんだときも、このやり方でうまくいった。

おそらく、馬はそのとき私が気づかなかった何かに怯えていたのだろう。ほかにもう一頭、炉のそばで後肢をあげて跳ねまわっていた。私が強引に押しつけられた端綱を受け取るとすぐに、ホニグさんはもう一頭の馬の頭に跳びついて一瞬のうちに抑えこんでしまった。同じようにイディッシュ語で。「よしよし。さあ、落ちついて。慌てるな。ほらほら、いい子だね」……。それで、私たち大人と子供はおとなしくなった二頭のペニシュロン馬の頭の下で、しばし向き合うことになった。

「ありがとう」とホニグさんは言った。

「どういたしまして」と私は言った。

「もう大丈夫だ」とホニグさんは言いながら、大きな図体をした馬の首筋を撫でた。その姿はまるでブルックリン・ブリッジのケーブルを叩いているようだった。「ちょっと興奮しただけさ」とホニグさんは言った。

今思えば、私はこんなふうに答えたのだろう。「そうだね。」だがそのとき、私はまだ十一歳だったのだ。自分が何をしているのかわかっていなかったと言うと嘘になる。けれども、これからどうなるのかわからなかったと言えば、まさしくそのとおりだった。私は髪を櫛でとかすように、ゆったりと落ちついた手つきで馬の首筋を撫でてやった。

「馬を知ってるんだね」とホニグさんは言った。

知らなかった。馬のそばにこんなに近づいたのは、生まれてはじめてだった。私は自分にない能力をこれ以上ホニグさんに褒められるのがいやで、なんとか話題を変えようと頭の中で言葉をさぐった。

「父さんはオーストリアの騎兵隊にいたんだ」と私は言った。

「それで覚えたのか」とホニグさんは言った。

すぐにピンときたのだが、彼はオーストリアの騎兵隊に父がいたことと、私が本能的に馬を知っていることとを混同していた。ほかにも感じたことがある。人生はこのような恩恵をめったにあたえてくれるものではない、と。そう感じたのも、私がすでに無邪気な年齢を過ぎていたからだ。私はホニグさんのいかにも人のよさそうな言葉につけこんだ。

「馬ほどいいものはないよ」と私は言った。

イディッシュ語で。

「そうだな」とホニグさん。抑えている馬の首筋を撫でた。「五セント稼いでみるか」

「うん」

「この馬を波止場に連れてって、ウォルターに渡してくれ」

彼は私に端綱を手渡した。

「五セントは？」

「もどってきてからだ」

「これをおいてってもいい？」

私はひとくくりにした教科書と筆箱を持ち上げた。それは東四丁目のどこの親でも学校に通う息子や娘のために用意する黄色い革紐で縛られていた。

「いいとも」とホニグさんは答えた。まるで大事な商売の取決めをするかのように、まじめくさって、さらに言った。「無事にもどってきて、この馬も連れてってくれたら、五セント玉をもう一枚やろう」

彼の顔に浮かんだ表情が私の笑いを誘った。つまり、私は彼を好きになったのだ。

「オーケー」と私は言った。

もちろんイディッシュ語ではない。オーケーという返事はまったく訳しようがない。

「もどってくるまでに、次のこの馬も用意しておくよ」とホニグさんは言った。

私は最初に届ける馬の端綱を取った。ホニグさんはもう一頭の尻の下にしゃがみこんだ。膝の間に馬の左後肢をはさんだとき、私は四丁目から埠頭のほうへ馬を連れていった。

「何よりも大切な四つのもの」とキプリングは書いている。「女と馬と権力と戦争」

彼は言うまでもなく男の本質を述べていた。おそらく少年の本質まで言うつもりはなかった。しかし今思えば、彼は私が子供ながらに感心したことを衝《つ》いていた。

　権力が私の行く手を横切ったことはなかった。戦争もまだ二十年も先のことだった。女たちはすでに水平線上に現れてはいたが、ぼんやり霞んで見分けのつかぬ厄介な存在にすぎなかった。けれども馬たちは違った。馬たち。彼らはいた。というよりも、この馬がいた。いわば手のうちに。とにかく端綱があった。そして血肉と小刻みに動く筋肉でつくられた、とてつもなく大きな美しい機関車がついてきた。私の言うままに。こんな浮き浮きした気分は、それまで経験したことがなかったし、その後も一度だって味わったことがない。憂鬱な日には、私は何十年も昔の、光り輝いていたあのころに思いを馳せる。空がぱっと明るくなるのだ。

　四丁目の埠頭に着いたときは、まったくその逆になった。空はぺしゃんこになったサーカスのテントのように、私と連れている馬の上に落ちてきそうだった。私はお天気に関心などなかった。私の記憶するかぎり、東四丁目でお天気を気にする人などまずいなかった。お天気はけっして愉快なものではなかったのだ。いつも暑いか寒いか、つまり、暑くてたまらないか、寒くてたまらないかだった。しのいでゆかねばならぬもので、うまく合わせてゆけるものではなかった。私は嵐が近づいていることに気づくべきだったのだろうが、たまたまホニグさんと知り合い、はじめて馬に接したことや、あとでもらう五セント玉二枚に心を奪われて、お天気にまで注意がいかなかった。空が口を開けたときはもう手遅れだった。馬が暴れだしたのだ。
「よしよし。さあ、落ちついて。慌てるな。ほらほら、いい子だね」
馬をなだめるその言葉に私ははっとした。私の喉から出たのではなかった。それにイディッシュ語でもない。私は突然降りだした豪雨のなかで体の向きを変えながら、端綱をもっとしっかり握りなおそうとすると、そんな必要のないことがわかった。ウォルターが小屋から出てきて、あとを引き受けてくれたのだ。

ウォルターにも苗字はあったのだろうが、それを誰からも聞いたことがなかった。おそらく、名前の前にかならずつく言葉が、東四丁目の人たちから彼の苗字のように思われていたのだろう。彼は「波止場のウォルター」とよばれていた。

私はスルール・ホニグに頼まれて、初めてペニシュロン馬を四丁目の埠頭へ届けに行ったその日まで、ウォルターと会ったことがなかったが、噂にはいろいろと聞いていた。いや考えてみれば、それほどでもない。要するに、ウォルターについて、おそらく東四丁目の人たちがたいてい知っていたことを私も知っていた程度で、それはたいしたことではなかった。私が知っていたのは次のようなことだ。彼は、森林製材株式会社《フォレスト・ボックス・アンド・ランバー・カンパニー》とバーンズ石炭株式会社《コール・カンパニー》が共同で所有していると一目でわかる埠頭で馬屋番をしていた。雨戸が緑色の小さな白い家に住み、埠頭の突端に建つその家の、狭い野菜畑をへだてた向こうには、ごろごろと横たわる古材の寄せ集めでできた、いまにも崩れ落ちそうな建物があり、そこには、川べりの艀から西へ向かって、アプタウンのお客に石炭や木材をとどける荷馬車を引いていく馬たちが繋がれていたのである。

波止場のウォルターとみんなが呼んでいた男について、私が二、三知っていた事柄があのころ奇妙に感じられなかったのは、今では不思議な気がする。たとえば、彼が住んでいた家。あのような家は、何年ものちにはじめてケープ・コッドを訪れるまで見たことがなかった。イースト・リヴァーに突き出た汚い埠頭に、どうしてニュー・イングランドの漁師小屋さながらに、陽が燦々と降りそそぐ明るい家があったのか？　川面には、西欧からわたってきた人びとが建てた、とても陽あたりの悪い、陰気な、どぶねずみ色の石造アパートの群れが影を落としていたのだ。

野菜畑にしても、あれはいったい何だったのか？　野菜はアヴェニューCの露店《プッシュ・カート》に並んでいるものだった。しかし、波止場のウォルターの場合は明らかに違っていた。彼にとって、トマトやジャガイモ、青ネギ、ニンジン、ふさふさの穂がついたトウモロコシなどは、柵で囲ったわずかな地面から出てくるものだった。そして、その土地があるおかげで、見すぼらしい埠頭の馬小屋が倒れても、ウォルターの住む陽光に輝く白い家は押しつぶされないようになっていた。

誰と住んでいたのか？　きっと、本当のことは誰もよく知らなかったのだろう。十一歳のときに頭の上を通りすぎた声の断片を思い出してみるかぎり、波止場のウォルターはみんなに所帯持ちだと思われていた。はっきりしないけれども、決まった時間に姿をあらわして狭い畑を這いまわる、青と白の格子柄の普段着を来た女性について、私もときどき聞いていたように思う。今ではもちろん、彼女は這いまわってなどいなかったことがわかる。草取りをしていたのだ。あるいは、何か夕食の材料にするものを採り入れていた。そんなところだろう。

　私は東四丁目に住んでいた幼いころから、かなり長い時間を田舎住まいの主人のように過ごしてきた。郊外生活の経験を辛抱づよく積み重ねていこうとする中年男性の多くがそうしてきたように、私も芝を刈ったり、生け垣を手入れしたり、羊糞肥料の勘定を払ったりする方法を覚えた。しかし、それを何ひとつ好きになれなかった。妻は、私がまったく不器用で、親指が四本あるみたいだと言う。けれども、その指はどれも園芸には向いていないのだ。だから私は、波止場のウォルターや彼の暮らしぶりにも、いきなり私をおそった豪雨のなかではじめてウォルターに会ったその日まで、それほど関心がなかった。

「うちにはいんな」と彼は私に言った。「馬はおれが見るよ」

　彼が馬を扱うときのじつに慣れた手つきに、私はすっかり感心して、雨のことなどまったく忘れていた。ずぶ濡れでそこに立ち、彼が暴れる馬をなだめて馬小屋へ連れていくのを眺めていた。その姿が見えなくなると、白い家の戸があいて女の人の声が飛んできた。

「そんな雨のなかにいないで、おはいりよ！　風邪をひいちまうよ」

白い家の半開きのドアから手が伸びてきて、私の耳をつかみ、家に引きずりこんだ。あのころ私はたいして目方がなかった。たぶん六、七十ポンドほどだったと思う。それでも、肉の薄い、透きとおるような子供の耳をつかんで引きずりこむとなれば相当の重みだ。私は悲鳴をあげた。男らしくないその叫び声は、やがて男に生まれた無上の喜びに変わった。

香ぐわしい柔らかな両腕が伸びて、私を胸に引きよせたのだ。その胸が私にあたえた感動は、正直に言わねばならないが、私が生涯の大半をかけて求めつづけてきても、いまだに得られないものだった。

これまで半世紀近く、そのことを考えてきた私はきっと経験にも、人がその到来をあまりにも幼いうちに迎えてしまうものがあると思っている。いろいろ考え合わせてみると、私はウォルターのおかみさんに会ったとき、分別ある年頃とまでいかなくとも、せめて十代半ばになっていればよかったと思う。十一歳では幼すぎた。

「まあ、かわいそうに！　ずぶ濡れじゃないの。ここにおすわり、坊や」

しばらく何が起きたのかわからなかった。私がまぬけだったなんて印象をもたれては困る。自分で思っていたほど利口ではなかったかもしれないし、たしかに今でもそうなのだ。けれども、頭の働きはその場の状況で鈍くもなる。私は十一歳だったのだ。おまけにずぶ濡れ。馬や女性の胸の谷間にはじめて接して、気持ちも高ぶっていた。さまざまの経験を積んできた今考えてみても、それは無理からぬことだったという気がする。

たとえば、「ここにおすわり、坊や」という言葉もけっしてそんなものではなかった。私は体が椅子らしきものに投げこまれるのを感じた。あとで背もたれの高い小さなソファーだとわかった。顔に火照《ほて》りを覚えた。暖炉の火からくるものだった。そして、私の母が作るレカク、つまり蜂蜜ケーキのようにおいしそうな匂いのする誰かの両手が私の体から服を剝ぎとろうとしているのがわかった。

服といっても、たいしたものではなかった。母が編んでくれた安手のセーター？　父が縫ってくれた、あのころみんながニッカボッカーとよんでいたもの？　踝《くるぶし》から腿にかけて、深い筋をつけて肉に食い込む、黒いゴム編みの長靴下？　どこから元の靴底なのか見分けがつかぬほど何度も底革を張り替えてきたドクター・ポズナーの健康シューズ？　冷たい風がいきなり私の体の敏感なところにあたった。私はまた悲鳴をあげた。

「彼をどうしようっていうのかい？」

私は声のするほうへ振り向いた。波止場のウォルターの喉から出た声だった。彼が玄関からはいってきたのだ。突然吹いてきた冷たい風も玄関からはいってきたのだった。

「乾かしてやらないと、坊やは風邪をひいちゃうわ」

波止場のウォルターはドアを閉めた。私の体の敏感なところも落ちついた。胸に大きな谷間をもち、かぐわしい匂いを漂わせるこの女性が私の体にさっと毛布を巻きつけた。毛布の端を私の体の敏感なところにたくしこむと、後ろへさがり、私か、彼女の作品の出来栄えかをほれぼれと眺めた。それがどちらなのかはあまり気にならなかった。私ははじめて彼女に目を向けた。

彼女はふっくらと丸みを帯びたちっぽけな体をしていた。現実にはありえないような取り合わせだ。そんなことはない。波止場のウォルターのおかみさんはふっくらと丸みを帯びたちっぽけな体をしていた。この取り合わせは彼女を魅力的に見せていた。そう感じたのは私だけではなかった。何しろ、あのころの私など物の数ではなかった。それまでいくつかの決定的な瞬間に注意深く目をとめてきた私は、そのときはまだ十一歳だったのだ。波止場のウォルターはスルール・ホニグと同年配だったにちがいない。三十代半ば？　四十？　きっと、そんなところだ。そしてウォルターの顔を一目見て、彼も自分の妻を綺麗だと思っているのがわかった。私がそうしたように、向かい側に目を移せば、彼女が彼を大事にしているのもすぐにわかった。当然じゃないか？

振り返ってみると、今にしてわかるのだが、彼は私がこれまでに会ったなかでも、とりわけ男前だった。けれども、あのころ、ウォルターは場違いにしか見えなかった。彼が東四丁目の人口を構成していたユダヤ系移民の世界にはいっていなかったように、陽光に輝く白と緑の彼の家も、東四丁目のほかのみんなが住んでいた、見苦しい灰色の石造アパートの陰にかくれてなどいなかった。彼は長身で色浅黒く、垂れさがった太くて黒い眉に、面長の深く皺の刻まれた逞しい顔は、アルゲニー山脈の西のあたりで、エイブラハム・リンカーンの土産品をつくる素人芸術家が、二、三度思い切りよく斧を打ちおろして切った丸太を思わせた。彼の身なりも、東四丁目では時代遅れだった。ウォルターはくすんだ緑色のコーデュロイのズボンを黒いゴム長にたくしこみ、記章をていねいに切り取った、カーキ色の、真鍮ボタンがついた歩兵用の上着を着ていた。

ぽっちゃりとした小柄なおかみさんは、青と白のギンガムチェックの服を着ていた。彼女はその姿で狭い畑を這いまわっているそうだった。どんな恰好でニンジンの間を這いつくばっていたのか知らないが、暖炉の前に立って、明るいピンクと白の笑みを浮かべ、小さな頭を、堅くひもで結んだ三つ編みをうずまき状にまとめた黄色い髪できちんと押さえているように見えたウォルターのおかみさんは、青と白のギンガムチェックの服がまるで体の一部のようだった。私はほかの服を着た彼女を一度も目にしたことがなかった。四十年たった今でも、ほかの色を着た彼女の姿を思い浮かべることはできない。

「坊やがほしいのは、ウォルター、熱くておいしいお茶よ」と彼女は言った。「私が用意するあいだに、服を乾かしてあげて」

ウォルターのおかみさんが何気なく言ったこの言葉は、まったく馴染みのない、じつに突拍子もなく桁外れな世界が私のために開かれることを伝えていたのだろうか。それはうさぎの穴に落とされたアリスの場合と似ていなくもなかった。私のまわりは、どこから見ても、スルール・ホニグに、大きなペニシュロン馬を埠頭まで連れていって、波止場のウォルターに届けてくれたら、五セント玉を一枚やろうと言われる前と、ことごとく無縁のものに思われた。

考えてみてください。

東四丁目の家庭では、料理のときだけ火をいれる台所の石炭ストーブから、方角に関係なく伝わってくる温もりで暖をとっていた。私はそれまで暖炉の火を見たことがなかった。勢いよく燃える炎に面くらい、少なからぬ驚きを覚えながらも、すぐにその暖かみを楽しんだ。お茶にしても、東四丁目では、グラスに注いで大人の客に出す飲み物で、その熱い飲み物を角砂糖を少しずつかじりながらすすった。お茶が子供に出されるのは、緩下剤として使われるときに限られていたが、それはお茶の種類が違っていたし、ウォルターのおかみさんが私の目の前で折りたたみ式テーブルの上に用意してくれたような、小さな薔薇の花模様がついた上品な白い陶器のカップで出されることもなかった。彼女は椅子を引きよせ、ウォルターも、私の濡れたニッカボッカーやセーターや靴下を暖炉の前に置かれた真鍮の炉格子にかけ終えると、別の椅子を引きよせた。

おかみさんが運んできた銀のお盆には、ティーカップとお揃いの皿が並んでいて、その上には私が今まで目にしたことのない品がたくさん載っていた。輪切りにしたゆで卵。黄身の上にそれぞれ、焦げ茶色の育ちの悪い小さなニシンのようなものが十文字に飾られていて、それはアンチョビだった。母が洗濯してアイロンをかけてくれたばかりのハンカチーフのように薄く切って、バターを塗ったパン。賽の目に切った酢漬けの赤い野菜は、ウォルターのおかみさんがあとでビーツのサラダだと教えてくれた。こんもりと盛られた、気味の悪い茶色のペーストは、おいしいガチョウのレバーだった。厚切りの茶色いケーキは見たところ、母が家でつくる蜂蜜ケーキに似ていたが、その中にはシロップに漬けた真っ赤なチェリーなど、細かく刻んだ果物がいっぱいはいっていた。ウォルターのおかみさんがキュウリのサンドイッチと呼ぶ小さな白い三角形。そしてほかにも、ウォルターのおかみさんが食糧品と呼んでいたものが少なくとも七、八種類はあった。そうした品々をいままで目にしたことがなかったのに、私はわけなくかなりの量を平らげていた。これは言うまでもなく、私がはじめて体験したイギリス式のお茶だった。

ウォルターはヨークシャー出身の馬丁で、パッシェンデールの戦いでは毒ガス攻撃を受けたことがあり、戦後、アメリカに渡ってきた。コクニー訛りのある、バーのホステスだったおかみさんとは休暇でロンドンに滞在していたとき、彼女がかつてブロンデスバリーのパーマストン卿部隊を訪ねたかした縁で知り合ったのだと思う。

大皿に盛られたキュウリのサンドイッチを平らげようとしていたとき——ウォルターのおかみさんがしきりに勧めてくれて、最後の一切れを口にした私は、そうとは知らずに人生の転機を迎えていた。人びとが物事を学ぶ場所とは違ったところで、世界が東四丁目よりも広いということを、誰にも教わらずに一人で覚えた。そして驚いたことに、この教えを東四丁目の埠頭で学んだのだった。服が乾くと、私はウォルターとおかみさんに着替えを手伝ってもらって、スルール・ホニグが蹄鉄を打ちこんでいた二頭目の馬を取りに出かけた。そのころには、東四丁目が私には物足りないことを胸のうちで知っていた。

白と緑の家を出ると、雨は熄んでいた。スルール・ホニグの店へはいっていったとき、彼はすでに二頭目を終えていた。私に五セント玉を一枚くれた。

「最初に届けてくれた分だ」と彼はイディッシュ語で言った。「はい、次の分。」二枚目の五セント玉を私の手に落とした。「きみを信用してるってことさ、こいつは前払いだ」

二頭目を埠頭へ連れていくと、ウォルターとおかみさんが家と馬小屋の間の狭い畑に出て待っていてくれた。彼女は鏡のようだった。つまり、顔が。雨に洗い流されたように見えたのだ。

「よしよし」とウォルターは言いながら、私の手から引き綱を受け取った。「こいつをちょっと馬小屋に入れてくる」と馬を連れていきながら、おかみさんに言った。「彼はお茶をお代わりしたいんじゃないのかな」

「いかが?」と彼女は私に訊いた。

私はキュウリのサンドイッチを思い浮かべた。お茶はお茶でしかない。だが、キュウリのサンドイッチははじめての経験だった。ウォルターのおかみさんもそれがわかっていたようだ。

「よかったら、キュウリのサンドイッチをもう少し作ってあげるわ」

私にはほかにもわかっていたことがあった。こうした歓迎の言葉に甘えたくなかった。

「ありがとう。でも、家に帰らないと」

「あしたも来てくれる？」

「いいよ」

彼女はにっこり笑った。「ホニグさんは馬に蹄鉄をはめて、その馬も届けなきゃいけないから大変なのよ」と彼女は言った。「ウォルターもここの用事がたくさんあって、通りまで馬を取りに行けないし。あんたが手伝ってくれたら、きっとホニグさんも喜ぶわ。五セント玉のほかにも、あんたが来るときは、いつでもお茶の用意があるのよ。」彼女はまたにっこり笑って、わたしのおでこに手を触れた。「それにもちろん、キュウリのサンドイッチもね」

私は毎日、学校の帰りにスルール・ホニグの鍛冶屋に立ち寄った。彼はいつでも少なくとも一頭は埠頭の馬屋へ届けられるように用意しておいてくれた。二頭のこともあった。一度に二頭あつかう方法を彼に教わってからは、キュウリのサンドイッチやお茶をかこんでウォルターやおかみさんと過ごす時間がふえた。ときには、お茶やサンドイッチの合間にもう一頭受け取りに行った。もう二頭ということもしばしばあった。あのころ、私は自分の気持ちをじっくり分析してみたことなどなかった。ただ心のおもむくままに、五セント玉を稼いでおいしいご馳走を平らげる楽しさや、すてきな夫妻に気に入られている喜びに浸っていたにすぎなかった。

それで——ああ、あんなことになったのだ。ある日、学校の帰りに鍛冶屋にはいっていくと、スルール・ホニグは入口のそばに大きな黒い馬をつないで、それより小さい、栗毛と葦毛のまじった馬の右後肢に蹄鉄を打ちつけていた。

「鹿毛を連れてってくれ」とスルールは言った。

「栗毛もじきに終わるかい?」と私は訊いた。

「いや、鹿毛を連れてったあとで、栗毛を取りにきてくれ」

わたしは遅れるのがいやだった。ウォルターの家に行って、あの大皿に盛られたキュウリのサンドイッチを食べたかった。

「待ってるよ」

「だめだ」とスルールは言った。「鹿毛はミシミッドなんだ」

ぴったりした訳語がない。これは粗暴な人間をさす言葉なのだ。馬にはあまりしっくりこないが、コブラやビーンボールをなげるピッチャーにも合わない。けれどもイディッシュ語がわかれば、だれでもミシミッドという言葉を知っている。

「オーケー」と私は言った。「すぐもどってくるよ」

綱をほどいて端綱をしっかり握り、四丁目から埠頭へ馬を連れていった。私はいささか臆病になりすぎていたのかもしれない。誰でも馬が怖いと身を遠ざけるものだ。その前に、馬のほうでも相手が怖がっているのがわかるのだろう。それで恐ろしいのは、こちらが怖がっているのを知って、馬も怖がることだ。そして怖がる馬は、面倒を引き起こすものだ。そんなことを十一歳の少年が東四丁目で覚えるとは思えないが、わたしは東四丁目で知った。そして、それを知らなければよかったと思う。埠頭の馬小屋の前でウォルターに端綱を渡すとき、ほっと息を抜いたからだ。それをはっきりと覚えている。ほかのこともすべて覚えている。

「栗毛と葦毛のぶちはどこにいる?」とウォルターは訊いた。

「もうじき出来上がるよ」と私は答えた。「まず鹿毛を届けて、それから栗毛を取りにもどるように言われたんだ」

「お茶の用意ができてるぞ」とウォルター。「中にはいって一杯飲んでから、栗毛を取りに行きな」

私はためらった。それがいけなかった。ウォルターには、それがまずかったのがわからなかったのだろう。今、はっきりとそう思うのだが、彼は、わたしがはにかんでいると思ったのだ。しかし、馬はわかっていた。わたしがホニグさんの鍛冶屋から馬を連れ出すときから怯えていたのを知っていた。ウォルターが緑の雨戸のある白い小屋の戸口のほうを向いたとき、鹿毛は湯気のたった鼻穴から恐怖の息を吐きだして、ウォルターに背を向けた。私は叫んだが、間に合わなかった。ばかでかい蹄が後ろにはねた。今しがたスルール・ホニグがちゃんと打ちこんだ果物ナイフのように鋭利な蹄鉄は、ウォルターの首の後ろを襲い、彼の頭を胴体から引きちぎった。私はその瞬間を見た。

何もかも見ていた。だが、それを書きしるそうとは思わない。人間の頭が埠頭をころがり、飛沫をあげて川へ落ちる光景を、あたかも弾むバスケットボールを目で追うように見たあとでは、私の描写する力をはるかに越えていた。

それから一時間ほどは、ありがたいことに、動転という言葉で済ますことができるかもしれない。私のことも。波止場のウォルターのおかみさんのことも。見知らぬ男たちのことも。あのころはわからなかったが、その男の人たちは森林製材株式会社やバーンズ石炭株式会社の職員だった。一目でベルヴュー病院の救急隊員とわかる、白衣を着た見知らぬ二、三人の男たちのことも。こうした異様な興奮に包まれていたために、スルール・ホニグのことは、私の恐ろしい思い出の中でひときわ鮮明である。彼は動転していなかった。

このことが私を驚かせ、その驚きが私に救いをあたえてくれた。それまで鍛冶屋の店以外でスルール・ホニグを見たことがなかった。燃えさかる炉の前に上半身裸で立ち、先のすり減ったハンマーを白熱の蹄鉄に激しく打ちつけると、逞しい筋肉が汗とともに流れるように動き、火の粉を全身に浴びていたその姿は、荒々しさそのものだった。埠頭に来たときにまだ黒い革のエプロンをかけて、汗もひいていなかったスルール・ホニグは、突如、静けさそのものになった。静かに動きまわっていた。医師たちが遺体を救急車に運ぶのを手伝った。

そして未亡人を慰めようと、緑の雨戸のある家に黙ってはいっていくと、彼女の激しくすすり泣く声がようやく止んだ。

私は何をしたらよいのか、何をしたいのかもよくわからないまま、埠頭にしばらく立ちつくしていた。ここ数カ月のあいだ、私の生活は一定のリズムに乗っていたのに、今、そのリズムが崩れてしまったのが、そのときはわからなかった。救急車、医師たち、製材会社と石炭会社の幹部連、そして救急車の鐘の音に引き寄せられるように埠頭にやってきた数人の野次馬はみな去っていった。私独り、緑の雨戸のある白い家の前にいた。ホニグさんが家から出てくるのを待って、どうしたらいいか訊こうと思った。だが、彼は出てこなかった。そこで、しばらくしてから私も家に帰った。

翌日、学校から東四丁目へと帰ってきた私は、鍛冶屋に立ち寄った。スルール・ホニグは汗を四方八方に飛び散らしながら、蹄鉄を叩いて、馬の蹄の形に合わせていた。顔を上げた。

「何の用だ？」と彼は言った。

それで私は生活の道草が終わったのを知った。

「馬だよ」と私は言った。「埠頭に連れていかなくていいの？」

「どこへ連れていくんだ？」とホニグさん。「ウォルターは死んだんだぞ」

十一歳で、経済の仕組みを理解するのはまだ無理だった。ホニグさんの返事は私にはもっともに思われた。波止場のウォルターは、何カ月ものあいだ私がスルール・ホニグの装蹄した馬を届けてきた相手である。今はもうウォルターはいないのだから、馬を受け取る相手もいないのだ。馬を運ぶのも商売だということには気がつかなかった。スルール・ホニグが鍛冶場でしていた仕事を、ウォルターが石炭や材木の置場だった波止場の馬小屋でしていた仕事と結びつけていなかった。そういう作業がつづいていたので、数枚の五セント玉をもらい、キュウリのサンドイッチをたくさん食べられるのだと思っていた。十一歳だから物を知らなかったのだ。

でも、このささやかな記録は少なくとも一つの答えをあたえてくれそうだ。

何を失って一番哀しかったのかはわからない。キュウリのサンドイッチか、さわやかな笑顔を振りまく、ぽっちゃりしたおかみさんか。十一歳ぐらいの子供の食欲を考えると、どちらも寂しく思ったと言うのがおそらく正しいだろう。だから、その日、家に帰って、たまに宿題をするのを母が許してくれた居間のテーブルに教科書をひろげたとき、算数の本に目を向けるより、窓の外を眺めているほうが長かった。

そうして、彼の店を出て十分か十五分すると、ホニグさんが蹄鉄を打ち込んでいた馬を鍛冶場から連れ出すのを見た。彼は東四丁目からルイス・ストリートとの角に出て、波止場の先へわたり、緑の雨戸のおりた白い家のとなりの馬小屋へ連れていった。そのときの私の心境を正確に表現すれば、いろんな疑問がわいてきただけでなく、その疑問の数々が私の心を打ちのめしたのだ。

誰にホニグさんはあの馬を届けるのか？　ウォルターはもう死んだのに。誰かがあの馬小屋にいるにちがいない。少ししてホニグさんが出てきたとき、馬の姿はなかったのだから。彼は白い家のほうへ行き、ドアをノックした。扉が開いた。ホニグさんは家にはいった。扉が内側から閉められた。その日、算数の宿題をしなかった。テーブルの前にすわって埠頭の小屋をじっと見ていると、スルール・ホニグが出てきた。そのころはまだ腕時計を持っていなかったので、彼がどのくらい中にいたかは推測するしかない。それは短い時間ではなかった。

私が嫉しく思ったのは当然だ。けれども、大人の男が嫉妬するのとは違っていた。十一歳のそのときは、キュウリのサンドイッチが喉をとおっていく感触が羨ましくてならなかった。あれはじつにおいしかった。

そのおいしさは、ウォルターのおかみさんが私にはじめてご馳走してくれたときから変わっていなかったにちがいない。なぜなら、それから数週間にわたって、ウォルターの後家さんがおおぜいの客を引きこんでいるのを、私は算数の宿題をしているべき居間の窓から見ていたからだ。彼らはほかに何を目当てにやってくるのか、あのキュウリのサンドイッチ以外に？

彼女がサンドイッチに高い値段をつけていればいいと思った。両親や近所の人たちがイディッシュ語で喋り、私の頭の上を通って耳にはいってきた話によれば、波止場のウォルターが死んで、あとに残されたおかみさんは文無しだった。キュウリのサンドイッチを買いに彼女のもとを訪れるようになった男の人たちは、彼女の唯一の収入源だった。この新しい商売でスルール・ホニグが果たしていた役割を、だれも快く思ってはいなかった。とにかく、年配の人たちは。みんなスルールと同じく、オーストリアやハンガリーからの移民だった。ユダヤ系移民だからといって、異教徒の「波止場人足」に、身につけた技を売っても一向にかまわない。ここは新世界なのだ。男は食べてゆかねばならぬ。とくにスルール・ホニグのように、ばかでかいビア樽のような男は。しかし、波止場人足たちと親しくなると？ かぶりを振る。舌打ちする。横目で私をちらりと見る。少年は頭の上で交わされていた話を理解していたのか？

答えは言うまでもなく、ノー。十一歳では物を知らない、というささやかな一例だ。といって、まったく物を知らないというのでもなかった。両親や近所の人たちの目つきから、波止場人足のどんなところがいけないかは知っていた。彼らは荒っぽい連中だった。どこの馬の骨かわからず、石炭や木材を積んだ艀に乗って、川から東四丁目の埠頭へとやってきた。造船所で起重機を操縦していた。荷馬車を走らせて、石炭や木材を西のほうの街まで運んでいた。トランプ遊びをした。賽子博奕《クラップス》をした。酒を呑んだ。そして異教徒だった。

彼らは艀でともに暮らし、波止場の酒場でいっしょに楽しんだ。川の輸送の動きに合わせて行ったり来たりしていた。東四丁目のユダヤ系移民の生活とはいっさい繋がりがなかった。

東四丁目のユダヤ系移民もこうした波止場の連中の生活と関わりをもたないよう気をつけていた。

私は波止場のウォルターへ馬を届けに行くようになったとき、この暗黙の取決めをまだ破ってはいなかった。なぜなら、私の主人はスルール・ホニグだからだ。私に五セント玉を払ってくれたのはユダヤ系移民だった。白と緑の家にはいって、ウォルターのおかみさんが作ったサンドイッチを食べるようになったとき、どんな掟を破ったのか、私はわからない。両親も知らなかった。スルール・ホニグの新しく装蹄した馬を連れて埠頭へ通っていたあいだ、私はとりわけ楽しみにしていたことについて一言も話さなかった。ウォルターのおかみさんがキュウリのサンドイッチといっしょに出してくれたご馳走の中には、ユダヤの料理法に従っていないものもあったので、それが気詰まりだったのだ。スルール・ホニグの行動も掟に反していた。

波止場のウォルターが死んで一カ月ほどしたころ、私は四丁目を通って、学校から家へ帰ろうとしていた。ウォルターの死後、毎日そうしていたように、道の南側を歩いた。鍛冶屋の店の開け放した入口の前を通るのがいやだったのだ。そこを通らなくてもよかった。スルール・ホニグはどうやら私を待っていた。

「こっちへ来な」と彼は向かい側から大声でよんだ。私は迷ったが、通りを渡った。「馬を用意しておいたよ」とスルールは言った。

彼のあとについて鍛冶場へはいっていった。入口のそばに大きな灰色の馬がつながれていた。ホニグさんは黒いエプロンの下のポケットから五セント玉を一枚取りだした。「前払いだ。」彼はそう言いながら眉間に皺をよせ、いつものしかめ面をした。革のエプロンの別のポケットから小さく折りたたんだ紙きれを取りだした。「おい、こいつを彼女に渡してくれ」

「教科書を置いてかないと」

「預かっておくよ」

彼は革紐でくくった教科書を受けとった。私は五セントと紙きれをもらった。彼が馬の綱をほどくと、私は端綱をつかんだ。それはごく自然で、ためらいなく、当たり前の、いつもしていたとおりのやり方だったが、もちろん、そうではなかった。よく考えるのだが、どんな気持ちで、私は大きな灰色の馬を連れて四丁目を埠頭へと向かっていったのか。以前のように、心から満足するとか安心しきった気持ちにはならなかった。楽しみにしたのを覚えている。幸運にも私をはじめにそこへ導いてくれたときと同じように、私はかつて幸せだったところへともどっていこうとしていた。再びそうなると思って。

波止場の先まで来ると、馬を小屋へ連れていった。すぐに様子が違うのに気がついた。ウォルターはいつも馬小屋のドアを開け放していた。スルール・ホニグがたった今装蹄した馬を一頭か二頭連れてやって来ると、馬小屋はいつも空っぽだった。その時間には、森林製材株式会社とバーンズ石炭会社が所有するほかの馬たちは、大きな荷馬車の梶棒に繋がれて、街のいたるところへ木材や石炭を引きずるように運んでいた。今、その馬小屋の扉は閉まっている。

入口の前に立って、端綱を握りしめながら、どうしたらいいのか考えた。私同様、誰でもちょっと考えてみれば、夕食に招かれて友人のアパートのドアをノックするように、閉ざされた馬小屋の扉を礼儀正しく叩いたりはしない。ところで、馬はどうするのか？　馬はスルール・ホニグのところへ連れて帰ればよいのだが、それでは五セントも返さなければならない。この行き詰まりを解消してくれたのが、ある匂いだった。バターをたっぷり塗った薄切りの白いパンにのせた薄切りキュウリの香り。

緑の雨戸のある白い家に向かった。四段か五段の階段、そして馬と私は小さな菜園をよけて通った。ドアをノックした。返事はない。だが、キュウリのサンドイッチの香りはもはや我慢できるものではなかった。もう一度ノックした。香りのするほうから、奇妙な何だかわからない物音が聞こえてきた。一つはすぐにわかった。裸足でリノリウムの床をばたばたと急いで歩く音だ。ドアが開いた。

「まあ」とウォルターの後家さんは言った。「あんただったの」

私はまごつきながら彼女を見つめた。すでに話したように、彼女が青と白のギンガムチェックの普段着以外に何か着ているのを見たことがなかった。彼女は今日もそれを身につけているが、きちんと着てはいなかった。私に笑いかけながら、ボタンを引っ張ってボタン穴に通そうとしていた。

「馬を連れていくように言われたんだ、鍛冶屋のホニグさんに」

部屋の奥の、寝室に通じるドアから灰色のタートルネックのセーターを着た男が出てきた。彼も裸足で、やはりデニムのズボンをきちんと履いていなかった。

「何やってんだよ」と男は言いながら、ボタンをかけるのに苦労していた。

ウォルターのおかみさんは振りかえって言った。「鍛冶屋のとこから坊やが来たの」

すると、ボタンかけの手伝いだけでなく、髭剃りも必要なその男は、開いた戸口に立っていた私と、そのうしろにいた大きな灰色の馬を見た。

「くそっ！」と男は言った。「五時前には馬を届けるなと、赤毛のユダ公に言っておいたんだがな」

彼は大股で部屋をやってきて、ウォルターの後家さんを脇に押しやると、私から引綱をつかみ取って、馬を小屋へ引っ張っていった。

「しばらくぶりね」とウォルターの後家さんは言った。

「ホニグさんはもう馬の配達をぼくにさせてくれないんだ。自分でするから」

「この馬も自分で届けることになっていたはずよ」とウォルターの後家さんは言った。「どうしてあんたに頼んだのかしら」

「この手紙を届けるように言われてきたんだ」

私は手紙を渡した。彼女はその紙きれを広げてちょっと眺めると、眉をしかめて顔を上げた。

「これは英語じゃないわ」と彼女は言った。

私は手紙を手に取ってみた。それはたしかに英語ではなかったので、どうしてスルール・ホニグが代わりに私に届けてもらいたかったのかがわかった。

「イディッシュ語だよ」と私は言った。

「読んでくれる？」

スルール・ホニグは、私が読めるのをよく知っていたのだろう。だから私に頼んだのだ。

「いいとも」私は読みはじめた。声をだして。「おまえの今の暮らしは見るに耐えない。おれは鍛冶屋だ。それに馬のにおいもする。だが、波止場の連中よりはましだ。もっと石鹸を買おう。おまえの望むことは何でもしよう。だから、いまの暮らしをやめて、おれと結婚してくれ。お願いだ」

私は大声で読みあげた。書いてあるとおりに。十一歳でできて、もう二度とできないことがたくさんあるものだ。

「お茶を一杯いかが？」

「ありがとう、いただきます」と私はウォルターの後家さんに言った。

彼女はうなずいて暖炉の前のお盆へとさし招いた。「お湯を沸かすあいだ、キュウリのサンドイッチをおあがりなさいな」

彼女は台所へと続くドアを通りぬける前に、ホニグさんの手紙を丸めて火に投げ入れた。私はキュウリのサンドイッチをつまんで一口食べた。がっかりした。私が覚えていたほどおいしく感じられなかったのだ。入口のドアが開いた。髭剃りの必要な男がはいってきた。

「おい、何してるんだ」

「ウォルターのおかみさんがお茶を一杯ごちそうしてくれるって言うんです」と私は答えた。

「もう、ウォルターのおかみさんじゃないんだ」と男は言った。彼は私の襟首をつかみ、部屋から引きずりだして、波止場に放り出した。「出ていけ」と彼は言った。「二度とここへ来るな」

私は波止場からもどりながら、スルール・ホニグの言ったことは正しかったと思ったのを覚えている。彼のにおいのほうが、私を家から放りだしたあのいけすかない男なんかよりずっとましだ。私はキュウリのサンドイッチを一口食べたが、あの男はその香りも汚してしまった。私はちょうど波止場の端まで来ていた。四丁目に足を踏みいれる前に、二つのことをした。サンドイッチを川に投げいれて、ホニグさんが鍛冶屋の店の開け放した入口の扉に背を向けて炉の中から赤熱の蹄鉄を引き抜くまで待ってから、こっそり通りを渡ってアパートに帰ったのだ。その日の五セント玉を返せと言われたりしたくなかった。波止場で何があったのか、私にわかったことはただ一つ、自分がお金をもらったということだけだった。

翌日、それから先の話を聞いた。夜間に何者かが波止場の緑の雨戸のある白い家にはいってきて、ウォルターの後家さんと、お茶を飲む前に私を家から叩き出した髭面の男と、ほかに二人の男を殺した。そのときまだ身元のわからなかったその男たちは、前の週に石炭を積んでエリー運河の検問所をひとつひとつ通ってきた艀を、その日遅くに引きいれる手伝いをしていたのだった。

どうやらウォルターの後家さんが三人の男をもてなしているところに犯人ははいってきて、みんなを殺したらしい。とにかく、ユダヤ日報紙にはそう書かれていた。

チンク・アルバーグが学校の休み時間に見せてくれたデイリー・ニューズ紙には、鍛冶屋を捜索中だと出ていた。家の寝室の床に血のついた凶器があり、それは柄が短くて頭の重いハンマーだった。世界中の鍛冶屋が使っているものだった。

もちろん、彼は捕まった。警官たちがやってきたとき、スルール・ホニグは鍛冶場の奥の小部屋でぐっすり眠っていた。私はそんな部屋があるとは知らなかった。彼に鍛冶屋の店以外に生活の場があると知ったときの驚きを覚えている。ホニグさんを住まいのある男だと思ったことがなかったのだ。

裁判は新聞で大々的に報じられた。もちろん、私にはとりわけ興味のあることだった。毎晩、父は仕事から帰ってくると、母が夕食の後片づけをしているあいだ、ユダヤ日報にでかでかと掲載された記事を声にだして読んでくれた。

私はそれをほとんど理解していたと思うが、ひとつ訳のわからないことがあった。スルール・ホニグにかけられた容疑は、新聞各紙の伝えるところによれば、男の笑い（man-slaughter／故殺の罪）だった。不思議でならなかった。ホニグさんは笑うどころか、にこりともしない男だったのだ。

第五章

マフィア・ミア

Mafia Mia

私が新聞を読んで理解できるなら、私が生まれて半世紀あまり暮らしてきたこの国は、いまシチリア人の組織によって動かされている。彼らはサヴィル・ローのスーツに身を包み、世界一薄型の腕時計で時間を知り、たいてい、スパゲティのダンボール箱の横に貼られたラベルに関わりのある名前で活動する。

私は驚かない。ヘンリー・フォードだって自分の工場へ足を踏み入れて、自動車《ティンリジ》（T型フォード）がすべて流れ作業で機械的に作られているのを見るたびに驚くことはなかったろう。結局、ヘンリーはほんの序の口にいたにすぎないのだ。私もそうだったが、当時はそのことに気がつかなかった。

今は、十一歳の子供といえども無知ではない。子供たちは知っている。学校の先生は、何とかして安定を得ようと必死になっている冷めた公務員であり、彼らの打算的な冷たい目は将来の年金に、あまりにもしっかりと向けられているので、足もとをうろうろする子供たちに、きちんと読み方を教えこむことに関心がない。とにかく、これは私が新聞で読んだことだ。

私が十一歳だったころは新聞を読まなかった。見たこともなかった。父はユダヤ日報一紙を購読するのがやっとだった。私はユダヤ日報の読み方を知っていたが——右から読む——ほとんど読まなかった。まだ二、三年しか習っていない言語の英語を読むほうに、もっと興味を感じる年齢になっていた。その結果、先生について知ったのは全部、自分の目で見、自分の五感を通して経験したことだ。それには、今も昔も恋をするのが一番いい方法だ。

それが一番安上がりでもある。花束を送るお金もいらない。高級レストランで夕食代を払うこともない。ダフ屋から芝居の切符を買うこともない。タクシー代すらいらない。することはただ一つ、西四丁目とルイス・ストリートの角の安アパートを出て、アヴェニューCとアヴェニューBの間の九丁目にある学校まで歩き、特進クラス七 - 一にはいってゆけばいいのだ。そこに彼女がいた。ミス・アンナ・ボンジョルノ。

もちろん、今なら、彼女は血まなこで配役を担当するディレクターの目にさえとまらないだろうと私でも思う。おそらく、彼が『大いなる遺産』のミス・ハヴィシャム役を探していないかぎりは。ミス・ボンジョルノは若い女ではなかった。はっきり言ってしまおう。彼女は老女だった。六十五、六だったろう。いかつい、あまり女らしくない顔だちで、こころもち色が黒かったが、色黒だと言うつもりはない。とてもそうは言えない。ミス・ボンジョルノは、今でも思い出すと顔が赤くなる、映画俳優、エドワルド・チャネリにそっくりだった。しかし、そして、しかしということを強調しておきたいのだが、彼女の髪は真っ白だった。

私は白髪がイタリア人の顔にどう映るのか、はじめて知った。白髪はミス・ボンジョルノを美しくしていた。

はじめて私たちが会ったとき、私はそれに気がつかなかった。気がつくはずもなかった。私はすごく怯えていた。ハウストン・ストリートの第一八八公立学校で六年間を過ごしたのち、突然、なんの前ぶれもなく九丁目の第六四中学校へ転校させられたからだ。いまだになぜなのかわからない。こういうことではなかったかと思う。市の公立学校制度が過密という初期の弊害を被りはじめ、その過密を緩和する最初の努力の一つとして、優秀な生徒を何人か、例によって一律にふり分けた通常のクラスから、実験的に特進クラスを設けた学校へ転校させた。いわば飛び級である。私は無知だったかもしれないが、ばかではなかったと母は保証する。──私は特進クラスにはいりたくなかった。第一八八公立学校に自分で築いた居心地のいい巣に残りたかった。けれども、私の願いは聞きとどけてもらえなかった。

ミス・ボンジョルノにさえそうしてはもらえなかった。彼女は学期半ばの転校生に当惑しているのは明らかだったし、また、その当惑を隠さなかった。彼女は私につらくあたるわけではなかったが、『若草物語』のベスでもなかった。『ヘンリー五世』の一場面をやる日までは。

私たちの小学校で起こることに、キンゼー博士やトーマス・ド・クウィンシーがもう驚かない今日でも、七年生の優等生も落ちこぼれも『ヘンリー五世』に取り組むということにはおそらくみんな驚くだろう。けれども、ミス・ボンジョルノがまだ健在だったなら、話は違ってくる。彼女は学校に「課目別」が導入されはじめたころに活躍した。

それまで、教師は自分の生徒を朝九時に受けとり、午後三時に帰すまで世話をする六時間を、自分の都合と好みと偏見に応じて分割していた。

長時間の算数。長時間の書き取り。歴史は？　つまり、年号や戦争の好きな先生なら、彼女の生徒は長除法よりも長い歴史の時間を持つことになるだろう。彼女が——私は九年生まで男の先生に習ったことがなかった——年号や戦争を好まなければ、彼女の生徒はもっと年長になるまで、マジェランやバンカー・ヒルの戦いについて学ぶのを待たなければならなかった。「課目別」はすべてを変えてしまった。

この新しい制度により、一時間、五十分授業で一日六時間となった。一時間の残りの十分は、精神科医の診察室にある古い革の椅子の上で、姿勢を変えるのに当てられる時間のように、校舎内を移動する時間になった。生徒たちは教室から教室へ移動し、教室ではそれぞれの先生が彼らを待っていた。先生たちは掛け算、文章図解、消化管の健康法、独立戦争の遠因と直接の原因、マンハッタン島の境界線や「雄弁術」なるものについて知識の宝庫を抱えていた。

この「雄弁術」なるものは、ショーター・オクスフォード英語辞典によると「話術、発音、口調、身ぶり手ぶり、すなわち、演説の態度や話ぶりにおける弁論の技術」と定義されている。悪くはない。けれども、ショーター・オクスフォードの編集者が私に相談してくれていたら、その定義をもっともっと短くすることができた。「雄弁術とは、ミス・ボンジョルノの人生の情熱」

「課目別」になるまで、生徒たちの教育がミス・ボンジョルノの手に委ねられていたとき、毎日六時間のうち何時間が、生徒らにジェームス・ラッセル・ローウェルの「ローンファル公の夢」を朗読させたり、テニスンの「国王牧歌」を演じるさせることにつぎこまれていたかは、誰にもわからない。私が第六四中学校に来たころは、「課目別」がはじまったばかりだったので、私がミス・ボンジョルノの虜になったのは、毎日一時間か五十分にすぎなかった。でも、それはなんという一時間、五十分だったろう!

私は最初の数週間、英文学の荘厳な雷鳴が響きわたるのを、すわって聞いていた。英語そのものだった。ミス・ボンジョルノはロングフェローやワシントン・アーヴィングをばかにしたわけではないけれど、彼女が少女時代に心を傾けていたのは、シェイクスピアであり、『オクスフォード詞華集』だった。彼女は傾倒しつづけた。時代遅れとなった雄弁術の一派に属していた。ミス・ボンジョルノは生徒たちが熱弁をふるうように教えた。

「これらの言葉は今までに書かれたうちでも最高のものです」と彼女は、期待にこたえて大きな声で朗読しない少年に言うのだった。「さあ、聴きましょう」

最初の数週間は、全校生徒がそれを聞いているように思えるときがあった。反発したり、嫌がったりしている生徒がいるなど思いもよらなかった。もちろん私だって言葉のすべてを理解したわけではなかったが、頭にはいってくる言葉の響きに胸がわくわくした。見物人としての役割に我慢できなくなってきた。立ち上がって、みんなといっしょに声を張りあげてみたくてたまらなかった。けれども、ミス・ボンジョルノは私を無視しつづけた。エブラハム・ピンカスが虫垂炎で倒れる日までは。

エブラハム・ピンカスはミス・ボンジョルノのお気に入りだった。体は小さいけれども、声が大きかった。あまりにも大きな声だったので、ミス・ボンジョルノは、出演者が二人以上の出し物では、いつも彼に主役をやらせた。一人でやる朗読はエブラハム・ピンカスときまっていた。クラスで「老水夫」をやったとき、エブラハムが演じたのは端役の結婚式の客ではなかったし、エブラハムが病気で休んだときも、ミス・ボンジョルノはキプリングの「もし《イフ》」を聴きたいという気持ちを抑えることができなかった。こういうことはよくあるので、それがミス・ボンジョルノの悩みの種だった。エブラハムは、たびたび腹痛に苦しんでいるらしいことを除けば、どこが悪いのか、私たちにはわからなかった。ある日、ミス・ボンジョルノは『ヘンリー五世』の第三幕第一場の「大進軍」を朗読するように言いつけた。

エブラハムは教室の前に出て、クラスのみんなのほうに向くと、私が少なくとも十二回は見た堂々たる態度で右手を高く掲げた。「もう一度あの突破口へ突撃だ、諸君、もう一度!」とエブラハムは吠えた。「さもなくば、わがイギリス兵の死体であの壁をふさいでしまえ」

エブラハムは口を大きく開けて次の行へ進もうとしたが、次の行が出てこなかった。シェイクスピアの代わりに出てきたのは悲鳴だった。とても怖かったのは、悲鳴をひきおこした、誰の目にも明らかな彼の苦痛ではなくて、いつもの朗読では、あたりを圧するようなエブラハムの声が激痛に恐れおののいているという事実だった。それは本人をも怖がらせたようだった。

最初の発作後、彼はもうそれ以上聞いていられそうもなかった。両手で腹を押さえてくの字になり、床に倒れてのたうちまわった。ミス・ボンジョルノは教室のうしろの椅子から跳びあがった。

「フランク！」彼女が金切り声をあげた。「アイラ！　エブラハムを看護婦さんのところへ連れてって！」

フランクとアイラは教室の前へ走ってきて、エブラハムを抱えて立たせると、部屋から急いで連れだした。その次に起こったことは、私の青春時代の、世にも驚くべき、わけのわからない思い出の一つになった。計画したわけでもなく、考えたわけでもなしに、私は席を立って教室の前に走り出ると、エブラハムがやっていたように手を高く掲げて、エブラハムがやめたところから朗読をはじめたのだ。「平和時にあっては」と私は声を張りあげた。「ものの静かな謙遜、謙譲ほど、男子にふさわしい美徳はない」と私はためらうことなく、そのままつづけた。「はやる心についてゆけ、突撃しながら叫ぶのだ、『神よ、ハリーに味方したまえ、守護聖人セント・ジョーンズよ、イギリスを守りたまえ！』」

ここで私はやめた。演説が終わりにきたからではない。もっと正確に言うと、シェイクスピアがヘンリーのために書いていたのはそれだけだということを知っていたからでもない。それが私の知っているすべての言葉だったから、やめたのだ。どうやってその言葉を覚えたのか、しばらくは不思議でならなかった。ミス・ボンジョルノも面くらっているようだった。

「ラルフ」と彼女は驚きの声で言った。「あなたがそれを全部暗記してたなんて知らなかったわ」

私の名前はベンジャミンだと、今は言わないほうがよさそうだった。

「ええ」と私は言った。「ぼくは、その、二、三週間、ここにすわって聞いていたんです」。私は自分でも何を言っているのかわからなかったけれど、これでいいのだと感じた。そのときは、自分がつかみかけているものを、どのように言ったらいいのかわからなかった。私は十一歳にしてすでに、劇団で言われている、台詞のはいるのが速い人だった。今でも、そうである。とにかく、自分の好きなものに関しては。それから三十年近く経って、友達づきあいをすることになる、かかりつけの歯医者の住所も覚えられない。しかし、私の聞くべきは「とうもろこしが豊かに実る牧草地から、ひんやりした九月の朝、晴れわたる」という言葉だけであり、それにつづくすぐ下の「そして、フレデリック・タウンでは、いつも上の星が下の星を見下ろす」という「バーバラ・フリッチ」の二十九の二行連句《カプレット》全部をあわててやる必要はない。また、誰かが私に聞こえるところで、「告別の日の鐘が鳴り響き」とつぶやくだけで、その人は、トマス・グレイの、碑文の入った「悲歌」の三十二連全部をやることになる。

私はそれらを――そのほかにどのくらいかはわからないが――ミス・ボンジョルノの雄弁術クラスで学んだけれど、その言葉を記憶しようと意識的に努めたのではなく、級友や先生が大きな声で言うのを聞いて覚えた。聞くことによって。つけ加えるなら、喜んで聞いた。学ぶにはこれしかない。

そうやって、私はシェイクスピアがどんな人であるかも知らなかったころに、「大進軍」の檄を覚えた。エブラハム・ピンカスの大声には快い調べがあった。その調べを台詞にあたえた人を本人が知らなかったにしても。もう一つ彼が知らなかったのは、彼がその台詞の四行目で倒れたとき、彼は二つの人生を変えようとしていたということだ。彼と私の人生を。

「ラルフ」とミス・ボンジョルノは私に言った。「もう一度、やってください」

「はい、先生」と私は言った。

彼女は教室のうしろの席へ行って腰をおろすと、目の前の机の上で手を組んだ。彼女が級友たちの頭越しに私に微笑みかけると、私の心臓はひっくりかえりそうだった。私はどうして今までそれに気がつかなかったのか理解できなかった。彼女は美しかった。

「今度は、もう少し大きな声でやってみてね」と白髪の老婦人が言った。「この言葉はこれまでに書かれたなかでも、最高のものよ。さあ、聴いてみましょう」

聴いてくれたし、ミス・ボンジョルノは自分の聴いたものが気に入ったにちがいない。というのも、その翌日、私のクラスが五十分の雄弁術の授業で彼女の教室にはいったとき、彼女が、みなさん、今日は「老水夫」をやりたいと思いますと言ったからだ。その主役をやるのに、誰が呼ばれたか？　そのとおり。そして、私はその言葉も全部覚えていた。

三週間後、盲腸が全快してエブラハム・ピンカスがクラスに再びやってきたとき、私は教室のうしろの自分の席にはもどらなかった。

ミス・ボンジョルノが、なぜエブラハムより私を贔屓にするようになったのか、よくわからない。私がエブラハムより大きな声で朗読できるということに関係があったのはまちがいない。ほかの二つのことも助けになっただろう。私はエブラハムよりちょっと背が高く、もっと痩せていた。これが、私をエブラハムよりもヘンリー王や老水夫らしく見せている、とミス・ボンジョルノは感じていたのかもしれない。理由や事情は何であれ、ニューヨーク・タイムズが、市の主催するアメリカ合衆国憲法に関する弁論大会のスポンサーになることを発表して、校長のミスター・マクロクリンが、第六四中学校を代表する生徒の選抜をミス・ボンジョルノに一任したときには、エブラハム・ピンカスは候補にも挙がらなかった。

私はミス・ボンジョルノが不公平だったと言うつもりはない。もっとも、そのことに気づいていた人は誰でもそうだろうが。彼女は公平を期すことに細心の注意をはらっていた。朝礼で彼女は、弁論大会に出たい人は、合衆国憲法について何でもいいから、千語以上二千語以内の原稿にまとめて、二週間以内に速やかに提出するようにと全校生徒に告げた。私はフィラデルフィアの憲法制定議会を選んだ。ミス・ボンジョルノと密かに話し合ってから、そう決めのだ。そのとき、彼女は憲法のこういう見方は、ほかの生徒には思いつかないだろうと言った。彼女の言ったとおりだった。私は今でもそのスピーチの出だしを覚えている。「歴史のドラマにおいて、一七八七年ほど重要な年は、これまでもなかったし、これからも二度と絶対にないでしょう。」今、ミス・ボンジョルノが生きていたら、彼女も覚えているにちがいない。それを書いたのは彼女だったのだから。

そのほかはだいたい自分で書いた。私が書いたよりも、あるいは、私の文才以上に美しい言葉が並んでいれば、それはミス・ボンジョルノが、私のお粗末な下書きを添削し推敲するのにかけた時間と労力のおかげだった。私は、彼女が放課後二人だけのときに、この添削と推敲をしてくれるのは、彼女のえこひいきだと感じた。ミス・ボンジョルノが私のスピーチに手を貸してくれていることを、ほかの出場者に口外しないようにと、彼女に口止めされた覚えはないし、彼女に手伝ってもらうのを、私が悪いことだと感じていたとも思わない。けれども、私は十一歳にしてすでに、口を閉ざすべき時を心得ていた。

校内選抜の終わった日、ミス・ボンジョルノが朝礼で、私のスピーチの原稿が一番よかったので、市の弁論大会へ学校代表として出場する権利を私にあたえると発表したとき、私は、それに文句を言う人がいないことに驚かなかった。私が選ばれることになったその千五百語の作者が、私一人ではないことを知っているか、あるいは疑っている級友がいたとしても、彼らも今は黙っているのが利口だと、とうにわかっていたらしい。

それから次の三週間、私のエネルギーはミス・ボンジョルノの指導によって、違った方向に向けられた。つまり、大きな声ではっきりしゃべること。そもそも、私たちがいっしょにやるようになったのも、前に言ったように、私の声帯から発せられる声量のおかげだった。私の声はなんなく教室の隅々まで届いた。今度は、ミス・ボンジョルノは教室と講堂の違いを教えるようになったのだ。

午後の放課後、朝礼が毎日行われる一階のホールでミス・ボンジョルノに会い、それから一時間あまりしごかれるのだった。ミス・ボンジョルノは声のコントロールの仕方や、息切れせずに大声を出しつづけるこつを教えてくれた。なかでも大切だったのは、ここぞというときのために、どうやって力を溜めておくかということだった。そのあたりは彼女が決めた。

彼女は行ごとに、間をとる言葉、あまり多くないが声を落とす箇所、そしてミス・ボンジョルノの言う「とどめの一撃」にいちいち印をつけた。そうするとき、彼女は講堂から廊下へ出て、重い扉を閉めた。彼女が笑顔でもどってくれば、私の声は彼女に届いているのだった。彼女が顔をしかめてもどってくれば、もう一度やり直しだった。

十日後、一度も彼女が顔をしかめるのを見ないで、練習をはじめからおしまいまでやり終えることができた。ミス・ボンジョルノは仕種を交えてもいいと感じた。彼女は時計屋のように正確に仕種をはめこみ、海兵隊の訓練係軍曹のように、手際よく私の意識に浸透させたのだった。

半世紀ほど経ったいまでも、大声で「歴史」と言うのを聞くと、思わず手のひらを上にして右手を耳の高さまで上げそうになるのを抑えなければならない。だから、私の前で「建国の父たち」という言葉が発せられるとき、私の手の届くところで、熱いスープの椀を持ちはこばないほうがいい。最初の「建」を聞いたとたん、私の両腕はひとりでにさっとのびて、両眼は天を仰ぐ。ミス・ボンジョルノに教わって以来身についたその仕種は、雨乞いの結果を試す、雨を降らせる男にふさわしい。

ミス・ボンジョルノが私のために苦労した結果は彼女を喜ばせたようだ。私がはじめて出場するマンハッタン南部予選の前日、彼女は、いつもの練習は止めにしましょうと言った。「もう、完璧よ」と彼女は言った。「これ以上練習する必要はないでしょう。練習のしすぎも、練習不足と同じくらいよくないわ。今から明日の夜まではゆっくり休みなさい。コンテストのことなんか忘れるのよ」

これは容易ではなかった。何週間もそれ以外のことは考えたことがなかったのだから。その日学校から帰って驚いたのは、母までがコンテストのことを考えていると知ったことだ。アパートを一歩出れば、私が外や学校で何をしようと、母は関心がなかった。私が申し分のない通信簿を持ってくるかぎり、私が母のいないところで何をしようと気にかけていないようだった。その後何年か思い悩んだ末に、私はこう思うことにした。母は気にかけていたのだ、おそらく絶望していた。だが、今にして思えば、彼女の絶望は恐怖から生まれたのにちがいない。旧世界から逃れてきたこの新世界について、たとえ偶然にしろ、彼女がヨーロッパに残してきたさまざまな恐ろしいことよりひどいかもしれない現実を知るのではないかという恐怖。当時、そのことを理解しなかったのは、私に探ろうという気がなく、そのまま受け入れていたからである。おそらく、親の権威に対する恐怖から。あるいは、ものぐさだったから。まぎれもなく、私が自分のことしか考えないことと大いに関係がある。私は私だけの世界に生きていた。私は楽しんでいた。その楽しみを、移民である文盲の愚かな両親（当時、そのように感じていたことを告白しないわけにはいかない）と分かちあいたいという願いは、私の心をよぎりもしなかった。だから、私は驚いたのだが、ニューヨーク・タイムズの弁論大会にはじめて出場する前日、私が学校から帰ってみると、母は、つやつやした黄褐色の紙で包んだ平たい四角の包みを手に、台所で私を待っていた。

彼女がそこにいることには驚かなかった。母は、私が学校から帰るころ、いつも台所で私を待っていた。父がアレン・ストリートのズボン工場で働き、私が第六四中学校に通っていたころ、母は一日に一度しか外出しなかった。ドイッチェ食料品店やアヴェニューCの露天商で、夕食の材料を買うためだった。だから、私が学校から帰ったとき、家にいないことはなかった。私が学校から帰ってかならず目にするのは、いつものミルクのコップとシュガークッキーの皿だった。それで、つやつやした黄褐色の紙で包んだ平たい四角の包みにはびっくりした。

「明日の夜、コンテストは何時から?」と母が言った。

もちろん、イディッシュ語で。あのころ、母が英語を理解していたのか、片言を話したのか、今でもわからない。私にわかっているのは、母は一度も英語を話さなかったということだけだ。

「何のコンテスト?」と私は言った。

実際にそう言ったわけではない。驚きのあまり、ぶつぶつと意味不明の語を発したにすぎなかった。どうして母は私がコンテストに出るのを知っていたのだろう? 私から家でコンテストの話をしたことはなかった。私がミス・ボンジョルノとしている放課後の練習について、母は尋ねたこともなかった。コンテストという語そのものが、町や学校での生活とは対照的な安アパートの生活と、あまりにもかけ離れていたので、コンテストのイディッシュ語訳は、ニューヨークの一流紙が後援する、アメリカの歴史の探究という意味には聞こえなかった。母がその言葉を口にすると、ユダヤ人虐殺のように聞こえるのだった。

「スピーチよ」と母が言った。「明日の夜、何時から?」

「八時だよ」と私は言った。

「ほら、これを着なさい」

母は、つやつやした黄褐色の紙で包んだ平たい四角の包みを私にくれた。もちろん、それは東四丁目では、「中国人《チンクス》」で通っている店のものだった。チンクスは、いささか胡散臭いが、それほど不自然でもない。ジェイムズ・ジュー《ユダヤ人》という名前の中国人の洗濯屋だ。彼は五丁目と六丁目の間のアヴェニューCに店を構えていたが、その仕事が私には謎だった。

東四丁目では、石鹸は、パン、バター、ミルク、家賃のように、家計でやりくりしなければならないものとみなされていた。だから、母も近所の主婦たちも、洗濯には一番安い石鹸を買っていた。いや、それは最高のものだったかもしれない。というのは、私の記憶では、私が学校に着ていくシャツはいつもきれいだったからだ。級友や父親たちのシャツもきれいだった。もちろん、どれも家で洗濯したのだ。洗濯屋は近隣にできはじめたばかりの贅沢なところだった。当時の洗濯屋は洗ってくれるだけで、アイロンはかけなかった。近所の家の景気がよくなると、すぐにわかった。月に二、三回、ディマンド・ウエット・ウオッシュ洗濯会社の荷馬車がルイス・ストリートからやってきた。御者が乾いた白いキャンバス地の袋に、各家庭の洗濯物を集めていった。それから二、三日後、彼は同じ袋で洗濯物を届けるのだが、腰をかがめて運んでいるので、今度は中に煉瓦でもはいってるようだった。袋の中の洗濯物は濡れたままだった。金持ちの主婦たちは、こすったり濯いだりする手間は省けたが、それでも、洗濯物を外に干して乾かし、アイロンをかけなければならなかった。誰も、金持ちの主婦でさえ、乾かしてアイロン掛けもすんだ洗濯物がもどってくるという意味の、いわゆる、平たいものを受け取ることはなかった。これは東四丁目では、犯罪に等しい浪費とみなされる贅沢で、狂気の沙汰とも思われかねなかった。それでは、誰がジェイムズ・ジューの客なのか？「チンクス」という店の経営者はどうやって店の家賃を払ったのか？

私がニューヨーク・タイムズの弁論大会に初出場する前日の午後、学校から帰ってきたときにその種明かしがあった。つやつやした黄褐色の紙で包んだ平たい四角の包みには、私の白いシャツが一枚入っていた。あるいは、私の白いシャツらしきもの。母は糊を使うことがなかった。それは洗濯に余分な費用がかかったからだろう。いずれにせよ、父のシャツも私のシャツも軽くアイロンをあてるだけだった。普段、シャツを着るときはそれで十分でも、ミス・ボンジョルノが私のために用意してくれた弁論大会には不十分である、と母が感じていたのは明らかだった。母は私のお披露目の準備をジェイムズ・ジューに任せたのだ。

私はとても感動した。そのシャツがボール紙にきちんと折りたたまれていることや、「ジェイムズ・ジュー　高級《ハンド》ランドリー」と印刷されたピンクの紙ひもで留められていることだけでなく、ジェイムズ・ジューがシャツのカラーやカフスにやってくれたことにも感動したのだ。彼はそれらを、硬さとしなやかさを併せもった陶タイルのようにしていた。ジェイムズ・ジューが近所の少年たちから収入を得ていたなんて信じられなかった。コンテストに出場することになった少年たちは、同じような服装を用意するように言われて、シャツが必要になったのだ。この界隈《かいわい》は、大したことでなくても、シャツをこのようにしてもらう人たちがいるにちがいないと思いあたって驚いた。

「どうしたの」と母が言った。「気に入らない?」

「ちがうよ、すごいね」と私は言った。「いくらかかったのかと思って」

「十五セントよ。だから、優勝してちょうだい」

その夜も、その翌日もずっと、私は、母が私のスピーチを見に来るつもりなのかと不安だった。私が自分の不安を口にするのを、親不孝だと思う人たちがたぶん大勢いるのはわかっている。そう思われても仕方がない。実は、母が私を人前へ連れていったのは、一八八公立学校の幼児クラスへ入学手続きをしに行ったときと大祭日《ハイ・ホリデイ》にシナゴークへ着ていったときだけだった。母の服装はすぐ想像できた。たぶん、よそゆきを着ていくだろう。両袖にビーズの花を刺繍したドレス。だが、コンテストが行われるワシントン・アーヴィング高校の講堂にその服ですわっていると、シナゴークで男の目から女性を隠してくれる白いカーテンの蔭にいたときと同じように見えるだろうか? もちろん、演壇から聞こえてくる内容はわからないだろう。生まれてはじめて、自分が母の文盲を恥じていることに気がついた。私の愛する女性、ミス・ボンジョルノにどのように母を紹介すればいいのか? さらに悪いのは、母の存在が私のスピーチにどんな影響を及ぼすか? もうそんな心配をするだけで、母は私の調子を狂わせてしまったような気がした。

翌晩、私は夕食後まもなく落ちつきをとりもどした。母は、ジェイムズ・ジューが鎧のようにしたシャツを着るのを手伝ってくれてから、流しに向かった。

「あまり遅くならないようにね」と母は夕食の食器を漬けた、湯でいっぱいのブリキの洗い桶に手を突っこみながら言った。

私の気持ちは舞い上がった。それは「私は行かないから、心配しなくてもいいよ」という母らしい言い方だった。もちろん、今そのときのことを思うと、舞い上がる気分にはならない。ロケットのように舞い上がるのは、恥ずかしいという私の気持ちだ。母は私といっしょに人前に出ることが、私の迷惑になるのを知っていたにちがいない。

三十分後、アーヴィング・プレイスのワシントン・アーヴィング高校のロビーでミス・ボンジョルノに会ったとき、彼女は私の母が来ると思っていたらしいのに気がついた。大理石の床を通って私のほうへ来ながら、雄弁術の教師は私に怪訝そうな眼差しを向けた。そして私のところにやってくると、私の頭ごしに、誰かが私のあとについて来るのを期待するかのように見た。

「気分はどう?」と彼女は言った。

「いいです」と私は言った。

「あなた一人?」

「そうです」と私は言った。彼女が当惑しているようなので、私はとりつくろうことにした。

「父は今晩、寄り合いがあって来られないんです。そして、母は病気です」

「まあ、それはお気の毒に」

彼女がいかにも気の毒そうに言ったので、うまくいったのがわかった。私はもっとうまくやってやろうと思った。

「母はとても具合が悪くて、ぼくのシャツを洗うこともできなかったんです」と私は言った。「母はシャツをチンクスに出さなければならなかったんです」

ミス・ボンジョルノは困ったように、私の首が押し込まれている陶タイルのカラーに、はじめて目をとめた。

「とても素敵だわ」とミス・ボンジョルノはさらに顔を近づけた。「ほんとに、息が苦しくならない?」

東四丁目からアーヴィング・プレイスまで歩いてきた三十分のあいだ、私はずっと息がしにくかった。けれども、頭をうしろに反らし、空をじっと見つづけて、なんとか我慢してきたのだ。

「いいえ、大丈夫です」

「そう、じゃあ、そろそろ行きましょう」

私たちはロビーを横切り、講堂へつづく大きな両開き扉を通り過ぎて、脇の小さな扉へと向かった。この扉は下りの短い階段につながり、その突き当たりは、私はあとで知ったのだが、いわゆる楽屋になっていた。ミス・ボンジョルノにそこへ連れていかれたとき、最初、壁ぎわに等間隔に置かれた小さなテーブルや、その上にぶら下がった鏡は目にはいらなかったが、少年たちの存在には気がついていた。少年は八人、みんな私と同じくらいの年齢で、めいめいの少年の脇には、彼らを保護するように、女の人が心持ち身をかがめて立っていた。この女の人たちは背恰好も年齢もまちまちだったけれど、彼女たちはミス・ボンジョルノと同じ雄弁術の先生で、少年たちは彼女たちが指導したコンテストの出場者だとすぐにわかった。私たちがはいっていくと、先生たちはみんな会釈して微笑んだが、そのとき私は何か変だと感じた。その微笑はミス・ボンジョルノに向けられていて、彼女は会釈して微笑を返した。八人の少年たちは笑わなかった。彼らはみんな私をじっと見つめていた。

「こちらに空いたテーブルがあるわ」とミス・ボンジョルノは私を小さなテーブルの一つに案内した。「お掛けなさい」

私は腰をおろすと、思わずテーブルの上の鏡をのぞきこんだ。鏡には、まだ私を見つめている少年たちが映っていた。なぜだろう？　八人の少年はそれぞれ、ほかの七人を見ればいいのに、私だけに注目した。ミス・ボンジョルノもそれに気がついていたはずだ。

「気にしないで」と彼女が小声で言った。「自分のスピーチのことだけ考えるのよ」

その必要はなかった。だから、この八人の少年はなぜ私をじっと見るのかと考えているうちに、私の内部で興奮が高まってくるのが感じられた。ミス・ボンジョルノと私がやっていた練習のことを、彼らが聞いているのはまちがいない。私の声量に関する噂が広まっていたにちがいない。私がミス・ボンジョルノと練習しているとき、窓を開け放していれば、私の声がきっと聞こえたはずだ。この少年たちが私をじっと見ているのは、怖がっているからだ。私は強敵だったのだ。

彼らは近寄りさえしなかった。コンテストのはじまる直前に起きた妙なできごと以外、万事順調だった。何が妙だったかというと、ほかの八人の少年たちは誰もそのできごとに気がついていないようだったのだ。

私たちはみんな落ちつきがなく、耳を掻いたり、足を動かしたり、空咳をしたりする一種の静寂の中にすわっていると、先生たちも私たちのまわりを落ちつかなげにうろうろした。すると、部屋の脇の扉が開いて男の人がひとりはいってきた。扉が閉まるとき、私たちがこれから上がる舞台と、その下の観客席の一部がちらっと見えた。客席は埋まりつつあった。第六四中学校の私のクラスから、二、三人、見覚えのある顔が来ているので驚いた。弁論大会で私のスピーチを聞くために、アーヴィング・プレイスのワシントン・アーヴィング高校まで、しかも夜にわざわざ足をはこんでくれる級友がいるとは思いもよらなかったのだ。

その驚きは誇らしい気持ちに変わった。突然、ベーブ・ルースやルー・ゲーリッグが好球必打で打席にはいったとき、スタンドを埋めつくしたヤンキーズのファンの顔を見て、どんな気持ちがするのか、私にもわかった。

「ミス・ボンジョルノ?」

私は声のするほうへ顔を向けた。その声の主は、舞台へつづく扉からはいってきた男の人だった。彼は白髪まじりの髪を真ん中で分け、つるのない縁なし眼鏡を鼻の頭に留めていた。そして、片手に一枚の白い紙、もう片方の手には銀色の鉛筆を持っていた。

「はい、私ですが?」

「第六四中学校の?」

「はい、そうです」

男の人は私に笑顔を向けた。それは「何も心配することはないんだよ、坊や」という笑顔だったが、実際は「困ったことになったんだよ、坊や」という意味であることを、私はすでに知っていた。

「そして、この少年が出場者ですか」

「はい、そうです」

男の人は、そっと、ほとんど無意識に、ちびた鉛筆の先で私の頭のてっぺんに触れた。その動作は、ニュース映画で、一番ホールへボールを飛ばす前に、ティーアップしようと屈みこんだボビー・ジョーンズを思い起こさせた。

「ミス・ボンジョルノ、ちょっと、ホールまでご同行願えますでしょうか?」

「いいですとも」

彼は、ミス・ボンジョルノと私が楽屋へはいってきた扉を広く開けて支え、ミス・ボンジョルノを先に行かせると、そのあとから外へ出た。カチッと小さな音がして扉が閉まった。私は鏡をのぞきこんだ。八人の少年と八人の雄弁術教師の目が私を凝視していた。私が予期していた敵意はこもっていない。彼らが私をどのように見ていたか、あえて表現するとすれば、私が彼らの視線に感じたのは憐れみだった。これは、男の人の「何も心配しなくてもいいよ」という笑顔よりも私を怯えさせた。恐怖はいつも私から時間の感覚を奪うので、ミス・ボンジョルノとその男の人がどのくらいホールにいたのかはわからない。けれども、二人がもどってきたとき、私はすぐ、何かよくないことが起きたのだとわかった。白髪で映えるミス・ボンジョルノの美しい顔がいっそう黒ずんでいた。それは怒りで赤くなったというよりも、激怒のあまり黒くなったのにちがいなかった。

「よろしいです」と男の人は部屋の全員に言った。彼は紙をにらみつけるように見た。鼻をはさんだ眼鏡が震えた。なぜかもう彼の怒りも私の気にならなくなった。ミス・ボンジョルノが激怒しているという事実が、主催者らしいこの男の人が私の心にあたえた恐怖をすっかりぬぐい去ってくれたのだ。私は彼女に任せておけばいいのを知っていた。「そのドアから順番に舞台に上がって、みなさんのために用意した椅子にすわってください」

彼は私たちの名前を読みあげた。私は三番目だった。私は前の二人の少年のあとから舞台に上がり、あとの六人が私につづいた。私たちが腰をおろすと、聴衆からまばらな拍手がおこった。第六四中学校の少年たちが、右側にひとかたまりになっているのが目にはいった。私のクラスのチンク・アルバーグが手を振って片目をつぶった。私はちょっと笑ってみせたが、ほんとうにちょっとだけだった。控えめな態度が審査員たちに好印象をあたえるとミス・ボンジョルノに言われていたのだ。楽屋で私たちの名前を読みあげた男の人が、今度は舞台に現れた。彼は、並べられた椅子の正面にあるマホガニーの演壇に行き、そこで待機していると、その間に、ミス・ボンジョルノをはじめほかの八人の雄弁術の教師が講堂のうしろから一列で通路をやってきて、最前列に用意された椅子に腰をおろした。ミス・ボンジョルノの目が私の目をとらえた。彼女はにっこりとうなづいてウインクてしてくれた。私は審査員の不興を覚悟で、チンク・アルバーグにしたよりも心持ち大胆な笑顔を返した。

「みなさん」と髪を真ん中で分けた男の人が言った。「私はニューヨーク・タイムズのジェイムズ・マーチスンです」

ミスター・マーチスンは自分が勤務する、この一流新聞について二言三言、あたりさわりのない賛辞を述べた。彼は「活字にするのにふさわしいあらゆるニュース」を活字にすることは、お偉方が毎日悪の軍勢との戦いに駆けつけるときに掲げる、錦の御旗よりも大切だと言った。それは、われわれが日々の生活を送る幸運に浴している政治体制から生まれた、きわめて貴重な遺産であり、その政治は、世界の偉大な人類の記録の一つ、すなわち、合衆国憲法として大切に保存されている。ニューヨーク・タイムズがこのコンテストのスポンサーを引き受けたのは、街角の人々である一般市民は、このきわめて貴重な遺産についてもっと知らされるべきである、とこの一流紙は感じていたからである。そして、ミスター・マーチスンは規則や、全市にわたる一連の地区予選やカーネギー・ホールで行われる最終審査の規定を説明した。

「そういうわけで、以上です」と彼は言った。「最初の出場者、どうぞ」

最初の出場者は、カーディナル・ジョン・F・X・テレンス高校の赤毛の少年だった。彼が話をはじめたとたん、カーネギー・ホールに行くのは無理だとわかった。声はよかったが、声量がなかったのだ。二番目の出場者は声は大きかったが、演技の指導を受けてないのがすぐに見てとれた。仕種が一つしかなかったのだ。後年、この仕種はハリー・トルーマンによって有名になった。まるで話す人の手が目に見えないカクテル・シェーカーを持っているかのように、カップのように丸めた両手を、六インチか八インチくらい離して胸の高さに上げ、核心に迫ると、そのシェーカーを前後に激しく動かしてうまく効果をあげる仕種。この少年はその一つのしぐさに多大のエネルギーをつぎこんでいたが、のちにトルーマン大統領がやってみせたほど上手ではなかった。いずれにしろ、ふり返ってみると、大統領もそんなに上手ではなかったようだ。話すときの仕種など、偉くなるとうまくなるものだ。三番目に私の名前が呼ばれ、椅子から立ち上がって演壇へ向かうとき、私は今日のような大事なときに持ちたかった自信をある程度は持っていた。私が「歴史というドラマにおいて」とめりはりをつけて言い、「歴史」という言葉のところで、手のひらを上にして大きな弧を描くように右手を差し出し、右肩の高さまで上げた瞬間に、ミス・ボンジョルノと協力して得られた自信はまちがっていなかったのを知った。

審査員は三人。当時西十四丁目の元教会で、イプセンやストリンドベリやボーモントとフレッチャーを次々と演じていた有名なシェイクスピア女優。数年前、デモステネスに関する熱気にあふれた小説を出版して、文壇に物議をかもしたコロンビア大学の英語教授。そして、州議会下院議員第六区の元下院議員。この人は弁護士になり、じつに写真写りのよい芝居がかった動作と、非常に引用のしがいのある語彙を持つ刑事弁護士として、衆目を集めるようになっていたので、新聞や雑誌の中で暮らしているようだった。ミスター・マーチスンがざっと説明した規則によると、審査員たちは協議することはできない。彼らは個々に投票し、多数、つまり三票のうち二票を獲得した者が勝つ。

九番目の最後の弁士への拍手が鳴りやんでからの数分間、聴衆の緊張感が舞台まで伝わってきて、それが私に不快で刺すような痛みを少しあたえた。そして、講堂のあちこちから審査員が通路をやってくると、封をした封筒を一人ずつミスター・マーチスンに手渡した。彼は封筒を破って数枚の紙片を取り出すと、それをじっと見つめた。それから、顔を上げて、審査員たちが自分の席にもどるのを待った

「これを発表するのは非常に喜ばしいことです。」彼はあとで思うと、いささかしぶしぶと

校の代表です」

も言える笑みを浮かべてやっと言った「優勝者は、三人の審査員の満場一致で、第六四中学校の代表です」

ミス・ボンジョルノはどんなことにも手を抜いていなかった。ミスター・マーチスンがこちらを向いて私の名前を呼んだとき、私は何をすべきかを心得ていた。私は立ち上がって彼のところへ行くと、つつしみ深く「ありがとうございます」と言って聴衆に顔を向け、何年も経った今でも、私には拍手喝采の嵐としか表現しようのないものに深々と頭を下げた。

あやふやなたとえ話をすると、私には未知の嵐がどんなものであるかにもよるが、その嵐はワシントン・アーヴィング高校の前の歩道でも、まだ私の耳の中で鳴り響き、あるいは耳を打ちつづけていた。私は第六四中学校の級友とミス・ボンジョルノに囲まれた。

「あなたを誇りに思うわ」と彼女は言った。「わが校の誉れよ。ここでさよならして、また明日の朝ね」

彼女は身をかがめて私の額にキスすると、地下鉄のある、あかあかと明かりの灯った十四丁目のほうへ歩いていった。私は自分が東四丁目まで歩いて帰ったことはあまり覚えていない。ただ、私をほめそやしてくれる級友たちといっしょだったことははっきり覚えている。

彼らはそれまで、私をほめてくれたことなどなかった。ともかく、私の知るかぎりでは。私ははじめて味わう陶酔感にうっとりとなって安アパートの階段を上った。その陶酔感は台所にはいったとたんに消えた。

ミス・ボンジョルノがテーブルの前にすわっていた。母は料理用ストーブのところに立っていた。二人は喧嘩の真っ最中に私に邪魔されたかのように、うろたえているようだった。そして、私は何が起きているのか、いや、何が起きていないのかがわかった。母は英語を話さないし、ミス・ボンジョルノはイディッシュ語を話さないのだ。

「ベンジャミン、ごめんなさい」とミス・ボンジョルノは言った。「ワシントン・アーヴィング高校の前の歩道で、私が家に帰ると言ったとき、嘘をつくつもりはなかったのよ。でも、私がすぐここに来て、あなたのご両親とお話するのはとても大切なことだったし、そうするのをほかの子たちには知られたくなかったの。あなたより先にここに着くのはわかっていたけど、言葉の問題があるとは思わなかったわ」

「なんて言ったの」と母が言った。

「すみません」と私は英語でミス・ボンジョルノに言ってから、雄弁術の教師が言ったことをイディッシュ語に訳して母に伝えた。

「ベンジャミン」とミス・ボンジョルノは言った「あなたがその言葉を、そんなに上手に話せるなんて思わなかったわ」

当然ではないか。幼稚園まで、それ以外の言葉を話したことがなかったのだから。

「なんて言ったの」と母が言った。

その年齢でも、そういうやりとりでは埒があかないことは私にもわかっていた。ちょうど読みはじめたばかりのコンラッドの海洋小説の主人公たちのように、偉大なポーランド人が言うには、彼らが危機に瀕するとつねにやるということをやることにした。自らの手で舵を取るのだ。

「知りたがっているんです」と私はミス・ボンジョルノに言った。「母は先生が今夜ここに来たわけを知りたいんです」

「コンテストがはじまる前に楽屋であったことのためよ」とミス・ボンジョルノは言った。

「ミスター・マーチスンが私にホールまで来るようにと言ったときのこと覚えてる?」

「はい、覚えてます」

私はミスター・マーチスンの怒った顔や、ミス・ボンジョルノの顔が怒りで黒ずんでゆく様子も覚えていた。

「ねえ、ベンジャミン、驚かないでね」とミス・ボンジョルノは言った。「でも、今夜、あなたはもう少しで、コンテストに出場させてもらえなかったところだったのよ。」私の顔に浮かんだ表情が、自分には見えないので描写することはできないが、ミス・ボンジョルノには明瞭に語りかけたにちがいなかった。「ほんとうなのよ、ベンジャミン」と彼女は言った。

「ミスター・マーチスンはあなたを舞台に上げたくなかったの」

「どうしてですか」

「あなたがセーターを着ていたからなの」と雄弁術の教師は言った。

私はまだ自分の首にまきついている陶タイルのカラーを見た。私はまだそのセーターを着ていたのだ。

「ほんとうなのよ、ベンジャミン、ほかの出場者はみんなスーツを着ていたのに気がついたでしょう?」とミス・ボンジョルノは言った。「きちんとしたスーツよ」

正直なところ、気がついていたのか、いなかったのかわからない。たぶん、気がついていただろう。私の視力はいつも左右とも正常だった。今もそうだ。しかし、他の出場者がスーツを着ていたという事実は、私にとって特別重要な意味を持たなかった。私はまだとるにたらないことが重大なことになる、という年齢には達していなかった。その夜、ワシントン・アーヴィング高校で、私にとって重要だったのは、私がどの出場者よりもいいスピーチをするということだった。けれども、今になってわかったのだが、ミスター・マーチスンにとっては、それは二の次だったのだ。

「ミスター・マーチスンはあなたを失格にしたかったの」とミス・ボンジョルノは言った。

「コンテストの前にホールの外で、彼はそんなセーターで出てくるのは意図的な侮辱にあたると言ったのよ。あなたがニューヨーク・タイムズを侮辱してるって言うの。とにかく、私が彼に言ったことを聞いてもらいたかったわ。表紙で本を判断すべきではないって言ってやったの。衣服は人をつくるかもしれないけれど、雄弁家はつくらない、ともね。そして『オセロ』で打ちのめしてやったわ」

ミス・ボンジョルノは台所のテーブルから立ち上がった。彼女の美しい顔が急にぱっと赤くなった。台所に一つしかない照明の、ちらちら揺れるガスの炎で、彼女の白髪は宝石の冠のように輝いて見えた。彼女は一瞬の光に目をこらした。その光を発している場所は、ストーブの黒い煙突の真うしろらしく、そこから、煙突は台所の壁を突き抜けて裏庭に出ていた。

「将軍、男女を問わず、名誉というものは」とミス・ボンジョルノは声を大きくした。「心の宝石にほかなりません。私の財布を盗む者はがらくたを盗むのです。それは大変なことかもしれないが、とるにたりないことかもしれぬ。私のものがそいつのものになっただけのこと。どうせ、金は天下のまわりもの。しかし、私から名誉を盗みとった者は、それを盗んだからといって金持ちにはなりません。だが、私は極貧に陥ることになります」

ミス・ボンジョルノの声が、彼女の頭上に天井でも落ちてきたかのようにやんだ。彼女は台所のテーブルの椅子にへたりこんだ。彼女は喘いでいた。

「なんて言ったの」と母が言った。

「今夜、僕がセーターを着てたので、もう少しで負けるところだったんだって」と私はイディッシュ語で答えた。

「勝ったんだろう?」

「みんなを負かしたよ。審査員は全員ぼくに入れたんだ」

「じゃあ、セーターとそれとどういう関係があるの」

「なんておっしゃったの」とミス・ボンジョルノは言った。

「母は、セーターを着ることと、憲法についていいスピーチをすることと、どういう関係があるのか知りたがっています」

年端もいかないのに、私はかなりすぐれた編集能力を持ち合わせていた。

「なんの関係もないって言ってちょうだい」とミス・ボンジョルノは言った。「でも、二次予選では、北マンハッタン予選の勝者と競うことになるし、そこにもまた、別のミスター・マーチスンがいるかもしれない。いや、もっといやな人かもしれないわ。私が言い負かせない相手かもしれない、という意味よ。だから、今夜、ご両親にそれをわかっていただくためにここへ来たの。一カ月後、北マンハッタンの勝者に対抗するとき、あなたはきちんとしたスーツを着なければならないわ」

「なんて言ったの?」と母は言った。

頭の中で整理したイディッシュ語が正しいかどうかを、口に出す前に確認したいんだと言わんばかりに、私はストーブの煙突のほうに向いて、思いあぐねて顔をしかめた。実は、私はその言葉を知っていた。むしろ、その一語と言ったほうがいい。無理、という一語。私はスーツを持っていなかった。母が編んでくれたセーターと父が縫ってくれたニッカボッカーで暮らしていた。もうすぐ、つまり私が十三歳の誕生日を迎えたら、スーツを買わなければならないのは、みんなもわかっていた。ユダヤ人と名のる権利を誇りとするどの家族も、堅信礼《バル・ミツバ》を行うシナゴークに、息子がセーターで現れるのを許さない。現に、数千年に及ぶ迫害を切り抜けて信念を守り通した儀式に身をささげてきたラビなら、少年がセーターでトーラーに近づくことを許すはずがないのだ。けれども、このスーツを買うのは、まだ一年あまり先のことだった。弁論大会のためにこの買い物を繰りあげるのは、私がどんなに細心の注意を払って通訳しても、「無理」としか言いようがなかった。当時、わが家の財政は逼迫しているどころではなかった。無一文といってもよかったのだ。

「ミス・ボンジョルノが」と私はイディッシュ語で母に言った。「次の予選で、北マンハッタンの勝者に対抗するときは、きちんとしたスーツを着なきゃいけないって」

「持ってないものをどうやって着るの？」と母は言った。

「なんておっしゃったの？」とミス・ボンジョルノ。

私のいかに優秀な編集能力をもってしても、経済の不可抗力の法則には対処できなかった。そのまま通訳するしかないようだった。私はそうした。

「スーツは持ってません」と私は英語で言った。

「まあ」とミス・ボンジョルノは言った。私は彼女の美しい顔に浮かんだ表情から、私のひとことが彼女の頭に、まったく新しい、この上なくわかりにくい考えを吹きこんだことがわかった。彼女はすばらしい女性だし、私は彼女を愛していたけれど、所詮、山の手の人だった。彼女にはわからないこともあったのだ。それでも、彼女は理解しようとし、その試みは質問になった。「ベンジャミン」とミス・ボンジョルノは言った。「次の予選は今夜から一カ月も先のことなのよ。一カ月もあれば、ご両親はスーツを買えるでしょう?」

私は母に通訳すらしなかった。母がどう言うかわかっていたのだ。アダム・スミスと違って、母はつらい思いをして経済学を学んでいた。

「いまは不景気なんです」と私はミス・ボンジョルノに言った。

「何ですって?」

「工場の仕事がないんです。父は家にお金を持ってこないんです。不景気は短かくても、あと二カ月は続くでしょう。三カ月かもしれません」

「何を言ってるの?」と母が言った。

「家にお金がないこと。不景気のこと。お母さんとお父さんはぼくのスーツなんか買えないということだよ」

母は背中を向けて窓ぎわへ行った。彼女はじっと庭を見ていた。母に尋ねて確かめたことがないので、私の次に述べる観察を証明することはできない。たとえ尋ねたとしても、母が私に本当のことを言ったとは思えない。母が嘘つきだったからではなく、教育を受けていなかったからだ。彼女は自分で作りあげたルール以外に、自分を導くものはなかった。おおよそ、その一つはこれだ。何かをやりたがっている人がいれば、それをやらせてあげたい。余計なことは言わない。邪魔にならないようにすること。

ミス・ボンジョルノは咳払いをした。「ベンジャミン」と彼女は言った。「お母様に訊いてみてください。私がスーツのお金をご用立てするというのはどうかしら?」

「母さん」と私は言った。母は窓から振り返った。私はミス・ボンジョルノの申し出を伝えた。

「ご用立て?」と母が言った。「何だい、それは?」

「お金を借りるんだよ、先生がお金を貸してくれるんだって」

「貸してくれる? それなら、返さなきゃいけないんだろう?」

「そうだよ」

「返すお金がどこから出るの? どこから?」

財務長官が同じ質問をした。母のような返事をもらった人はいないはずだ。

「私からだ」

私は新しい声のしたほうに顔を向けた。ミス・ボンジョルノと母もそうした。父が寝室につづく戸口に立っていた。父は眠っていたのにちがいない。あるいは、少なくともベッドに横になっていたのだ。前に垂れた髪はくしゃくしゃで、厚ぼったいカーキ色の外套を着ていた。それは彼がオーストリア軍に徴兵されていたときの制服の一つで、アメリカに持ってきてからは、バスローブとして使っていた。

「何のことかわかってるの?」と母。

「寝室で聞いた」と父。

「この方がお父さまね」とミス・ボンジョルノは言った。

「はい」と私は言った。イディッシュ語でつづけた。「父さん、この人がぼくの先生のミス・ボンジョルノ」

「わかっている」と父は言った。「寝室で聞いていたよ。息子が今夜のコンテストに優勝できたのは、先生のご指導のおかげなので、お礼が言いたいと伝えてくれ」

私はミス・ボンジョルノにそう伝えた。彼女はにっこりして立ち上がると、片手を差し出した。彼女は父のほうに歩み寄る必要はなかった。父も彼女のほうに歩み寄るまでもなかった。台所はそれほど狭かったのだ。二人は足を動かさなくても接触できた。

「こちらこそ」とミス・ボンジョルノは握手しながら言った。「すばらしい息子さんですね」

私の編集能力は私に、少し差し引いて通訳しても、差し支えないだろうと告げた。だが、ワシントン・アーヴィング高校からの帰り道に、級友たちが言ってくれた賛辞がまだ私の耳の中で鳴り響いていた。あるいは、耳を打ちつづけていた。それがもっと聞きたかった。私は言葉どおりに通訳した。

「お恥ずかしいことに、そのすばらしい息子にスーツを買ってやるお金がないのです」と父は言った。「息子がスーツを持ってないからといって、二度とコンテストに出場できず、優勝できないのなら、もう私には父親の資格はありません。だから、あなたのお申し出には感謝しております。お願いします、お金はかならずお返しいたしますので。どうすれば返せるのかわかりませんが、かならず。ほんとうにありがとうございます。あなたは私に誇りを取りもどさせてくださいました」

この言葉を、もっと正確にうまく通訳できると思う人は、勝手にやってみるがいい。私はニューヨーク・タイムズの弁論大会の第一ラウンドをかちとった夜、一度それをやったので、もう二度とやりたくない。つらいからだ。

「じゃあ、一件落着ね」とミス・ボンジョルノは言った。「明日のお昼休み、銀行に行ってお金を下ろし、ベンジャミンに渡しますわ」

「ありがとうございます」と父は言った。「日曜日にスーツを買いに連れて行きます」

東四丁目の住民が衣服を買うのは日曜日しかなかった。スーツやドレスを買うことは、ゴールド・ラッシュ時代の四九年《フォーティ・ナイナーズ》組の一家が、ペンシルヴェニアの農場を売った金で幌馬車を買い、西のサッターズ・ミルを目指す決意をするのに匹敵するほどの、家族の一大事だったのだ。アヴェニューBやアヴェニューAには夜も営業している店があった。けれども、男の人はたいてい七時前に仕事からもどることはなかった。彼らが「ぶっかけめし《ソパー》」と呼ばれる夕食を終えるころは、五時半か、もっと早く起きてアレン・ストリートの酷使工場《スウエット・ショップ》へ遅れないで行けるように、ベッドにはいる時間だった。そして、男がスーツを買いに行くのに、妻を連れていかないのは、女の人が夫の同伴なしにドレスを買うのが思いもつかないことであるのと同様に、とても考えられないことだった。東四丁目ではその当時、男でも女でも外出着は、今日のテレビコマーシャルの自動車に相当した。一家そろって買物に行き、とことん意見を戦わせて、みんなが同意するまで立ち去らない。色、流行、型、価格のすべてが合意に達したあと、戦士たちは帰宅し、買ったものを吟味するのだった。

平日がだめだとすると、残るのは週末だけだ。とにかく、そのどちらかである。土曜日は安息日なので除外。残るは日曜日しかないが、日曜日はスタントン・ストリートでスーツを買うのに申し分ない。そこはロワー・イーストサイドのサヴィル・ローだった。

スタントン・ストリートは十四丁目の南では、小売り紳士服業界のスタンダード石油会社である、と言ったほうがより的確だろう。独占禁止法の発案者が「独占」という言葉で表現したにちがいないことを、私はそこではじめて体験したのだった。スタントン・ストリートの誰も、そこへスーツを買いに来なければいけないとは言わなかった。アプタウンに行くこともできる。たとえば、八丁目の百貨店、ワナメーカーズ。十八丁目のシーゲル・クーパー。なんなら、三十四丁目のメイシーズ。誰も止めやしない。

それに、第一、止めるのは人ではない。何かであるのだ。そして、止めるものは、私の父の場合なら、ワナメイカーズで買物をするには、英語が話せなければならないという事実である。父は英語が話せなかった。シーゲル・クーパーで買物をするには、正札で買わなければならなかった。それは、燻製鮭一切れや糸一巻き買うにも、「ホンドリング」なしにはすませられない、父のような人たちには不可能だった。「ホンドリング」とは、憲法に序文が付いているように、買物にはつきものの、ボクシングの試合とヴォードヴィルの所作と下品で乱暴な言葉遣いが、いっしょになったものを指すイディッシュ語だ。そして、東四丁目の住民にとって、まるでベーリング海峡とグランド・ケイマン諸島の間にあるようなメイシーズで買物をするには、ヴィザが必要だった。だから、どうしてもスタントン・ストリートになり、ワシントン・アーヴィング高校で私が優勝した次の日曜日、父と私が出向いたのもそこだった。もちろん、徒歩で。

あのころをふり返ると、交通面で東四丁目の文明開化は、アントニヌス時代のローマ並だったと思う。

もちろん、二輪の戦車はなかったけれど、プヴリエ線と呼ばれるアヴェニューBの市街電車があった。イディッシュ語の「プヴリエ」はフランス語のゆっくりという意味のロマンス《ドウルースマン》語に一番近い。英語では、私たちの若いころに流行り、もう今の文化からは消えてしまった俗語以外に同義語を思いつかない。のんびりやろう、長生きするぜ。アヴェニューBの電車は本当にのんびりだった。電車は、電池がきれないかぎりは充電されない蓄電池で動いていた。電池は都合のいい時間や場所できれることはまずなかった。

だから、ローマと同じことが東四丁目でも起こった。荒れ狂うトラキア地区を鎮圧するための軍隊の出動であろうと、スタントン・ストリートで父親が息子にスーツを買ってやるための出動であろうと、前進行動は徒歩で行われるのが普通だった。そして、好戦的なトラキアへ進軍するローマ軍が、ラッパを鳴り響かせてこの敵地にはいらなかったように、父も私も人目を引くような態度ではスタントン・ストリートにはいらなかった。私たちは不安そうにそっとアヴェニューBを出て南へ向かった。それは、まるでおっかなびっくりそっとナイヤガラ瀑布に飛び込もうとしているようだった。

その長い通りの両側には、ローマのヴェネト通りの両側に売春婦が並ぶように、紳士服の店が並んでいた。私は「密接して《チーク・バイ・ジャベル》」という語の語源について、あまり考えたことはない。かりにそうだとしても、正解者に賞品がもらえるのなら、一九二四年のスタントン・ストリートを教えてやれば、私は賞品を手に立ち去ることになるだろう。そこは、通りの両側に一インチの隙間もないほど、バーンスタイン紳士男児服株式会社やヤノウィッツ衣料品店株式会社のウインドーが並んでいるだけではなかった。まるで通りの両側のどんなスペースも、分刻みで所有者が代わりつづける、終わりなき戦いの戦場のようだった。いましがたまで勝っていたバーンスタインの軍勢が、いまやヤノウィッツ軍の猛襲に遭って退却している。ヤノウィッツ軍が紛争地域に勝利の旗を立てているときにはもう、立ち直ったバーンスタイン勢に打ちのめされ追いやられるのだった。このようなシーソーゲームの様相は当時「客引き」と言われていた制度が原因である。店ごとに「客引き」がいた。

スタントン・ストリートのヤノウィッツ衣料品店株式会社と「客引き」の関係はサーカスと

呼び込みの関係に似ていなくもない。客引きは店の入口の前の歩道に立って、泣きおとしに出たり、甘言を弄し、おべっかを使い、脅迫し、そして最後には、通行人をつかんで引きずりこむのだった。

「これは、なんて男前だ！　まさに輝くばかり！　旦那、息子じゃなくて聖人君子《ツォディック》だよ、これは！」

最も気の合う仲間うちでも、「ツォディック」という語を正確に訳すことは不可能だ。そして、もちろん、気の合う仲間うちとは言いがたい商売の世界では、本当の意味などわかるはずがない。それでも何とかやってみよう。一九二四年のスタントン・ストリートの歩道にいる客引きが使うと、「ツォディック」という語は次のような意味になる。

「このすばらしい少年に対して私の称賛と畏敬の念を表すには、言葉では不十分です。この光輝く美男子はあなたの息子さんにちがいない。誰が見たって、旦那も負けず劣らず男前だから。このうるわしい日曜日の朝、スーツを見つけようと、スタントン・ストリートにこの金のメダルをよくぞ連れてきてくださった。そのスーツはおおよそこのすばらしい若者が堅信礼《バル・ミツバ》に着るような服。いや、祭日にシナゴークへ行くときに着るのかもしれません。それとも、ちょうど家族の結婚式があり、そのスーツを着せてりっぱな少年に見せたいのかもしれない。そして、運のいいことに、私どもヤノウィッ衣料品店では、この少年がいかに並はずれているかを、世間に示すのにうってつけのスーツをたまたま揃えております。もしお気に召さないときは、それはとんでもないことですが、と申しますのは、あなたのようなすばらしいお方が、どうして、このような素敵なスーツをお気に召さないでいられましょうか。そのほかにも、これと同じような上等の素敵なスーツが十着あまりございます。十着あまりと申しましたか？　私は何を言ってるんでしょう。この並はずれた少年の眩いばかりの輝きに、心を奪われて気が変になったのにちがいありません。このほかに百着はございます。どれも同じように素敵な、いや、それ以上に素敵なものが。まあ、おはいりになって、ご覧ください」

　私たちは引きずりこまれたので、店にはいったわけではなく、父と私はなんとか足を踏んばり、よろめくようにしてはいったのだった。私たちが何軒の店によろめきながらはいったのか、最後にどの店で買物をしたのかは忘れてしまった。どの店もよく似ていたし、私たちがとった、あるいはとらされた手順はどこもまったく同じだったのだから。

　客引きは私たちを通りから店の中へ引っぱりこむと、待機していた店員に声をかける。

「このハンサムなツォディックにスーツ一着」と。

　ひと押しされる。私は店内でよろめき、店員の腕に抱きかかえられる。父はよろめきながらも、店員にぶつかる直前になんとかバランスをとりもどす。

　客引きは声をかけて、外の通りへもどる。「ご心配なく。大丈夫ですよ。モンティ・ゲシュウインドはスタントン・ストリート一の店員です。一番優秀で、一番正直。この方たちをよろしく頼む、モンティ。あとはまかせたよ、モンティ。私のとびっきり親しい友人お二人だ」

彼は通りへ出る。モンティは父のまわりをひとまわりする。モンティの唇がすぼめられる。目が思案深げに細められる。親指と人指し指が「引っこんだ」というより、「ない」といったほうがあたっている顎を強く引っぱっている。モンティが言う。「あなたは、そうですね え、Sサイズの三十九。ちがいますか?」

「私のではないんです。息子のスーツを買いに来たんです」と父が言う。

モンティ・ゲシュウィンドは大笑いする。「冗談が通じる方じゃないんですね」と彼は言う。「もちろん、息子さんのです。誰が見ても男前ですよ、あなたは。でも、あなたはついてますね。ご家庭では誰も、どちらがツォディックかなんて訊いてまわらなくってもいいんだから」

モンティは棚のほうに行く。スーツを持ってくる。その生地は、ロバート・E・リー将軍が、アポマトクスで着ていた制服の仕立屋が使うものに似てなくもない。

「セーターを脱いで、さあ脱いで」とモンティが言う。

「それじゃ夜会服だ」と父が言う。「もう少し黒っぽいものにしてくれ」

「じゃあ、これは」とモンティは父にスーツを押しつけ、私のセーターの裾をつかむ。彼はまるで蛇の皮でも剝ぐように、私の胴から頭へとセーターをぐいっと引っぱりあげる。私の両耳が襟につかえる。私は悲鳴をあげる。モンティが大笑いする。

「息子さんはツォディックばかりか」と彼は父に言う。「ヴィッラーなんですね」

ヴィッラーとはおどけ者のことだ。とにかく、一九二四年のスタントン・ストリートではそういう意味だった。

「もう少し黒っぽいものを」と父が言う。

モンティ・ゲシュウィンドはまるで二本のソーセージでも詰めているかのように、私のやせた細い腕を灰色の上着に押しこみ、ダブルの折り返しのボタンをとめる。彼は私を三面鏡まで引っぱってゆくと、その正面に押しやって、うしろに下がる。私は鏡に映った自分を眺める。父もそうする。

「ぴったり」とモンティ・ゲシュウィンドが言う。「誂えたみたいだ」

「もっと黒っぽいものを」と父が言う。

父は五、六回そう言う。五軒か、六軒で。どの店でも、セーターを脱いだり着たりさせられて、私の耳はヒリヒリ痛み、やっと黒っぽいものに決まる。寸分違わぬとはいかないが、不格好な脚をした十一歳のやせっぽちの少年に、ほぼぴったりに裁断されているようだ。いよいよ来るべきときが来る。

「いくらですか?」と父が言う。

「このようなスーツが? わかるもんですか」とモンティ・ゲシュウィンドが言う。スタントン・ストリートのどの紳士服店にもモンティ・ゲシュウィンドがいる、あるいは、いた。こういうとき、世間のどのモンティ・ゲシュウィンドも「こんな完璧なものに、人がどうやって値段をつけるんですか?」と父に言う。「いくらだって? わかるもんですか」「あなたがわからなければ」と父が言う。「誰がわかるんですか?」

気弱な男。内気。日常生活では激しい反撃にあうこともなかった。だが、父のあらゆる日常は母の影の中で営まれていた。このスタントン・ストリートでは、誰も父の肩ごしに覗いたりしない。ここで、父は出番を迎えたのだ。私にたくさんの服を買いあたえるお金を稼いでいたら、父はこんな機会をもっと持てただろう。

「じゃあ、いいですよ」とモンティが言う。「値段を訊いてください。私が答えましょう。十四ドルです」

父が私の手をとる。「さあ、吸血鬼が経営していない店を探しに行こう」

父は私をドアのほうへ連れていく。私はうまい具合に、セーターを着たところだ。モンティは走って先まわりして、私たちをドアに行かせまいとする。戸口いっぱいに両腕を広げ、出口をふさいでしまう。

「このような商品が十四ドルですよ?」と彼が大声をあげる。「そして、私を吸血鬼呼ばわり?」

「ほかに呼び方があるかね?」と父が言う。

「愚か者です」とモンティが言う。「慈善で金をばらまく人。こんな品物にたった十四ドルの値をつけた私をそう呼んでください」

彼は棚へ飛んでゆくと、そのスーツをつかみ、大急ぎで戸口へもどってくる。父がドアを開けるだけの時間はあった。だが、そうはしなかった。父は鼻の下でスーツをふりまわされるはめになる。

「ほら！」とモンティが叫ぶ。「触ってみて！」

「十四ドルではだめだ」と父は言う。

父はモンティの脇からドアの把手に手を伸ばす。モンティは腰を動かして、父の手を押しのける。

「じゃあ、いくらならいいんです？」と彼は怒って問い詰める。「こんなスーツが？　言ってください！　いくらですか？」

父は肩をすくめる。結核病棟の末期患者が吐き出した痰の見本を調べているかのようにスーツを見おろす。

「私が愚か者だったら」と父はやっと口を開く。「しかも正真正銘の愚か者なら、十ドルと言うでしょう」

モンティ・ゲシュウィンドにとって、この父の言葉の効果は、タイタニック号に対する氷山の効果に似てなくもない。モンティの膝が崩れる。体がドアに倒れかかる。あいているほうの手が額に伸びる。聖ペテロをすごすごと門から去らせた、非難がましい目で天を仰ぐ。

「このために」とモンティは苦々しげに言う。「最高の仕立屋《シュナイダー》を雇った。このために、最高の生地を仕入れた。このために、ダイヤモンドのようなボタンを選んだ。このために、ツォディックしか着られないスーツを作ったんですよ。そしたら、お父さんは私の前に立ちはだかって、十ドルだなんて」

「もう、言わないよ」と父が言う。

父はモンティのうしろに手を伸ばす。今度はドアの把手を握る。ドアを開ける。私をドアから引っぱりだす。モンティはあっけにとられて見つめる。父と私は歩道に一歩を踏み出す。客引きが歩道を突進してくる。

「どこへ行くんですか?」と彼が叫ぶ。

「客の背中の皮をひんむかない人のところへスーツを買いに行くのさ」と父が言った。

客引きは父の胸に片手をおいて肩ごしに話す。「モンティ、このすばらしいお方に何をしたんだ? この素敵なツォディックのお父さんに?」

「私が何をしたかって?」モンティの声は震えている。「贈り物をしたんだ。それだけだよ。二十ドルはするこのスーツを、十四ドルで持っていきな、って言ったんだ」

客引きはよろよろと後ろへ下がる。「モンティ!」まだ元にもどらないその声は、いっそう狼狽していた。「どうしてそんなことができるんだ?」と客引きが言う。「こんなツォディックに向かって十四ドルだって？」彼は父の両肩をつかむ。声を落として誘うようにささやく。「十三ドルでいいです」とつぶやく。

父は肩をすくめて、客引きの手から逃れる。「十一ドルなら」と父が言う。

「十一ドル？」

それはモンティの悲鳴だ。そして、さらに悲鳴をあげながらも、彼は折れない。

「うるさい！」と客引きが制止する。父に向かって言う。「替えズボンを付けて、十二ドル」

「ツォディックだって、一度に一つのズボンしかはけないよ」と父が言う。

モンティの頭がまた父の肩ごしに現れる。喉に太綱のような青筋が浮き出ている。

「最初のズボンがだめになっても」とモンティは沸騰する溶岩層から沸き上がってくるような声で、言葉に詰まりながら言う。「上着はまだ、替えズボンと同様に新品ですよ！」

「そのときは、息子は大きくなりすぎて、もうそのズボンははけないよ」と父が言う。

モンティは黒い鉄の手すりに倒れかかる。顔が歪む。哀れっぽく客引きに言う。「この人をどうしようかね？」

「十一ドルにしてやろう」と客引きが言う。

そうしてもらったので、その翌日、私はミス・ボンジョルノに、早く報告したくてたまらなかった。月曜日は雄弁術のクラスがないので、三時の終業ベルまで待たなければならなかった。私が彼女の教室へはいっていくと、ミス・ボンジョルノは自分の机に向かっていた。

背の低い、太っているというより、中肉ぐらいの、非常にがっしりした男の人がその机の前に立っていた。少なくともそれが私の第一印象だった。私はミス・ボンジョルノが一人ではないのに驚いて、入口で立ちどまった。彼女もその男の人も私を見なかった。私が引き返すべきかどうかで迷い、どうして、そんなことで迷わなければならないのかと考えている間に、いろんな印象が私の心に刻みつけられた。

私が見たその男の人は実際には、ミス・ボンジョルノの机の前に立ってはいなかった。机の前で、前後に行ったり来たりしていた。ゆっくり歩いているというわけではない。当時は知らなかった言葉の意味がわかった今なら、散歩していたと言うだろう。まるで、夕食をたっぷり平らげ、自宅の部屋でちょっと歩いて足をほぐしているというか、あるいは、数年後にロンドンで知ったのだが、ロンドン子たちが言う「うちのまわりをぶらぶらしている」ようだった。見ると、男の人は葉巻を持っていた。火がついていなかった。実は、一度も火はつけられていなかった。灰がなかったのだ。それでも、男の人が葉巻を持っているという事実はショッキングだった。

公立学校制度で、煙草に対する教師の姿勢は、今日のマリワナやLSDやヘロインに対する教師の姿勢に似てなくもない時代だった。おそらくひそかに喫煙している教師が多かっただろう。ひそかにとは、校内を離れて、それも、遠く離れて、という意味である。しかし、世間の目は非常にはっきりしていて厳格だったから、教室で葉巻を目にして、あまりの驚きに私は文字どおりよろめいた。葉巻が落ちていても、同じように感じただろう。たとえば、机の上に。でも、そうではなかった。それはずんぐりした男の指にはさまれていて、彼が葉巻を唇に持っていくとき、私は三つのことに気がついた。小指に大きなダイヤモンドの指輪をはめていたこと。髪は黒くてうしろにぴったりと撫でつけられていたが、もみあげは白かったこと。顔色はミス・ボンジョルノとそっくりで、浅黒かったこと。

「あんたがつべこべ言うことじゃないんだ」が私の聞いた、最初に彼の口から出た言葉だった。「あんたがやることなんだ」

「悪いけど」とミス・ボンジョルノが言った。「私はそうするつもりはありません」

彼女の声には有無を言わせない調子があった。ミス・ボンジョルノとこの男の人は、ワシントン・アーヴィング高校の楽屋の外の廊下で密談を交わしてもどってきた、彼女とニューヨーク・タイムズのジェイムズ・マーチスン氏の様子とまったく同じだった。そのすぐあとで、他の出場者と私は舞台へ上がったのだ。

「いいかね」と男の人が言った。「この学校の教師で、ガキに勉強を教えてりゃいい女にしては、生意気にでかい口をきくじゃねえか」

「そして、あなたのは汚い口ね」とミス・ボンジョルノは言った。「ここは私の教室ですよ。法律的に、私はここに所属しています。あなたはちがいます。さあ、ここから出ていかないと、校長に頼んで、警察を呼び、あなたを放り出してもらいますよ」

火のついていない葉巻が口に持ってゆかれるとき、唇がないのがわかった。浅黒い肌に剃刀の切り目が一つ。今まで見たこともないほど、歯並びのいい、丈夫な白い歯が嚙みつぶした葉巻の端をくわえていた。

「誰に口をきいているか、わかってるだろうな?」と男が葉巻を嚙んだ歯の間から言った。

「もちろんです」とミス・ボンジョルノは言った。「そして、あなたのような人とはもうこれ以上口をきくつもりはありません。あなたが多くの人を脅すことができるのは知ってるけど、このことも知っておいてちょうだい。私を脅すことはできないの。だから、いますぐ、ここから出てってください」

「わかったよ、おねえさん」と男は言った。「あんたが望んだことだ。そうなったとき、覚えておいてくれよ。いいな、あんたのせいだぜ」

「ここはシチリアじゃないわ。ここはアメリカですよ。多くの愚かな移民たちはそのことを知らない。だから、あなたは彼らを怖がらせることはできるけれど、私を怖がらせることはできないわ。」彼女は振り向いて私を見た。男もそうした。「ベンジャミン」と彼女が言った。

ダイヤモンドの指輪をはめたごつい手が動き、唇のない口から火のついてない葉巻を抜いた。いま気がついたのだが、浅黒い顔の目は濃い栗色だった。その目は、瞳孔がまるで油か何かで磨かれたビー玉のように光って見えた。その持ち主が火のついていない葉巻をはさんだ二本の指で机を軽くたたきながら、教室の通路をゆっくりとやってくるとき、その磨きこまれたビー玉が私にじっと向けられた。彼は私の真ん前で立ちどまって、ちょっと間をおいてから、火のついていない葉巻の端で私の頭を軽く小突いた
「そうか、この子がそうなんだな？」と男が言った。ミス・ボンジョルノと話していたときとは声の調子がちがっていた。その声にはとげとげしさはなかった。今は愛想よく聞こえた。困惑して。考え深げで。礼儀正しいくらいだ。彼が忍び笑いをもらしても、私は驚かなかった。笑うと、彼の顔は皺ができて愛嬌があった。「男前だな」と彼は言った。「ほんとうに男前だ」

「そして、南マンハッタンで一番の雄弁家よ」とミス・ボンジョルノの口調が鋭かった。

男は彼女に顔を向けた。「フランキー・リゾットほどじゃないがな」とまた声がとげとげしくなった。

「フランキー・リゾットなんか知りません」とミス・ボンジョルノは言った。「聞いたこともないわ」

「それなんだ、俺が今日ここに来たのは。あんたに教えるためなんだ。フランキー・リゾットのことを。だから来たんだよ。ほら、今、聞いただろ」

「彼のことなんか聞きたくもないわ。彼はこの学校の生徒じゃないんだから」

「悪い癖だ、人の話を聞かない。彼がどこの学校か言っただろ。マンジン中学校だ。ゲレック・ストリートの」

「マンジン中学校なら、英語科に優秀な雄弁術の先生がいらっしゃるはずです。フランキー・リゾットはその方の担当です」

ダイヤモンドの指輪をはめた男は首を横に振った。ゆっくりと。右に左に。

「もういい」と男は言った。「四日前、ワシントン・アーヴィングで、あんたの生徒が優勝したからな。だから、あんたの、ここにいるこの子が三週間後には、全マンハッタン決勝大会が行われる、このタウン・ホールというところへ出ることになってる」男は火のついていない葉巻でまた私の頭を小突いた。「この子が」

ミス・ボンジョルノは机上の緑の下敷きに両手をついて椅子から立ちあがると、机をまわって通路へ出て来た。

「そして、この子がタウン・ホールに出場します」と彼女が言った。

てかてかした黒い髪の大きな頭がまた振られはじめた。ゆっくりと。右から左へ。

「ちがう」と男は言った。「フランキー・リゾットが出るんだ」

私は、彼の声の調子や態度や足の位置まで変わったのに気がつかなかった。それでも、変わったのは確かだった。ミス・ボンジョルノが目に見えて変わったからだ。彼女の挑戦的な態度が消えてしまったのだ。

「無茶を言わないでください」と彼女は言った。私はどうして挑戦的な態度が消えてしまったのか不思議に思った。嘆願しているように思われた。私はこの変化にひどく面くらっていた。面くらい、がっかりしていた。「できないものはできないわ」とミス・ボンジョルノは言った。彼女は通路にやってくると、私の頭に片手をおいた。「この少年がワシントン・アーヴィングで優勝したのよ」と彼女は言った。「彼の名前は記録に載っています。この子が北マンハッタンの勝者と対戦することになっているのですよ。どうして、この子をフランキー・リゾットという少年と取り替えることができるの？」

「フランキー・リゾットをこの子の名前にすればいい」

ミス・ボンジョルノは、私が第六四中学校の教室へはいってきて葉巻を目にしたときと同じほどにショックを受けたようだった。

「それは人をだますことになるわ」

「それが家族《ファミリー》なんだ。ファミリーの子をタウン・ホールのあの壇上に上げたいんだ。フランキー・リゾットはファミリーの子供なんだ。」男は振り返って私に笑いかけた。また火のついてない葉巻で私の頭を小突いた。「君はいい子だ。でも、ファミリーにはいってない」

そうして、彼は教室から出て行った。

そのあとの数分間に何が起きたのか、いまだによくわからない。もちろん、彼が何者なのか、なぜ彼がミス・ボンジョルノを脅すことができるのかもわからなかったが、その脅しは彼女に向けられてはいるけれど、実は、私に狙いをつけているのだとはっきり気づいていた。それが気に入らなかった。私はワシントン・アーヴィング高校の講堂の舞台で、私が味わった勝利の感覚が好きだったし、まだ見たことはないけれど、ワシントン・アーヴィング高校よりももっと大切なタウン・ホールという晴舞台で、もう一度それを味わってみたかった。私はミス・ボンジョルノの背筋を寒くするような何かがあるにちがいないと思ったのを覚えているし、男が去ったあと、彼女が私に背を向けて、ゆっくりと机にもどっていった様子も覚えている。彼女は腰かけなかった。机のまわりを二度、三度まわったと思うし、顔をうなだれていたので、彼女の顔が見えなかったからだが、彼女は突然、私のほうに向いて顔を上げた。私の心配はすべて吹っとんだ。ミス・ボンジョルノの顔に決意の微笑が刻まれていたのだ。

「スーツは買ったの?」と彼女が言った。

「はい、先生。きのう。それをお知らせに来たんです」

「上着もついてるの?」

いま思うと、愚問だったようだ。上着のないスーツなんてスーツではない。一九二四年もそうだった。でも、ミス・ボンジョルノは愚かな女性ではなかった。ニューヨーク・タイムズのミスター・マーチスンは私が上着を着ていないという理由で、私を弁論大会から締め出そうとしたのだ。

「ダブルです」と私は言った。

「いいわね。さあ、練習よ。練習あるのみ。スピーチの出だしの二分間が気になってるの。

フィラデルフィアについて述べたすぐあとは、もう少し盛り上げるといいわね。第三節を強調する方法を二つほど考えてみたの。ジョージ・ワシントンとベンジャミン・フランクリンの名前をはじめて言うのはどこだったかしら？　教室のうしろに行って、最初からはじめてみて。大きな声で、はっきりと」

私は教室のうしろに行って、大きな声で、はっきりと最初からはじめた。三週間、午後は毎日それをつづけた。タウン・ホールで、北マンハッタンの優勝者と対戦するはずの三日前、私は再びダイヤモンドの指輪と火のついていない葉巻の男に会った。またも、三時のベルのあとだった。私はミス・ボンジョルノと放課後の練習をするために、ホールへ行くところだった。男は彼女の教室を出てくるところだった。私が近づくと、彼は立ちどまって私に笑いかけた。私は彼の真っ正面に立ちどまった。そうせざるをえなかったのだ。彼が私の前に立ちふさがっていた。私は怖がってはいなかった。彼には、どこかのんびりした憎めないところがあった。なにもとり乱すことはなかった。しかし、初対面のとき、ミス・ボンジョルノと彼の間で交わされた激しいやりとりが忘れられなかった。だから、怖くはなかったけれども、愉快でもなかった。男が火のついてない葉巻を口から抜いた。私は彼が三週間前にしたように、それで私の頭を小突くつもりかと思ったが、そうはしなかった。彼は私の肩をたたいた。

「とてもいいセーターだね。そんないいセーター、どこで買ったの？」

「母です。母が編んでくれるんです」

「それはいい。すばらしい。こんなセーターが編めるのはお母さんしかない。いつもそれを着てるんだな。ほかのはだめだ」

彼はまた、火のついていない葉巻で私の肩をたたいた。そして、大きな弧を描いて私のまわりをまわった。まるで、私が消火栓で、自分の運転する目に見えない車の泥除けに傷をつけたくないんだと言わんばかりに。彼の姿が廊下の曲がり角に消えると、私は踵を返してミス・ボンジョルノの教室にはいった。彼女は机の前にすわり、困ったように顔をしかめて教室のうしろのドアを見つめていた。

「彼はあなたになんて言ったの?」

私は話した。その出来事から何年も経ったいまでも、わたしが奇妙に思うのは、ミス・ボンジョルノの教室の外で男に出くわしたことや、それについて彼女が尋ねたことを私が変だと思わなかったことだ。子供たちは大人の行動を変だと思うのにすっかり慣れっこになっているので、それを当たり前のこととして受け入れているのだろう。ミス・ボンジョルノがそのとき、まったくおかしなことを言ったのも、私には当たり前のことに思われた。

「あなたのスーツ、一度も見てないわ」と彼女は言った。

もちろん、ばかなことを言ったものだ。彼女が私のスーツを見られるはずがないではないか。スーツは、父と私がスタントン・ストリートから持って帰ったときから、東四丁目の寝室のクローゼットに掛かっていたのだから。

「はい」と私は言った。

「見てみたいわ。お母様はご迷惑かしら?」

私はその質問の意味がわからなかった。母がドアを開けないとでも思ったのだろうか。それとも、私の雄弁術の先生を階段から突き落とすとでも? だから、私は言った。「いいえ」

「お宅へ行ってスーツを見ましょうよ」とミス・ボンジョルノは言った。

やっと質問の意味がわかって、私は自分の返事を後悔した。母は客が来るのを喜ばなかった。けれども、ミス・ボンジョルノは机から立ちあがり、教室を横切ってクローゼットに行くと、コートを着はじめた。私は何も言えなかった。もっと正確に言えば、これはまずい、と私が感じた訪問を止めてもらえそうな言い訳が思いつかなかったのだ。それで、ミス・ボンジョルノと私がアパートに着いたとき、母は驚いただけで、怒っていないのがわかってほっとした。母がスーツを出してきた。ミス・ボンジョルノはほめてくれた。上着に袖を通してみるようにと言った。私はそうした。彼女の美しい顔にうれしそうな微笑が広がった。

「あなたのスピーチにぴったりだわ。完璧よ」

母にそれを通訳してやると、母はうれしそうで、お茶と蜂蜜ケーキはいかがか、ミス・ボンジョルノに尋ねてみるようにと私に言った。ケーキは焼き立てだった。

「どうかお構いなく」とミス・ボンジョルノは言った。「でも、お母さまにお願いがあるんだけど、訊いてくださる?　私がこのスーツを持って帰って、コンテストの夜まで、学校のクローゼットに保管しておきたいの」

これは私には、とてもおかしなことに思われた。いくら、大人にしても。ミス・ボンジョルノの頼みを通訳すると、母も私と同じ思いだったのにちがいない。訝しげな表情が母の顔をよぎった。

「先生は何が心配なの?」と母は言った。「私たちがスーツのお金を返さないとでも?」

もちろん、これはミス・ボンジョルノに通訳しなかった。代わりに、私は言った。「母が、どうして先生がスーツを持って帰って、学校のクローゼットに保管したいのかと尋ねています」

ミス・ボンジョルノの笑顔がかすかに変化して、私はとまどった。ふだんは、彼女の笑顔は太陽のようだった。この笑顔はまやかしのように見えた。彼女は何かを心配しているけれど、そのことを母や私に知られたくないのだと思った。

「盗む人がいるかもしれないから」と彼女は言った。

「スーツを?」と私は言った。

「そうよ。夜、誰かがここに押し入るかもしれないじゃない。今週の土曜日に、あなたをタウン・ホールの舞台に立たせたくない人が。」ミス・ボンジョルノは私の表情に気づいたにちがいない。彼女があわててこう言ったからだ。「でも、お母さまには言わないで。心配なさるかもしれないから。前回、ニューヨーク・タイムズの人があなたの服装に文句をつけた、とだけ言っておいて。そんなことが二度と起きないようにしておきたいから。三日後の夜、私たちがタウン・ホールに行くときは、私があなたの服装に気を配りたいの。七時に私の教室で落ち合って、あなたの服を着るお手伝いは、私がするからとお母さまに伝えてちょうだい。どうかご心配なさらないようにと」

事実、母は心配したし、それを口にも出したが、そんなときでも、私にはユダヤのヘンリー・クレイとも言える雄弁の才が備わっていた。私は母とミス・ボンジョルノに争って欲しくなかった。ニューヨーク・タイムズの弁論大会で優勝したくなかった。だから、私は妥協した。ヘンリー・クレイはそんなやり方は気に入らないだろうが。だが、うまくいった。私は巧みに通訳して二人の間をとりもった。母は納得しなかったが、やがて納得し、それでもまだ迷っているようだったけれど、ミス・ボンジョルノと私が学校からもどった三十分後には、雄弁術の教師は私の新調のスーツを持って帰っていった。

これが間違いだった。その夜、第六四中学校の二階から火が出たのだ。四教室を焼失。その一つがミス・ボンジョルノの教室だった。焼失した物の中には、彼女が詳細に注釈をつけたラムの『シェイクスピア物語』と私の新調のシャークスキンのスーツがあった。警察は放火を疑い、ミス・ボンジョルノは、てかてかした黒い髪に、白いもみあげ、ビー玉みたいな茶色の目、火のついてない葉巻の男を疑った。

「もし、彼がこういうやり方で、今週の土曜日にあなたをタウン・ホールの舞台から引きずりおろそうとしているのなら」と放課後、私たちが焼け跡の整理をしているとき、こわい顔で彼女は言った。「考え違いもはなはだしいわ」

「誰がですか」と私は言った。

私はその返事をあまり期待していなかったし、答えてほしいとも思っていなかった。私が心配していたのは、煙と消えてしまったスーツのことだった。ミス・ボンジョルノがその代金を立て替えてくれた。父はその費用を返すと確約していた。いまや、私はとんでもない問題にぶつかった。何の費用？　スーツはなくなっていた。私の考えでは、私はタウン・ホールの舞台に立てないばかりか、父は焼けてしまったスーツの代金をミス・ボンジョルノに借金することになる。この騒動は誰の責任であるかなんてもうどうでもいいことだった。私が気にしていたのはその騒動だった
「あのやくざ《ギャングスター》」とミス・ボンジョルノが言った。

そのころ、この言葉はまだあまり使われていなかった。それが定着したのは、ワーナー・ブラザーズがエドワード・G・ロビンソンやジェイムズ・キャグニーやルー・アイアーズを主役にした映画を製作してからだった。あの当時、やくざと呼ばれる男のことを聞けば、子供は、今日、樹芸師と呼ばれる男のことを聞いたときとほぼ同じ反応を示した。私はミス・ボンジョルノが何を言っているのかわからなかった。

「ついてらっしゃい」と彼女は言った。

彼女は私を学校から連れだした。私たちは八丁目まで歩き、それから西へ向かった。お馴染みの地域ではないが、未知の場所でもなかった。この不確かさが、私の新調のスーツを灰にしてしまった火事や、母がこの事件について言うにちがいない言葉を考えたときに、すでに感じていた不安を助長した。火事が起きたとき、母は一度も言葉をはさむ機会がなかったのだ。

アスター・プレイスに着くと、ミス・ボンジョルノは、地下鉄の入口がある通りの真ん中にあるアスファルトの安全地帯の前を通り、四番街を横切って、私をワナメイカーズに連れていった。私はこれまでデパートにはいったことがなかった。東四丁目にはなかった品物が一見際限なく陳列されているところを通って行ったことか、それとも、これらのどぎまぎするようなたくさんの輝かしいものの中を、ミス・ボンジョルノがものなれた態度で堂々と歩いて行ったことか、そのどちらに私はより眩惑されたのか、今もってわからない。何も尋ねずに、彼女は一階を横切ってエレベータに乗り、あとで知ったのだが、男児服売場へ私を連れていった。スタントン・ストリートで、父と私が最近経験したことを考えると、その午後のワナメイカーズでの出来事は「対照の学習」として、いつも心に残っている。

ミス・ボンジョルノは中年くらいの男の人につかつかと歩み寄った。ワナメイカーズの男児服売場のこの男の人と、スタントン・ストリートのヤノウィッツ衣料品店株式会社の客引きは、ちょうど水の滴る蛇口と洪水のときの揚子江のようなものだ。もちろん、私はミス・ボンジョルノが大好きだった。つまり、彼女を愛していたのだ。けれども、たとえ私が彼女を愛していなかったとしても、どうして、みんな彼女の華やかな存在に無関心でいられるのかわからない。それなのに、この男の人はそうだった。彼はわずかに瞼を上げて、ようやく自分の真ん前にいる彼女に気がついた。自分の意思で、むりやりそうしたのにちがいなかった。ほかのことに気をとられていたので、気まぐれな客に改めて目を向けたのかもしれなかった。

「はい？」と彼は言った。

「この子に濃紺のダブルのスーツが欲しいんだけど」とミス・ボンジョルノは言った。

もう一度鉛のような瞼が上がった。この瞼の持ち主は気がなさそうに私を見つめてから、壁際の棚へ行った。彼は私に申し分のない濃紺のスーツを持ってくると、相手をがっかりさせるような、じつにうんざりした表情を浮かべたので、私がすぐセーターを脱がなければ、どこかへ消えてしまいそうだった。私はセーターを脱いだ。彼は私に上着を着せてくれると、後ろに下がった。

「おいくら？」とミス・ボンジョルノ。

「十一ドル五十セントです」と男の人。

ミス・ボンジョルノは財布を開け、お金を数えて出した。「これ、いただくわ」

私たちはそうした。私たちがこのデパートにはいるとき、通りをへだてた向かいにあるホット・ドッグ屋台のドアの上部に掛かっている時計が私の目にはいっていた。私は店を出るとき時計をちらっと見た。買物に費やした時間は十八分。ミス・ボンジョルノと私が東四丁目まで歩いて帰るのに、もう二十四分かかった。もちろん、母は彼女を見て驚いた。あるいは、新しいスーツを見て驚いたのだろう。

「古いのはどうしたの？」と母が訊いた。

それは古くなりようがなかったのだ。

「お母さまに私の間違いだったと言ってちょうだい」とミス・ボンジョルノは言った。「このスーツは誰にも見せないようにお願いして。明日の夜、私が迎えに来て、いっしょにタウン・ホールに行きます」

「なんて言ったの」と母。

「このスーツを着ていれば負けないんだって」と私は言った。

もちろん、ミス・ボンジョルノはそう言わなかったが、このほうがその日の出来事を全部通訳するよりも楽だったのだ。そして、とにもかくにも、そのとおりになった。

タウン・ホールはワシントン・アーヴィング高校とは少し違っていたが、それは数の違いだった。タウン・ホールでは、北マンハッタン代表者のたった一人の少年が相手だった。彼はとてもうまかったし、私がワシントン・アーヴィングで対戦した八人の誰よりもよかったが、ミス・ボンジョルノの敵ではなかった。彼女は私のあらゆる表現に磨きをかけ、仕種の一つ一つを仕上げてくれていた。私は自分の声の抑揚すら考えなくてよかった。聴衆に顔を向けて口を開き、「歴史のドラマにおいて」という魔法の言葉を口にするだけでよかったし、聴衆の耳にはいってるのは、みごとに編集された蓄音機のレコードといえなくもなかった。審査員は、ワシントン・アーヴィングで私に月桂冠を手渡してくれた女性や二人の男性とは違っていたが、結果は同じだった。タウン・ホールでの優勝とワシントン・アーヴィングでの優勝で、ただ一つ違うことはそのあとで起こった。

タウン・ホールには級友が一人も来なかった。なぜだかわからない。六番街から西四十三丁目は東四丁目から歩くと、確かにアーヴィング・プレイスよりは遠くなる。地下鉄の乗車賃に関係があったのかもしれない。片道五セントで、その当時の十セントは大金だった。私ははじめて大衆の移り気を経験していたのかもしれない。ワシントン・アーヴィングで私が優勝したとき、いっしょに歩いて帰った少年たちは、壇上に現れるたびに、同じ話を同じ身振り手振りでくりかえす弁士にうんざりしていたのだろう。彼らが別の英雄を見つけたとしても、正直言って、私はいっこうにかまわない。とにかく、そのときはかまわなかった。私がミス・ボンジョルノに肩を抱かれて、四十三丁目の歩道に出てきたとき、頭の中では聴衆の素晴らしい拍手がまだ鳴り響いていた。

「タクシーで帰りましょう」と彼女は言った。「風邪をひくといけないから」

私はタクシーに乗ったことがなかったけれど、東四丁目の少年のご多聞にもれず、タクシーにとても興味を持っていた。イエローとチェッカーの両タクシーは時間の浪費。ルクソール・タクシーは待つ価値があった。真っ白なルクソールはボンネットの両側に、クロームメッキの太いパイプが蛇みたいに出たりはいったりしていた。私はこのパイプはたんなる飾りにちがいないと思っていたし、事実、数年後にそうだと教えられたが、それでも、そのパイプはとてもかっこよく見えて、運の善し悪しを左右した。ルクソール・タクシーを見たとき、タクシーが曲がり角に来る前に、手のひらに唾を吐いてから拳で思いっきりその唾をたたくと、二十四時間の幸運が約束されたことになる。だから、六番街と四十三丁目の角にやってきて、ミス・ボンジョルノが手を挙げたとき、私はルクソール・タクシーが往来を私たちのほうへ向かってくるのを見てわくわくした。それが停まると、私は二つのことに驚いた。ドアが内側から開けられたこと、ミス・ボンジョルノが私を引き離そうとしたこと。それが間に合わなかった。片腕が伸びてきて私をタクシーに引きずり込んだのだ。私は後部座席に倒れこんでひっくりかえった。ミス・ボンジョルノは歩道に立ってためらっていた。彼女の顔に浮かんだ表情を見て、はじめて私は自分が怖がっているのに気がついた。ミス・ボンジョルノが怯えきっているように見えたのだ。

「乗るんだ」と声が頭の上で言った。私は顔を上げた。てかてかした黒い髪と火のついてない葉巻の男だ。ミス・ボンジョルノがぐずぐずしているのが彼を怒らせたようだった。手を伸ばして彼女の手をつかみ、彼女をタクシーに引っぱり込もうとした。彼女は抗《あらが》うというのでもなく、もちろん、言いなりになるのでもなく身を引いたが、そのとき奇妙なことが起こった。歩道を行く通行人の中から男が一人出てくると、ミス・ボンジョルノを突き飛ばした。彼女は無様な恰好で私の上にかぶさってきた。歩道の男がドアを閉めると、運転手は猛然と車を走らせた。タクシーはかしぐように歩道を離れると往来へ出た。ミス・ボンジョルノと私はたがいに支え合って、後部座席にすわりなおした。てかてかした黒い髪の男が、火のついていない葉巻を手にして悲しげに、そこにすわっていた。

「俺の言うことを聞かなかったな」と彼が言った。

「聞けなかったわ」とミス・ボンジョルノは言った。「この子が南マンハッタンで優勝したんですよ。彼の名前が記録されています。ニューヨーク・タイムズには彼の名前が載るわ。彼が優勝したんです。今夜、彼をここに連れてこないわけにはいきません」

「名前なんかどうでもいいと言っただろ」と男が言った。「フランキー・リゾットを連れてきて、記録のことは忘れろと言っただろ。記録は俺たちで何とかすると言ったはずだ。それなのに、あんたは聞こうとしなかった。そうさ、聞こうとしなかったんだ。だから、覚悟はいいな」

彼の顔に浮かんだ悲しそうな表情は、葉巻を口にくわえたときも変わらなかった。彼はその濡れた端を、白いきれいな歯にしっかりとはさんでいた。まるで、次に起こることで、その葉巻を駄目にしたくないんだといわんばかりに。次に起きたことはミス・ボンジョルノに悲鳴をあげさせた。男が握り拳の横のほうで彼女の頰を殴ったのだ。老婦人は私に倒れかかった。男は手を伸ばし、彼女の美しい白髪をむんずとつかんで自分のほうに引き寄せると、激しく下にたたきつけるような動作で、ミス・ボンジョルノの首のうしろを握り拳で強打した。彼女はもう一回だけ悲鳴をあげると、倒れて動かなくなった。

「おい！」と私は言った。

「うるさい」と男は言うと、私がどうやっても声が出せないようにした。平手で私の口を思いっきり殴ったのだ。二発目の手が上がった。私は顔を覆った。

「この子には手を出さないで」

私は手を広げて指の間からのぞいた。誰が言ったのかを確かめるためではなかった。窒息しそうに喘いでいても、ミス・ボンジョルノの声だとわかってた。二発目がどこから来るかを見ていなければ、それをかわすことができないと感じたのだ。おかしなことに、それは彼女のほうからやって来た。老婦人は私をかばおうと手を上げた。まるでアイスピックのキリでも使うかのように、振りおろされた男の拳が彼女の肘をとらえて、彼女の手が私の頭に当たった。そのときはじめて、私はミス・ボンジョルノが指輪をはめていたのに気がついた。小さなダイアモンドが私の頰をひき裂いた。

「この子には手を出さないで」と彼女がまた、あえぎながら言った。

「おまえしだいだ」と男が言った。

「わかってます」と老婦人。

男は胸ポケットに手を伸ばすと、きちんとたたんだ、しみひとつない大きな白いハンカチをとりだしてミス・ボンジョルノに手渡した。私の顔を拭いながら、彼女の息づかいはあえぐようなすすり泣きになっていった。タクシーが街灯の下を通り過ぎるとき、私は血を見た。黒く見えた。

「深くはないわ」とミス・ボンジョルノは泣きながら私に言った。「ほんのかすり傷よ」

もちろん、かすり傷どころではなかったが、私がそれを知ったのはもっとあとのことだ。タクシーが四丁目とアヴェニューDの角で停まったときだった。てかてかの髪をした男がまた胸ポケットに手を伸ばした。今度はナイフをとりだした。狩猟用品店のウインドーでよく見かける、あの大きくて不格好なものだ。彼は骨製の柄の側面に付いたものを押した。カチッと音がした。ぴかぴかの長い刃が不気味に飛び出してきた。私はまた悲鳴をあげた。

「うるさい」ともう一度男が言った。

そして、あたかも、りんごの皮でも剝くように、手際よく、巧みに、おどろくほど鮮やかに、私の体からワナメイカーズの新調のスーツを切り取りはじめた。タクシーのドアを開けて私を歩道へ放り出したとき、パンツの形に見えるように残してあったので、まるで私は破れた水泳パンツをはいているようだった。

「もう、演説なんかするんじゃないぞ」と彼は言った。「喉にわるいからな」

彼はぼろぼろになったスーツを私の足元に放り出し、タクシーのドアを閉めた。ミス・ボンジョルノは窓から私を見ていた。私にはいまだにどうしても、そのときの彼女の表情が理解できない。いまでも私を混乱させるのは、彼女が苦渋ばかりか、軽蔑をも浮かべて、私を見ていたという記憶である。ある意味では、私はものの数ではなかったのだ。私が彼女を失望させてしまったのは、彼女の表情から明らかだった。タクシーが歩道を離れた。

翌日、私たちの学校の校長であるミスター・マクロクリンが朝礼で、教育委員会がミス・ボンジョルノをブルックリンの中学校に転任させたと発表した。おそらく、そうだったのだろう。私にはわからない。彼女に二度と会うことはなかった。

彼女の後任のミス・カーニーはとてもいい先生だったけれど、声量を重視しなかった。彼女は私が叫んでいると言うのだ。私は弁論に興味を失った。

葉巻の男が弁論大会の記録を、どのようにごまかしたのかはわからなかったが、それ以前の記録には手をつけなかったようだ。タウン・ホールの準決勝まで進出したので、私はニューヨーク・タイムズから、今でもお守りとして身につけている銅メダルと五十ドルの小切手をもらった。その小切手で、父はバワリー貯蓄銀行に私の口座を開いてくれた。ミス・ボンジョルノが姿を消したのを知ったとき、父は私の銀行口座に、スタントン・ストリートで買ったスーツの代金を五十セントずつ積み立てると言ってきかなかった。彼女はいつか現れるだろうし、私たちは彼女に借金していると言うのだった。彼は自分の銀行口座を持っていなかったので、私の口座に貯金するのがいいと思ったのだ。ミス・ボンジョルノが立て替えてくれた金額に達するまでに、父は一年あまりかかった。

ユダヤ日報はニューヨーク・タイムズの弁論大会を記事にしなかったので、長い間、私はそれがどういう結果になったのかを知らなかった。先週、私はマディスン・アヴェニューでチンク・アルバーグに偶然会った。彼はいまや立派な公認会計士である。私たちは東四丁目の遠い日々を語りあった。彼は私が初優勝した夜、ワシントン・アーヴィング高校から歩いて帰ったことを覚えていた。翌日、チンクから電話があった。

「何があったのか、知らなきゃ気がすまなかったんだ」と彼は言った。「だから、今朝、秘書をタイムズへやった。彼女が調べてくれたよ。マイクロフィルムにすべてが残されていた。カーネギー・ホールの決勝で、マンハッタンの代表は誰だったと思う?」

「フランキー・リゾット」と私は言った。

「えっ、どうしてわかったんだ?」

「当然だよ。フランキーは非常に有利な立場にいたんだから」

「いや、それほどでもないね。フランキーは優勝しなかったんだから」

もし、彼にミス・ボンジョルノがついていたら、優勝したであろう。

第六章

追悼

In Memoriam

死亡記事のページについて一つ。それは人びとを饒舌にする。長年、口を開くのを怖れていた男や女が、死亡欄の四行記事を読むと、突然口数が多くなる。私とて例外ではない。

昨日、ジャズ・L・マッケイブという名前を告げられたら、私は知らん顔をして、「誰ですか?」と言っただろう。今日なら、私を黙らせなければならない。今朝のニューヨーク・タイムズによれば、マッケイブが昨夜、マウント・サイナイ病院で死亡したことを報じている。冠血栓、享年六十三。年貢の納めどき。

名前はジェイムズだが、東四丁目界隈ではジャズ(Jazz)と呼ばれていた。彼がジャズと署名していたからだ。「ジャズ(Jas)・L・マッケイブ」。東四丁目に住む人は誰も今まで見たことのない名前だった。私がはじめて目にしたとき、「ジャズ・L・マッケイブ」と手紙の終わりに書かれていた。タイプした手紙だった。それもまた東四丁目では珍しかった。母はそれを見てうろたえた。ムーフ・ツェトルだと思ったのだ。それはイディッシュ語の立ち退き通告、または私のようにトーマス・ジェファソン高校でフランス語を勉強したならすぐわかる、カドー・ドゥ・コンジェ、家屋明け渡し通知書である。それらが東四丁目に来るタイプしたただ一つの郵便物で、しかも頻繁に届いた。

「裁判所からではないよ」と手紙を調べてから私は言った。「家賃とは関係がないんだ」

「それなら、なんなの？」と母は言った。

「ナティ・ファーカスに来たんだ」

「じゃあ、郵便屋はなぜ家のポストに入れたの？」

「ナティと僕宛なんだ。二人に来たんだ」

これは厳密には本当ではなかったが、この国では母が理解できないことがらがつぎつぎに起きていたし、十二歳という年では、時間をかけて母を教育したいという大望もまだ育ってはいなかった。ほかにもっと大切なことがあった。

これに飛びついたのが、わが友、ナティ・ファーカスだった。彼の父はルイス・ストリートと四丁目の角で食料品店を営んでいて、ファーカス一家は、店の向かいにある大きな薄汚れた灰色の安アパートで、私たちの家の二階上に住んでいた。ナティは読書家だった。東四丁目の子供たちもよく本を読んだ。ニューヨーク市立図書館ハミルトン・フィッシュ・パーク分室の貸し出しカードは、この界隈のどんな子供でも持っていた。理由は簡単だった。二丁目のアメリカ劇場で『オレゴン街道』のアート・アコードを見るには十セントかかった。『デーヴィッド・カッパーフィルド』は無料《ただ》。つまり、土曜日の朝九時に誰よりも早く図書館の玄関に到着していれば。デイケンズは東四丁目では人気があった。

私がジャズ・L・マッケイブと関わることになったのは、ファーカスが寝坊したからだ。彼はひどく寝起きの悪い少年だった。ナティは遅れてきて『ニコラス・ニックルビイ』を借りることができなかった。ほかの子供が借りていった。ナティが借りたのは『ボブの丘のボーイスカウト』という本だった。

妻は私のことを信じない。しかし私は誓って言う。『ボブの丘のボーイスカウト』という本がかつて確かにあって、それが私の人生を変えたのだ。

「これを読んでみろよ」とナティは『ニコラス・ニックルビイ』を借りそこなった次の日、私に言って一冊の本を手渡した。

「なぜだい?」私は『大いなる遺産』を一心に読んでいた。気をそがれたくなかった。

「いいから、読んでみろよ」とナティは言った。

時間を長くとることはなかった。『ボブの丘のボーイスカウト』は短い本だった。ナティや私と同じ年頃の少年たちが、ボブの丘と呼ばれる山の洞穴に本部をおき、ボーイスカウトの隊をつくった話である。ボブの丘はどこにあるのかなどと聞かれても困る。おそらくニュー・イングランドのどこかか、もっと西部、カリフォルニアかもしれない。どこであったにしろ、エチオピアの首部、アディスアベバがニューヨークの華麗なラジオ・シティ・ホールとは違うと想像するように、私にとって東四丁目からかけ離れていた。その上、この本を読むまでボーイスカウトについて聞いたこともなかった。でも、私は『マーティン・チャズルウィット』を読むまでは、ロンドンについても何ひとつ知らなかった。それは効果てきめんで、影響はいつまでもつづいた。私はいまだにロンドンに対して、トロイラスがクレシダに抱いたような気持ちをもっていて、徴兵の年ごろの息子たちがいるというのに、誰かが私の前でアメリカ・ボーイスカウトに触れようものなら、名馬マンノーウォーがゲートから飛び出したときのように、私の胸は高鳴る。『ボブの丘のボーイスカウト』を読み終えるやいなや、私はナティ・ファーカスに会おうと、階段を駆けおりて食料品店へ行った。彼は店の奥で、空き箱を積み上げていた。この仕事で父親から週二十五セントをもらっていたのだった。

「何が言いたいかわかっている」と彼は言った。「こっちはもっと先のことを考えている。スカウトの分隊をつくろう」

そんなことを言いたいのではなかった。『ボブの丘のボーイスカウト』は面白かったと言うつもりだった。私は大急ぎで図書館へ行って、これが連続ものの一冊かどうか確かめるつもりだった。もし連続ものなら全部読みたかった。けれども、ナティが言ったように、彼は私よりはずっと先を考えていて、これは今にはじまったことではなかった。

「どうやってつくるんだい？」と私はたずねた。

「スカウトの全国本部へ手紙を出すんだ。電話帳で調べたら、このニューヨークにあるんだ」

ナティは手紙を書いたけれど、私が言葉遣いを直してやって、切手代は二人でお金を出し合った。郵便代は二セントで、郵便区とか郵便番号とかそんな馬鹿げたものはなかった。二セントでシアトルでもブロンクスでもどこへでも手紙を出せた。私たちはパーク・アヴェニュー二番地へ出したところ、返事はニュー・ロシェルから来た。

それは短い手書きのもので、ナティと私が書いた手紙とあまり変わりはなくて、「レスター・オスターワイル」とサインしてあった。その手紙によれば、全米ボーイスカウト協議会がニューヨーク東四丁目に住むマスター・ネーサン・ファーカスと友人が、その地域にボーイスカウト分隊を組織することについて問い合わせがあったことをミスター・オスターワイルに知らせてきた。ミスター・オスターワイルは勤め先が東四丁目からさほど遠くないので、その件を引き継ぐように依頼された。ミスター・オスターワイルは私たちがニューヨーク市立図書館ハミルトン・フィッシュ・パーク分室の所在地を知っているかと尋ねたが、それはイギリス海峡を泳いで横断したガートルード・エダールにその海峡がどこにあるかと訊くようなものだった。もし私たちが知らばければ見つけてもらいたいと希望していた。なぜなら次の火曜日の夜八時にそこで私たちに会おうと言ってきたのだ。その時刻なら彼にとっては好都合だし、私たちも都合がよければいいのだが、もしだめならもっと都合のよい時間に変更するつもりである。さて、よりいっそうのスカウト活動を祈る。敬具、レスター・オスターワイル。

あのころ、人生はまだ複雑ではなく、何ごとも私にとっては好都合で、母に説明する必要もなかったし、ナティが都合をつけるためには食料品店から抜け出すだけでよかった。彼の両親は毎日深夜近くまで店にかかりきりだったが、金曜日だけは日が暮れると店を閉めるのだった。

次の火曜日の夜、ナティと私が七時三十分には図書館正面の階段にいると、三十分後、よれよれのレインコートを着て悲しそうな顔をした背の高い痩せた無帽の男が通りを歩いてきて、私たちに自己紹介した。

今、振り返ってみると、ミスター・オスターワイルはそのとき三十になったかならないかの青年だったと思う。しかし十二歳になったばかりのナティと私には、カルヴィン・クーリッジと同じくらいの年格好に見えた。彼の話し方もまたクーリッジに似ていた。私がクーリッジの話すのを聞いたことがあるからではなく、あのころ大統領はめったに口を開かず、口を開いたときには、なんと少ない言葉しか出てこないかということでいろいろなジョークが生まれた。

まず最初にミスター・オスターワイルが話してくれたのは、彼の手紙にもあった東四丁目から遠くないところで働いていることについての説明だった。彼が四丁目と五丁目の間のアヴェニューBにあるF・W・ウールワース・ストアの支店の店長として生計を立てていた。店はニューヨーク市立図書館ハミルトン・フィッシュ・パーク分室から歩いて五分ほどのところにあった。ミスター・オスターワイルが次に発した言葉は私とナティ・ファーカスを永遠に彼の虜にしてしまった。二人でアイスクリーム・ソーダはどうかねと私たちに訊いたのだ。

彼が私の人生に現れたあの最初の夜、それから二年近く経って彼が去っていったあの夜、その間に私はミスター・オスターワイルについて多くのことを知ったが、どんなふうに知ったのか、もう覚えていない。たとえば彼は独身で、母親と一緒にニュー・ロシェルの家に住んでいたことを、どうして知るようになったのか。二人はその家で生まれたのだ。十二歳の私はいわゆる恥ずかしがりやというわけではなかったが、ミスター・オスターワイルにこういう事実を自分で尋ねたとは信じがたい。

私には持論があり、それを証明することはできないが、けっしてこの考えを変えることはないだろう。それは人が他人に強い想いを抱いたとき、本当に愛したり、また本当に憎んだりすれば、紺サージのスーツに糸屑がくっつくように、ひとりでにその人の情報が集まってくる。いわば毛穴がいつでもすべて開いている状態にあるからだ。いやおそらく私の言いたいのは毛穴ではなくて触覚《アンテナ》だろう。

いずれにしても、これだけはわかる。私がレスター・オスターワイルについて覚えているというのは、私が彼が大好きだったからだ。そしてジャズ（Ｊａｚｚ）・Ｌ・マッケイブのことを覚えているのは、私がハイキング功労賞をもらったときから、ニューヨーク・タイムズ紙で彼の訃報を読んだ今朝まで、何年もの間、あいつのことを数秒間でも憎まずにいられた日を過ごしたことなどなかったからだ。彼がとうとう、思うに偽善者のみが言う、死んで天国へ行ってしまったからには、私の胸から彼のことを取り除いても、あの不愉快な瞬間から解放されて、もっと役に立つ価値のある考えに変えうる見込みはない。彼はただものではなかった。ジャズ・L・マッケイブは。腐った奴だった。

レスター・オスターワイルは違う。彼はまさに正反対だった。政治家が大風呂敷を広げるように、彼からは善意が滲みでてきた。無理しているのではなかった。私の知るかぎり、けっして無理しなかった。おそらく、そういうところが彼をボーイスカウト活動にひきつけたのかもしれない。何か純真なものがある。キリストの説く黄金律のように。少年たちに真人間になってほしい、立派な大人に成長するよう手を貸してやりたい、だったら、少年たちを野外に出してやり、ハイキングに連れ出し、紐の結び方を教え、火打ち石と火打ち金で火を熾《おこ》し、天国は上げ相場ではなく、刺繍入りのカーキ色の布切れであると信じればいい。少年がかちとったのは、次のような馬鹿げた信念を受け入れたことを証明してみせたからだ。それは信頼、忠実、好意、友情、礼儀、親切、従順、快活、倹約、勇敢、清潔、敬虔はすばらしいという信念だ。たしかにくだらないことだ。十二歳でこんなたわごとを信じるなんて、私はなんという愚か者だったか、思えばぞっとする。けれども私にはりっぱな口実がある。私はレスター・オスターワイルに毒されたのだ。

ミスター・オスターワイルはこのばかげたことを信じただけではない。ミスター・オスターワイルはこの信念に基づいて生活を築いた。お金はほとんどなかった。これはF・W・ウールワース社に対する非難ではない。会社は店長たちに適正な給与を支払っていたと思うし、またレスター・オスターワイルも当然の報酬を受けていたと思う。彼が遣いたいだけの金が足りなかったというのなら、それは彼の責任で、ウールワースの女相続人バーバラ・ハットンのせいではない。レスター・オスターワイルが望んだ金の行き先は、東四丁目の少年たちだったけれど、みんなに行きわたるほどの金はなかった。彼の母親は車椅子の生活で、ニュー・ロシェルの近所の人たちの縫いものをしている彼女の稼ぎは知れたものだったからだ。ミスター・オスターワイルはほんとうに親身になってくれた。

彼は、私やナティ・ファーカスなど十人ばかりの少年がはじめて着るスカウトの制服購入を援助してくれた。第二二四隊は毎週土曜日の夜、市立図書館ハミルトン・フィッシュ・パーク分室一階の閲覧室にかならず集合した。全員がきちんと制服を着用した。それぞれの資格を示すバッジをつけた。私は今でも、ミスター・オスターワイルに二十五セント銀貨四枚、十セント、五セントの白銅貨を手わたしたあの日を思い出すと、快い興奮をおぼえる。それは彼が私に貸してくれた三ドル五十セントのまだ返していないおしまいの一ドル十五セントだったが、おかげで私はシニア班リーダーの任命式に、勲功バッジを下げる飾り帯を買って身につけることができた。私は、父親の店で空き箱を積むナティ・ファーカスの仕事を引き受けて、そのお金を稼いだ。ナティはこの仕事を嫌っていた。私はそんなことはなかった。

勲功バッジの飾り帯は、アーサー王が魔法の剣《エクスカリバー》を佩《お》びたように着用した。私にそうさせてくれたあの人のためなら、人殺しだってしただろう。私は危うくそうするところだった。

しかし、あの事件が起こるまでは、楽しい日々があった。一年半近くも。

毎週の集会。新しい技能。ピカピカのバッジ。面白くて覚えた、役にも立たない知識。なぜかわからないが、葉に大きなギザギザのあるポプラは、葉の震えているようなハコヤナギと同じものだと知れば今でも面白い。それから、こま結びは同じ太さの紐を結ぶときに使うこと。太さの異なる紐なら、はた結びにしなければならないので、私は今でもそうしている。モールス信号？　私は手旗一つで船舶に、一分間に十語送信できる。手旗のモールス信号を受ける船舶が、まだどこか近くにいるならばだが。いないというなら、電子の働きで、電信機のキー一つや振動式打電機で、APの速報がニュース表示機に出るよりも早く送信できる。最近は、動脈の多量の出血を止めるための、正確な止血点について私の知識を必要とする機会がないけれど、以前に一度、そんな遠い昔のことではないが、近所の息子が家の芝生で、大飛球を取ろうとバックして、背中から台所の窓を突き抜けたことがある。あとで救急車の研修医が、私がその子の前腕に巻いた環行帯の手際のよさをほめてくれた。ミスター・オスターワイルから教えてもらったほんの一例だ。

しかし、一番楽しかったのは日曜日のハイキングだった。思い出すのはそれだ。日曜日のハイキング。

弟といっしょに使っていたベッドから抜け出して、弟や母を起こさないように、そっと家を出る。母は、ミスター・オスターワイルが、私やナティなど第二二四隊を「ユダヤ人大虐殺者《ポグロムニクス》」に仕立てようとしているアメリカ帝国主義者だと思っていた。それは、ニューヨーク市の衛生局で働いていようと、また、ロシア皇帝ニコライ二世のためだろうと、制服を着ている人すべてを指す母の言葉だった。ナティとは食料品店で会ったが、店はもう一時間しないと開かなかった。私たちは、ナティが持っていないはずの鍵を使って、こっそりとはいった。ナップザックに詰めこんだのは、堅くなったロールパン、冷蔵庫の中の大きな桶から掬った大匙一杯のバター、銀紙に包まれたクリームチーズの塊、ベークトビーンズの缶詰一つ。いや二つ取ろう。ベークトビーンズは最高に美味かった。けれど、親父さんはどうする？　ああ、ほかの缶詰を前に出しておくよ。僕たちが二つ取ったことに、気がつかないだろう。ファーカスさんは知っていたと思う。でも彼は大目に見てくれたのだ。私たちが彼を騙せたと思ったにしても、彼は私たちにそう思わせてくれたのだ。ナティの勲功バッジが溜まっていくのを誇りにしていた。ファーカス氏はまだ青年のときにアメリカにやってきた。彼は私の母のように怖がらなかった。

ナップザックにいっぱい詰め込んで、アスター・プレイス地下鉄駅までは、街を横切って長い道のりを歩いた。それでも長いと感じたことはなかった。午前七時。ことに日曜日の朝。ブラウニングは知っていた。通りに人影はなく静かで、雀だけがやけにさえずっていて、鋭いその鳴き声がなんとなくあたり一帯をいっそうひっそりとさせていた。太陽の光が一番街高架鉄道《エル》を越えてさしこんできて、ごみ箱の上に黄金の覆いをかけた。二番街の先の七丁目で、若い神父が埃がつかないように法衣の裾を持ち上げて、早朝ミサにそなえて、教会の階段を掃いていた。三番街では高架鉄道の下の横木模様の日陰で、眠っている酔いどれたちの意識のないその姿が、妙に親しみがあり汚れなく見えた。空は安アパートの上に結婚式の天蓋のように長く、ウォーターマンのインクのように滑らかに青く、ワナメーカー百貨店のほうまでのびていた。そうだ、ロバート・ブラウニングは知っていた。ロバート・ブラウニング、そしてナティ・ファーカスと私は。

やがて隊員たちは地下鉄の売店の前に、ぼつぼつと集まってくる。ナップザックの中身をくらべあう。ミスター・オスターワイル到着。ほとんど空っぽの地下鉄で北へ、ダイクマン・ストリートまでの長い乗車。フェリーで渡るとき、舳先のゲートに立っていると、船が大きな波にぶつかって、顔にしぶきがかかった。対岸にわたって、ミスター・オスターワイルの簡潔な指示。背が高く痩せていて、彼の喉ぼとけはカーキ色の襟から出たりはいったり、黄色っぽい髪は風に吹かれ、彼の悲しそうな顔はそのきまじめな説明と相まって、いっそう悲しそうに見える。私たちの火熾しの道具一式に火打ち石は欠かせなかった。彼は、この新しい橋をつくるためにやっていた発破作業の結果、このあたりにそれがたくさんあると聞いていた。だから目を大きく開けて見つけよう。

私たちは目を大きく開けて捜した。キャンプ地に着くころには、たくさんの火打ち石を拾い集めた。これを使わずにジョージ・ワシントン・ブリッジは、どうやって完成させたのだろうと私はよく思ったものだ。

それから焚火。そして料理。そしてホットドッグをあぶる匂い。そして輪になって草の上に寝そべり、胃に入れたベークトビーンズを消化する間に、ミスター・オスターワイルがスカウト必携《ハンドブック》を大きな声で読み上げる。川を行きかう船を眺める。ヨットに向かって石を水切りさせる。沈み行く太陽。そして締めくくりには、ミスター・オニールがかつて書いたように、家路につく長い旅。

私たちが例年の全マンハッタン・スカウト大会で優勝するまで、私はその当時、あのまだ短かった人生でこのうえなく楽しい思いをしていたことに、ついぞ気がつかなかった。すると突然に、私は有名になった。いや、第二二四隊が有名になったのだ。私が縄結び競争で隊の四十九勝ち点のうちの八点を獲得、ナティ・ファーカスが火打ち道具と二本手旗信号で十六点とった翌朝、第二二四隊の写真がニューヨーク・グラフィック紙に掲載された。私たち三十三人全員がミスター・オスターワイルを囲んで立っていて、彼はまるでカメラマンに銃を突きつけられたような顔をしていた。ユダヤ日報はやや小さな写真を載せたが、私やナティの顔ははっきりわかったし、ミスター・オスターワイルのことを、もちろんイディッシュ語で「州議会下院議員第六選挙区の若者たちによい影響を与えている人物」と伝えた。

この出来事すべては大きな驚きで、また喜びでもあった。だから、私たちの生活に、ジャズ・L・マッケイブが現れることなど思いもよらないことだった。立ち退き通告《ムーフ・ツエトル》だと信じて母が怖がった彼の署名のあるタイプで打った手紙が、家の郵便受けにはいっていたのは、グラフィック紙とユダヤ日報紙に写真が出た翌朝だった。手紙は隊のシニア班リーダーの私宛だった。しばらくその手紙をじっと見つめてから、それを手に通りをわたり、そこでナティもしばらくじっと手紙を見ていた。

「こりゃ、なんか怪しいぞ。」やっと彼は言った。

たしかに、モ・ジュスト、そのとおりだ。手紙は私に次のことを知らせていた。ミスター・オスターワイルは第二二四隊の隊長を辞任したので、スカウト全国本部は私たちの新しい隊長を任命した。その人の名前は手紙の末尾にあり、次週の集会に私と仲間たちに会うことを熱望している。「ジャズ・L・マッケイブ」

「なぜミスター・オスターワイルが辞めなくちゃならないんだ?」私は言った。

「わからない。このジャズ・L・マッケイブって何者だい?」とナティは言った。

「知らないよ」

「アヴェニューBに行って調べてみよう」とナティは言った。

ミスター・オスターワイルはだいぶ前に、自分が勤務中には、けっして訪ねてこないようにと私たちに言っていた。彼はF・W・ウールワース社の顧客にサービスすることで給料をもらっているのに、たとえ少しでもその時間をスカウト活動にあてるのは会社に対してよくないと考えていた。私たちはいつでもミスター・オスターワイルの要望に従ってきたが、ナティと私はこのジャズ・L・マッケイブからの手紙は、このきまりを破ることもやむをえないほど重要だと考えた。しかし、私たちがそのきまりを破るまでもなかった。ミスター・オスターワイルは、店に着いたときわかったのだが、その日出勤していなかったのだ。

けれども、彼は翌日の夜に開かれた集会に現れた。ナティと私が集会室へはいったとき、隊長は一番前のテーブルのそばに立ち、今までに見たことのない男の人と話をしていた。ミスター・オスターワイルは私たちを近くへ呼んだ。「こちらはマッケイブさん」と彼は言った。「君に手紙を書いたそうだね」

「はい」と私は答えた。

私はポケットから手紙を取り出して、彼にわたした。ミスター・オスターワイルが手紙を読む間、ナティと私はジャズ・L・マッケイブ氏を観察した。

誰にもあることだと思うが、私は今までいつも、逢ったことのない人たちの姿を、その名前の響きや字面から想像しがちであった。手紙の末尾に書かれたジャズ・L・マッケイブの綴りを見て、すぐに私の心に、大きくて豪傑肌の心温かいアイルランド人が浮かんだ。私は間違っていた。

あの土曜日の夜、初めてジャズ・L・マッケイブに会ったとき、私はすぐにエド・ピノーのオーデコロンの壜に描かれた男を思い出した。その壜はルイス・ストリートにあるラフティさんの床屋の棚においてあった。

ジャズ・L・マッケイブは小柄で身ぎれいでめかしこんでいた。ぴったりとしたシャークスキンのダブルの服を着て、先がとんがってピカピカに磨いた黒い靴をはいていた。フランス王家の白百合の紋章を象ったダイヤのネクタイピンが、きつく結んだ黒いネクタイを支え、堅い白いカラーの下に、弓なりの粋で小さな洒落者の膨らみをつくっていた。顔は丸く、ふっくらとしていたか、そう見えた。というのもカラーがとてもきついので、首の肉がたるんだ小さな喉袋のようにはみだしていたからだ。黒い髪は真ん中で分けられ、まぶしい電光にテカテカ光る香油のようなもので、うしろに撫でつけられていた。ぺちゃ鼻の下の蠟で固めた口髭のピンとはねた両端が、ミスター・マッケイブの神経質に素早く動く両手と連動して、彼はたえず両方とも忙しく動かしていたので、まるで脂ぎった彼の皮膚の上に止まろうとしている蠅どもを、ピシャリと叩いているようだった。

彼は、はた結びを知っているようには見えなかったし、いわんや結び目一つつくれなかったろう。ジャズ・L・マッケイブはあたかも、今にもタオルを客の首に巻きつけて、髪を刈りはじめてもおかしくないように見えた。その夜、彼が私とナティ・ファーカスにあたえた印象はぞっとするものだった。ミスター・オスターワイルが手紙から顔を上げたとき、隊長の顔は蒼ざめていた。

「この手紙は嘘だ」と彼は私とナティに言った。「私はこの隊の隊長を辞めてはいない」

ついで起こったことは、とにかく私をびっくりさせた。まぬけな床屋のような男が突然、デイリー・ニューズ紙の第一面によく出る、警官に手錠をはめられた、その手の男に見えた。

「わかったよ、この野郎」と彼は冷たい敵意のある声で、ミスター・レスター・オスターワイルに言った。「おれは知らねえぞ」

彼は大股で、いや、まるで跳ねるように集会室から飛び出していくと、扉を乱暴に閉めた。

「これを返してほしいかね?」とミスター・オスターワイルはきいた。

彼が手紙のことを言っているのだとわかるのに、しばらくかかった。

「いりません」と私は言った。

ゆっくりと慎重に、まるで彼の動作には私たちへの気持ちが込められているのをわかってもらいたいと願うかのように、ミスター・オスターワイルはジャズ・L・マッケイブの手紙を細かくちぎって屑篭に捨てた。

「よろしい、シニア班リーダー。集会を招集するように」と彼は言った。

私はそうしたが、集会は盛り上がらなかった。翌日のハイキングもそうだった。何もかも同じだったのに、何もかも違っていた。アスター・プレイス地下鉄駅まで、街を東から西へ長いこと歩いたとき、ワナメーカー百貨店まで、空でさえも、ウォーターマンのインクのように滑らかで青くは見えなかった。ジャズ・L・マッケイブの思いもかけぬ迷惑な出現は、すべてのものを台なしにしてしまった。朝七時の感触と匂いまでも。

私たちがどんなに気が転倒していたか、翌日までわからなかった。私はファーカス食料品店の奥で、ナティを手伝って空き箱を積みあげていたとき、彼の父が、何をそんなに騒ぎたてているのかときいたのだ。私たちはジャズ・L・マッケイブから受け取った手紙のことや、隊の集会で起きたことを彼に話した。

「こりゃ何ていう名前だろう、自分をジャズと名乗る男、わからんな」とファーカス氏は言った。「でも、それがどういうことなのか、彼の狙いは何なのか、頭のいい人ならわかるはずだ」

「どういうことさ?」とナティはきいた。

「お前たちが大会で優勝したから、オスターワイルさんの写真が新聞に載ったんだ」とファーカス氏は言った。「このジャズ・L・マッケイブは民主党の州議会第六選挙区の新しいリーダーだ。選挙区のリーダーが欲しいのは選挙の票だよ。顔が売れていなければ、票は取れない。しかし、新聞に写真が出れば、どんな人物かわかってもらえる。だからこのジャズ・L・マッケイブが考えたことは、オスターワイルさんを辞めさせて自分が隊長になり、今度お前たちの隊が何かで優勝したら、ユダヤ日報はこのジャズ・L・マッケイブのことを書きたてるだろう、オスターワイルさんのことじゃなくてな。州議会下院議員第六選挙区の若者たちに好ましい影響をあたえているのは、ジャズ・L・マッケイブだと」

それを言う人はいなかった。とにかく私のいるところでは。またナティの面前で。二日後、郵便受けにタイプで打った二通目の手紙があった。

これはボーイスカウト全米本部からのものだった。みごとなほどに読みにくい署名で、ナティ・ファーカスと私にパーク・アヴェニュー二番地のスカウト本部事務所に、翌日の四時に出向かれたしとあった。緊急を要する問題があるという。

私は感動した。それがタイプした手紙だったからではない。とにかく、それは前に一度、東四丁目で見たことがあった。私が感動したのは、「緊急を要する《アットモスト》」という言葉を、チャールズ・ディケンズの本以外ではじめて見つけたからだ。

「ウールワースの店へ行ってミスター・オスターワイルに、一体これはどういうことなのか聞いてみよう」とナティは言った。

私たちはウールワースへ行って、その週の二度目も、ミスター・オスターワイルが出勤していないのを知った。翌日、ナティと私が全米ボーイスカウト本部の事務所に行くと、ミスター・オスターワイルが待合室のベンチで待っていた。彼は元気がないように見えた。

普通の場合なら、これはたいした問題ではなかったろう。いや、私には印象的ですらあった。ミスター・オスターワイルは元気そうに見えたことなどなかった。いつも悲しそうだった。心優しげに悲しそうだった。ミスター・オスターワイルの悲しみの原因は、何か悪いことが自分の身にふりかかったということではなく、他人の身を案じていることであるかのようだった。とにかく、今はただごとではなかった。

この人は私の人生を変えた人である。私がこの世にあるのを知らなかったことを私の人生にもたらしてくれたのだ。葉に大きなギザギザのあるポプラは、正しくはハコヤナギと呼ばれるという知識だけを言っているのではない。彼はそれまで東四丁目をとりかこんできた壁を壊したのだった。彼はゲットーの外にある、太陽に輝く世界に案内してくれた。私はそのとき、そういうことをすべて理解していたわけではない。しかし、感じていた。そしてそれを失いたくなかった。

「ミスター・オスターワイル」と私はきいた。「これからどうなるんですか?」

「まあ」と彼はゆっくりと言った。「わからないけど、マッケイブ氏が第二二四隊を自分のものにしたいのだろう」

ナティはいつものようにもっと突っこんだ。「でもなぜ僕たちをここに呼んだのですか? あなたをではないんです、ミスター・オスターワイル。僕たちをです」

二度三度、隊長の喉ぼとけがぴくぴくした。まるで話しはじめる前に、喉のエンジンの回転速度を速めようとしているようだった。「もし君たち隊員が、私が隊長をつづけることを望むなら、本部は私を残さねばならないだろう」

「すると僕たちがはっきりそう言えば、このジャズ・L・マッケイブをやっつけることになるんですね?」

「まあ、そういうことだ」とミスター・オスターワイルは言った。

「わかりました」とナティは重々しく言った。「何も心配することはありませんよ」

あれからずっと、私はジャズ・L・マッケイブを憎らしいと思うたびに、「何も心配することはありませんよ」という言葉を発したナティの声が聞こえてくる。世の中を支配するさまざまな勢力の動きの模範となるべき、礼儀、正義という力に自信を得たければ、その自信を試すもっともよい時期は、十三歳から十四歳にかけてのころだ。それ以降は苦しい戦いとなる。

もちろん、私がそんなことに気がつかないでいると、そのとき、待合室の一番奥のドアが開いて、秘書が言った。「ミスター・オスターワイル、どうぞ」

彼は立ち上がって、彼女のあとから部屋を出ていくと、背後でドアが閉まった。

「隊長が出てきたら」ナティが言った。「僕たちがはいる前に二、三分、隊長と話をしようよ」

それはうまい考えだったが、そうする機会は得られなかった。というのはおよそ三十分後に再びドアが開いたとき、秘書しかいなかった。

「ファーカス隊員、どうぞ」とナティと私が立ち上がると、彼女が言った。「一人ずつ、どうぞ。まずファーカス隊員」

ナティが彼女のあとについて部屋を出ていくと、私はミスター・オスターワイルはどうなったのだろうかと思った。それから十分後、ドアがまた開いて女の人が私に言った。「さあ、どうぞ。」ナティはどうしたのだろう。両側にドアがつづく廊下を彼女のあとからついていった。どのドアも閉まっていた。廊下の突きあたりで彼女が右側のドアを開けて、励ますように私に微笑みかけた。私が部屋にはいると、彼女はドアを引いて閉めた。私はまわりを見まわした。

私がはいった部屋は、ハミルトン・フィッシュ・パーク市立図書館の「開架式閲覧室」を思い出させた。ただ違うところは壁に本ではなく、ダン・ビアードやアーサー・ベーデン＝パウエル卿のような人たちの写真が飾られていた。また窓からは東二丁目のかわりに、パーク・アヴェニューが眺められた。それでも、誰も住んではいないが、人びとが特別な目的のためにやってくる部屋と同じ雰囲気があった。

窓と窓の間に長いテーブルがあり、三人の男の人がすわっていた。このような男の人たちは私の日常生活で見ることはなかったが、新聞では彼らの写真を何百回となく見てきた。これらの顔は、アンダーウッド・アンド・アンダーウッドが写真を撮影して、これらの人たちが勤務する会社が、新しい副社長や取締役会長を指名するときに、ニューヨーク・タイムズ紙の経済面に掲載される。彼らは金持ちそうで、磨きたてて、いわゆる母の言う、お洒落に見えた。三人とも親しみをこめて、私に笑みを見せた。みんなきれいな歯をしていた。

「怖がることはないよ」と真ん中の男の人が言った。「二、三質問したいだけだから」

「わかりました」と私は言った。

「掛けなさい」と左側の人はテーブルの前の椅子を指差した。

「ありがとうございます」

「第二二四隊を創立したのは君とファーカス隊員だったね？」と左の男の人が尋ねた。

「はい、そうです」

「この間の全マンハッタン大会で、立派な成績をおさめたこと、おめでとう」と右側の人が言った。

「ありがとうございます」と私は答えた。

今振り返ってみると、そのとき私はそんなに礼儀正しくなかったと思う。しかしボーイスカウトの第五の掟があり、それはまず第一に礼儀正しさを全面的に支持していたし、そしてそのとき、私はアメリカ・ボーイスカウト活動の心臓部にいたのだ。

「さて、それでは」と真ん中の人が言い、彼が椅子を前に引いて、テーブルごしに身を乗り出さなかったとしても、私は前置きが終わったのを知った。あの「さて、それでは」には、本題にはいるという響きがあった。

「今日、君とファーカス隊員にここに来てもらったのは、私たちがたいへん困った問題を抱えているからだ」と真ん中の人が言った。「ファーカス隊員から聞いたのだが、君やほかの第二二四隊の隊員は、ミスター・オスターワイルが大好きらしい。それは本当かね？」

「はい、そうです」

「そして君は彼が立派な隊長だと思っているのだね？」

「はい、そうです」

「よろしい」と真ん中の人が言った。「まずはじめに、私たちが彼を君たちの隊長にしたのであり、任命された人がよい隊長でなかったら、私たちは任務の遂行に怠慢だったと感じるだろう。どうかね？」


私は椅子からわずかに飛び上がると、最後の問いが私に向けられたのではないのに気がついた。左側の人が身を乗り出して、真ん中の人の耳に何か小声で言っていた。

「そのとおり」と真ん中の人がやっと言った。左の人は元の姿勢にもどった。「もちろん、君はわかっていると思うが、りっぱな隊長であるためには、隊員が訓練を受けるさまざまな技能についての知識以上のものが必要とされる。また、道徳的にも立派な人間でなければならない。私の言うことがわかるかね？」

「はい」と私は答えた。私は理解していたかもしれないが、自分がまぬけに見えることで、何か面倒なことにならないようにということしか頭になかった。あの部屋に呼び入れられる前に、ナティと一分でも会うことができたら、もっと自信が持てただろう。いわば助言のないまま手探りで進んでいる状態だったので、ミスター・オスターワイルのために、もちろん、私やナティのためにも、私のできる最も望ましいことは、彼が隊長だった間、何一つおかしなことは起こらなかったように、落ちついてふるまうことだと思った。あのような人が責任者であるからには、変なことが起こるはずがないだろう。

「オスターワイル氏を第二二四隊に任命したとき」と真ん中の人が言った。「われわれには、彼が高潔な人物だと信ずる充分な根拠があった。そうでなければもちろん、スカウト活動に彼を参加させなかっただろう。しかし、二週間ほど前、マッケイブという人から手紙を受け取った。彼のことは知っているかね?」

「はい」と私は言った。「ジャズです」

「何だって?」

私はへまをしてしまったと思い、急いでつけ加えた。「彼は自分の名前をそう綴っているんです」

また左の人が身を乗り出したが、今度は一枚の紙を差し出して、下のところを指さしていた。真ん中の人が紙の上にかがみ込み、鼻眼鏡を調節して、しばらく見てから頷いて、元の姿勢に戻った。

「なるほど」と彼は左の人に言った。それから私に向かって言った。「マッケイブ氏の手紙には、最近、彼は君たちの住んでいる地区で政治関係の仕事についた。それで彼がこれからお世話になる人たちのことをできるだけ知りたいと、その地域をくまなく調査した。彼の手紙によると、かなり多くの親たちが、第二二四隊の隊長と少年たちの関係に心配していることとがわかったそうだ。このことを知っているかね？」

もちろん、そのことには気がついていた。しかし私は、私たちが制服を着ているので、ミスター・オスターワイルは私たちみんなを「ユダヤ人大虐殺者」にしようと訓練していると母が信じていることを、このアンダーウッド・アンド・アンダーウッド顔の人に話すつもりはなかったから、私は言った。「いいえ」

右の人が身をかがめて、真ん中の人に耳打ちした。

「いい考えだ」と彼は右の人に答えて、私のほうに向いた。「ミスター・オスターワイルと君の関係はどうなのかね？　親しいのかね？」

「はい、そうです」

「どういうふうに親しいのかね？」

どんなふうだったのかと私は思った。日曜日にキャンプファイアのまわりに寝ころび、川を行きから船を眺め、ホットドッグやベークトビーンズをお腹に詰めて、ハンドブックを読みあげるミスター・オスターワイルの声に聞きいっていたが、そういうことをどう言ったらいいのかわからなかった。テーブルの向こうに並んだニューヨーク・タイムズ紙の経済面でお目にかかるような顔を前にしては。私は彼らが納得するようなことを何か言わなければと思った。

「はい」と私は言った。「ミスター・オスターワイルは、僕が勲功バッジを下げる飾り帯を買うための三ドル五十セントを貸してくれたので、シニア班リーダーの任命式につけることができました」

「彼が君に金を貸したのだね？」

「はい、そうです」

「プレゼントとして、君にくれたのではないのかね？」

「いいえ」私は言った。「お金は空き箱を積む仕事をして、彼に返しました」

「何をしたって？」

私はナティの父親の食料品店のことや、ナティが空き箱積みについて感じていることを話した。

「ああ、なるほど」と真ん中の人は言ったが、わかってもらえたろうか。私の答えに失望したようだった。「ちょっと待ってくれたまえ」

左右の二人が身を乗り出してきた。小声で話し合った。

「それがいい」と真ん中の人がやっと言った。三人は元の姿勢に戻った。「これからとても大事なことを尋ねるが」と真ん中の人が言った。「答える前によく考えて、それからボーイスカウトの名誉にかけて、正直に答えるように、いいかね？」

「はい」と私は言った。

「ボーイスカウトの名誉にかけて、いいね？」

「はい」

「ミスター・オスターワイルは今までに、君を困らせようとしたことがあるかね？」

私はじっくりと考えた。質問がわからなかったからではない。困らせるという言葉の意味は知っていた。私の英語の先生、ミス・マリンは一度ならず、彼女のクラスでは私が言葉を一番よく知っていると言っている。しかし私は目的があってここにいるのであり、それは、ミスター・オスターワイルを引きつづき私たちの隊長に留めることだ。ただ、いいえ、彼はけっして僕を困らせることはしませんでしたというだけでは充分ではない。もっとうまくやらなければならなかった。

「いいえ、そんなことは一度もありませんでした」と私は言った。「その正反対です」

「どういうことかね、その正反対とは？」

「ミスター・オスターワイルはとても親切です」

「どういうふうに？」

少し馬鹿らしく聞こえたとは思ったが、困らせるという言葉のいやな意味を打ち消したかった。それはあのマッケイブの奴の手紙に出ていたのを知っていたので、私は言ってやった。

「ミスター・オスターワイルは僕たちの肩に手をまわしてくれます」

「そうなんだね？」

「はい、そうです」

ふたたび右と左の頭が真ん中の頭に近づいて、慌しい話し合いがもたれたが、今度は私は心配しなかった。私が間違いのない答えをしたことは、聞きとれない興奮気味のひそひそ話からあきらかだった。三つの頭が離れた。

「君は……」と真ん中の人が言って、間をおいてから咳払いした。「ボーイスカウトの名誉にかけて」と彼は言った。「話してくれるね、どんなときに、たとえば何回ぐらい、というこ とだが。そうだ、誰と、決まった少年たちと、君が言ったように、ミスター・オスターワイルは君たちを抱きかかえたのかね?」

「僕たちみんなです」と私は言った。「僕たちが何かいいことをしたときはいつでも。たとえば大会で優勝したとき。また僕がシニア班リーダーに任命されたとき。ミスター・オスターワイルは僕の肩に手をおいて、君を誇りに思うと言いました」

それが面接の終わりだった。それはまた、ミスター・オスターワイルの終わりでもあったが、そのとき私には知る由もなかった。三日後、それがわかったときですら、すべてを結びつけては考えなかった。ただこう思ったのだ――後にジャズ・L・マッケイブへの長年にわたる憎しみとなった心痛を感じて――私はただ愚かに考えた。ひょんなことから歴史にかかわった。内務省が、数年間修理中だった自由の女神の上部を公開したばかりだった。レスター・オスターワイルは女神の左目の窓から飛び下りた最初の人となったのだ。

第七章 ボートとカヌー

Rowboats and Canoes

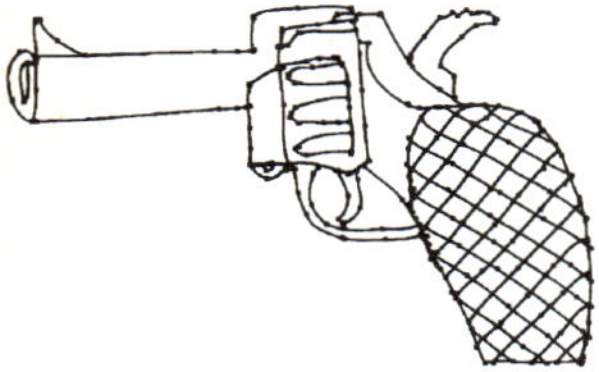

自分が歴史の中に生きていたことは、誰かがあとにやってきてそれを書いてくれるまでわからない。そして歴史のすべてが歴史家によって書かれているわけではないことに気がつく。ピニー・スレイターに最後に会ったあの一九三〇年、私が育った時代について見てきた中で、ある日彼が最高の歴史そのものになるとは夢にも思わなかった。

頭のよい人なら、自分が歴史の中に生きていることを一九三〇年においてわかっていたと思うだろう。あれは「藤色の十年間《モーヴ・ディケード》」と称した一八九〇年代や「善意の時代」と言われた一八一〇年代から二〇年代にかけての時代のように、後世の歴史家が名づける、そんな時代ではなかった。一九三〇年には、誰もがすべて大文字でしるされた「大恐慌」を生き抜いているのを知っていた。そしてもし私が頭が悪かったのなら、トーマス・ジェファソン高校でフット教頭がなぜ私を卒業生総代にしたのか?

私がどんな時代を生きていたかをまったく知らなかったのは、たぶんその中にどっぷりと浸かっていたせいだと思う。海に落ちれば、濡れることを考える時間などあまりない。考えることも体を動かすこともっぱら、どうしたら浮かんでいられるかという問題に向けられる。私はたんに運がよかったから生きのびたのだ。

ジェファソン高校で過ごした最後の一年は、先輩のみんなと同じく、毎日一時限の自由時間があった。この時間をなにか奉仕活動をして過ごすのが習慣で、学校側が大学の奨学生を推薦するとき、その活動によって愛校精神があると認められれば、それが考慮されるのだった。ある日、私がプルマン先生の演劇部が『ペンザンスの海賊』の中間公演に使う予定の舞台装置のペンキ塗りを手伝っていると、ナティ・ファーカスに脇腹をつつかれた。

「おい、どうしたんだい?」と私は言った。

「こいつがおもしろいのか?」とナティが訊いた。

「今日ほかに参加できるのは、調理場の手伝いだけだ。少なくともペンキを塗っていれば、におってくるものがわかるよ。なぜ訊くの?」

「考えてたんだ。俺はここでこんながらくたに必死でペンキを塗っている、なんのためだ?プルマンやフット教頭なんかみたいな大ばかは俺をたいした生徒だと思って、奨学生に推薦する。そうなったら?　どうなるんだ?」

「大学の授業料をいくらか払ってもらえるんだよ。運がよければ、たぶん全額さ」

「よし、運がよかったとしよう。全額支給になる。それでどうなる?」

ナティと私は一八八公立小学校、六四公立中学校、ジェファソン高校でずっと一緒だった。私は彼を知りつくしているつもりだった。それでも今のように、彼の考えについて行けないときがあった。

「全額支給になれば、大学の授業料は払ってもらえるんだよ。四年間の。それ以上何が欲しいの？」

「食べるものさ」とナティは答えた。

「ああ、生活費だね。大学には奨学金をもらう学生のためにアルバイトの口がそろっていて、生活費を稼ぐんだったら、授業の合間にできる。たとえば給仕の仕事」

「もっと稼がなくちゃならないんだ。親父が食料品店をやめるんだよ。景気が悪いんで。どうやら卒業はできる。先学期の終わりに退校して職捜しをしなければならないところだった。高校の卒業証書をもらうのは、めっけもんなんだ。要するに、必要なのは俺一人食ってゆける仕事ではなく、家に金がはいってくる仕事なんだ。大学にそんな仕事は転がってないだろう。授業の合間に俺がやりたいのは、自活できて、しかも家に金を入れてやれる仕事なんだよ。だからこういう境遇にあると、毎日自由時限にプルマンのこんなものを仕上げながら、俺は一体何をしているのかと思うのさ」

「ほかに何ができる？」

「毎日のこの自由時限を無駄にするのなんかやめて、卒業したら仕事が見つかりそうなことをやろうと思えばできるんだ。俺はそんなふうに考えているんだよ、坊や、で、俺はそうするつもりなんだ」

私たちが一緒に動いたのは、ナティのあの助言があったからだ。私の考えていたことは期待していたほどよくなかった。

景気が悪くて、ナティの父が食料品店をやめるのなら、私の父がズボンの工場を馘《くび》にならないですむにはどうしたらいいか？　間もなくわかったように、どうしょうもなかった。父は、午後に行われる卒業式に出席する許可をボスに求めなくてもよかった。父は、ジェファソン高校の講堂で息子が総代で答辞を述べるのを聴いたとき、すでに失業していたのだ。

けれども、二週間後に私は就職した。ナティ・ファーカスと私は、毎日ジェファソン高校の最後の三カ月間は自由時限に、タリー先生のタイプと速記法を聴講したのだ。

ニューヨーク・タイムズで「男性秘書を求む」の広告を見たとき、私はキーボードを見ないで一分間に九〇語をタイプできたし、ピットマン速記法で一分間にほぼ同数を速記できた。広告を読むと、私はまずナティの家に駆けつけた。

「いませんよ」とミセス・ファーカスは言った。「ちょっと前に出かけたわ」

これには驚いた。私は七時二、三分前に、ゴードンさんのキャンディ・ストアでタイムズ紙を買ったのだ。一九三〇年には、職捜しは早いもの勝ちだった。まだ七時十五分にもなっていない。ナティはこんなに早くどこへ行ったのか？

「知らないわ」とミセス・ファーカスは言った。「なにか用なの？」

「新聞に仕事の口が出てたんです。男の秘書の口。それを教えたくて。一緒にアプタウンへ行こうと思ったんです」

「仕事の口が二つあるの？」

「いえ、一つだけです。男の秘書が一人。ナティと一緒に応募しようと思って」

「でも、それはどうかしら？　仕事の口は一つしかないんでしょう？」

そのことは考えていなかった。前にも言ったように、私の考えることはいつも思っているほど正しいとは限らない。ナティと私は長いつき合いである。私がタイプが打てるようになり、速記ができるようになったのは、ナティのおかげである。共に学んできた。広告を見たときにまず考えたのは、ナティと一緒に応募しようということだった。ほかに考えようがあったのに、そこまで思いつかなかった。ほかに考えようがあるということが頭に浮かばなかったからだ。

そのことに気がついたのはアプタウンへ行く途中だった。歩いていたので考えごとをする時間がたっぷりあった。一九三〇年の地下鉄の料金は、わずか白銅貨一枚だったが、この「わずか」というのは比較の問題である。しばらく前のある日曜日、母が「大恐慌」について近所の若い人に話しているのを聞いた。

「説明するのは難しいわね」と母は言った。「どう話したらいいのか？　一九三〇年には五セント硬貨がとても大きく見えて、まわりが目にはいらなかったものさ」

私は五セント硬貨をたいして持ってはいなかったが、靴はまだ立派だった。父が卒業式に新しいのを一足買ってくれたのだ。それでボーイ・スカウトの歩調で——五十歩走って、五十歩歩く——私たちが住んでいた四丁目とルイス・ストリートの角から、一時間たらずで七番街の三十四丁目に着くことができた。広告には「八時三〇分、面接」とあった。急がなくても余裕をもって行つたのだが、急いでしまった。六十歩走り、四十歩歩いた。それで少し汗をかいたが、考えごとをやめなかったし、何を考えていたかといえば、ひとりでアプタウンに行ってこの仕事に応募すれば、自分は裏切り者になるということだった。間違いなく裏切り者だ。厳しい見方をすれば裏切り者でしかない。

いずれにせよ、まっさきにナティの家に行った。ナティが家にいなかったのは私の落ち度ではない。そしてもう一つの点でも潔白だった。私はナティの母に広告の住所を知らせている。彼が家に帰ったら、母親は私のあとを追うように言えばいい。

結局、彼女はその必要がなかった。私がモリス・サルツマン・アンド・カンパニーの表のオフィスにはいっていくと、わが友ナティが帰ろうとしてドアのほうへ来るところだった。「時間を無駄にするな」と彼は言った。「ここの連中は本当にできるやつが欲しいんだ。一分間に一二〇語だぜ」

彼は私が返事をしないうちに行ってしまい、それはそれでよかった。返事がすぐに頭の中に閃いたからだ。「なんだ、お前は！」

友情は一九三〇年に急死して、それはひどいものだった。けれど、もっとひどかったのは、その葬られ方だった。ナティ・ファーカスと私は二度と口をきかなかったのだ。彼が私より先にタイムズの広告を見て、私に知らせないでアプタウンへすっとんで行ったからではない。それだけでもひどいものだったが、嘘をつけば仲直りできたはずだ。私はどんな嘘も受け入れたろうし、ナティにしてもそうだったろう。何が友情を殺したかといえば、それは一九三〇年に、神の緑の大地において取り返しのつかないものだった。ナティ・ファーカスと私が育ち盛りだったあの奇妙な年、ニューヨーク市では無理だった。私は就職したのだ。

私が一分間に百二十語も速記できたからではない。大勢の人が就職したのと同じ理由で私も就職できたのだと思う。私を採用する権限を持った人は明らかに、求職者の面接にうんざりしかかっていた。また、私は年齢のわりに上背があり、いつも実際より丈夫そうに見えたからだと思う。

モリス・サルツマンに必要だったのは男の秘書ではなかった。彼が欲しかったのは、給仕、召使、ボディガード、運転手、受付係、用務員、そして必要なとき手紙を速記し、きちんとタイプできる見習い会計士だった。ミスター・サルツマンが、私にこういう仕事がこなせるのを、どうして知ったのかはわからない。試験などしなかった。ただ眉間に少し皺を寄せて数分の間私をじっと見てから、給金はいくら欲しいのかと訊いたにすぎない。私は欲張りが仇となってオフィスから叩き出されないよう願いながら、いちかばちか言ってみた。「週給十二ドルです」

「考えておこう」とミスター・サルツマンは言った。考えてくれたのだ。だから六日後にははじめての給料袋を開けたら、週給十一ドルだった。

これは十分すぎるほどだった。出費を上まわりそうだった。大恐慌の中に育っておかしかったのは、お金がなければ食えないから、お金が人生の最も重要な要素である一方で、悩みごとは実はお金ではないということだった。自分は将来何になるのか、どうやって生きていくのか、今のままでいいのかどうかと気に病んだのだ。

私自身のことをいえば、私は深刻な疑問を抱いていた。あの当時モリス・サルツマン・アンド・カンパニーのオフィスで働きはじめた十七歳の若者とすれば、あまり間違ってはいないと思う。この会社は人の不幸を商売にしていた。

ミスター・サルツマンと彼の「相棒《カンパニー》」、アイラ・バーンは多数の顧客を持っていて、顧客の帳簿を毎月一定の手数料で社員に調べさせていた。けれども、この会社の主な収入は倒産処理からのものだった。

あのころ、実業家が事業に失敗しかかっているのが明らかになると、彼に出資していた人たちは一緒になって債権者委員会を作り、会計事務所に頼んで、不運な実業家の帳簿を調査させた。調査の結果、債務のかなりの額を債権者に返済できる資産があれば——一九三〇年には、一ドルにつき三〇セントが相場だと考えられていた——債権者委員会は事業を整理して、資産を分配した。調査の結果、不運な実業家にわずかでも不正があったと判明し、あるいは分配するだけの金がないとわかれば、債権者委員会は法律に訴えて、実業家を破産に追いこんだ。それから資産を徹底して調べ出す作業が、政府の破産管財人によって再度行われたが、大きな例外が一つあった。実際に不正があり、それが国の法律に違反していれば——たとえば、かわいそうな経営者が財務諸表を郵送していると——彼を起訴できたし、たいてい起訴されて、刑務所入りした。

この場合、会計士の仕事がたくさんあった。その手数料の額は調査を任せられた人数による。債権者委員会や破産管財人が、この調査を行う人の技能や経験を問うのを聞いた記憶がない。それはどうでもよかったのだ。できあがった報告書が欲しいだけで、それも急いでいた。モリス・サルツマン・アンド・カンパニーは仕事の速さで売っていた。だからこそ、この仕事をありあまるほど抱えていた。

それはまたミスター・サルツマンとミスター・バーンが——私がオフィスで彼らのため靴にゴム製のかかとをつけたり、掃除をしたり、温かいパストラミ入りのサンドイッチを運んだり、手紙をタイプしたりしていたときのことだが——たびたびこの破産の調査に私を連れて行った理由でもあった。私が仕事先で、借方と貸方の区別がつかなくても問題ではなかった。人手をかければかけるほど、より高額の請求書を仲裁人に送ることができたのだ。その上、卒業生総代だった少年はまったく見込みがないわけではなかった。学んだことが身につくはずだった。そのとおりになった。

私が最初に学んだのは、「破産」は「戦争」に似た言葉の一つだということだ。この言葉は生まれてこのかたずっと耳にしていて、わかっていると思っている。それが身につまされるような渦中に実際に巻き込まれるまでは。その衝撃が遠のきはじめると、人生の備えとしての辞書の価値が疑わしく思われてくるのだった。

私がモリス・サルツマン・アンド・カンパニーに就職する前、私の世界では――当時は、校庭、ボーイ・スカウト二二四隊の集会所、二、三の街角以上にあまり広がることはなかった――「破産」という言葉はいつも滑稽な意味合いをもっていた。それはかならずタブロイド新聞に載る派手な人物――金遣いの荒い映画女優、悪名高いジゴロ――について使われた。彼らはたいていうしろ暗い目的のために巨額の勘定がかさんだあげく、支払いを免れようと、ばかばかしいほど慈悲深い政府の情けにすがっていたのだ。私はそんなことがどのように行われたのか知らないし、その派手な人物を話題にする人も知らなかった。たずねようとは思ってもみなかった。私が興味を持ったのは、大金を投じた放蕩三昧の話だったし、それはその話をする人にしても同じだった。この手の話ではどれも、破産という言葉は、聞かせどころにすぎなかった。さあ、用意はいいですか。ここで笑ってもらいましょう。私はいつも笑った。

笑って当然なのだ。結局、法を守る世界を嗤いものにする抜け目のない山師のこうした話の中に、結末が最初にわかってしまう要素――ゆがめて解釈されているが、真実である――

がかならずあった。褒めるべきは、法を守る世界を馬鹿にできる人だ。嗤うべきは、金がありすぎて愚かにもそれを貸した人たちの失敗だ。破産の遠まわしな言い方さえも滑稽に聞こえた。それは「風呂にはいる」で通っていた。

一九三〇年はじつにたくさんの人たちが風呂にはいっていたので、私はモリス・サルツマン・アンド・カンパニーにはいりたてのころ、たびたび嗤ったにちがいない。嗤ったとしても、憶えてはいない。憶えているのははじめての破産の調査だ。レナード・ストリートでも南のほうにあった組合皮革製品会社。札入れ、ハンドバック、ベルト、書類かばんの製造会社である。「大物」と、モリス・サルツマン・アンド・カンパニーのオフィスでは呼ばれた。「大物」は十万ドル以上の負債を意味した。破産管財人は急いでいた。調査のために、ミスター・サルツマンは社内で最も有能な古株のミスター・ジャブローをはじめ六人の職員を送りこんだ。私もオフィスの雑用をすませていたので、見習いとして連れていかれた。

見習いの手数料は破産管財人への請求書に一日三十五ドルの計算で記入された。ミスター・サルツマンは私に、六日働いて十一ドルの週給、日給で一ドル八十三セントを支払っていた。簡単な計算にも手間どる人のために引き算をしてみよう。三十五ドルから一ドル八十三セントを引くと、三十二ドル十七セントになり、レナード・ストリートの皮革製品会社の倉庫に一日私がいるだけで、それがそっくりミスター・サルツマンの儲けになった。私がわくわくしたのも不思議ではない。以前には自分にどれだけの値打ちがあるのかぜんぜんわからなかった。私は管理人がドアの鍵を開け、それまで人気のなかった倉庫に私たちを入れてくれるのを待ちきれなかった。

ミスター・ジャブローとより手慣れた職員たちが経理係のオフィスに直行して、帳簿や記録を選り分けた。けれども、私はそれまで製造会社の倉庫にはいったことがなかった。ミスター・ジャブローには相手にされなかったので、売場を横ぎって工場の中へはいっていった。そこはとても大きな部屋でミシンや裁断用のテーブルがあちこちにあった。驚くまでもなく、強烈な革の臭いがした。人びとがミシンや裁断用のテーブルで働いているとき、その部屋はどんなようすなのかを想像してみようとしてじっと見ていると、ミスター・ジャブローがうしろからやってきた。

「何を探してるんだ?」

「何も」と私は言ってから、われながら間が抜けて聞こえたので、つけ加えた。「便所を探してたんです」

「そんなら部屋の真ん中に突っ立ってるのはなんのためだ?」とミスター・ジャブローは腹立たしげに言った。「君の年なら便所が隅っこにあることぐらい知っているだろう」 組合皮革製品会社の便所も例外ではなかった。一箇所を除いて。ドアを開けたとき、私は今でも顔が赤くなるようなことをしでかした。悲鳴をあげたのだ。まるで脅えた娘のように。男が体をまるめてタイル張りの床の血溜まりにうずくまっていたからではない。私はそれまでに流血沙汰を見たことがあった。死人も見ていた。東四丁目では生きている人がプライヴァシーを守るのでさえ難しい環境だったのだ。私がそれ以前に見たことがなかったのは、切り裂かれた喉だった。新聞や本で読んだ自殺や殺人の話は、すべてその手際のよさを表しているようだった。そうではなかろうか? 「切り裂く《スリット》」という言葉にはすっきりした響きがある。一九三〇年の私にとってはじめての破産調査で、私は実際は違うことを知った。一目でわかるのだ。

私はほかにもじつにたくさんのこと、中でも破産した人たちが一身上の問題をかならずしも剃刀で解決するとはかぎらないことなどがすぐにわかった。デュヴァル紳士男児ズボン会社が破産したときには、私はモリス・サルツマン・アンド・カンパニーに勤めて四カ月たらずだったが、一日五十ドルの中堅社員として、破産管財人への請求書に記入しても大丈夫だと所長に思わせるほど知識を身につけていた。この請求は他人が思うほどごまかしをしているわけではなかった。

デュヴァル紳士男児ズボン会社が、債権者を怒らせるほど経営が乱脈になったとき、モリス・サルツマン・アンド・カンパニーの職員はほかにも三件の調査を抱え、すでに手を広げすぎて無理がきかなくなっていた。けれども、ミスター・サルツマンは旨みのある手数料を約束する仕事を断ることができなかった。デュヴァル紳士男児ズボン会社は「超大物」だったのだ。超大物とは二十万ドル以上の負債を意味した。

「こうしよう」とミスター・サルツマンは相棒のアイラ・バーンに言った。「君はこの坊やを連れていってはじめてくれ。私のほうはほかの調査から何人かをまわす《スキン・オフ》ようにしよう」

こんなことは日常茶飯事で、ミスター・サルツマンのこの言葉をはじめて聞いたとき、彼は「選り抜く《スキム・オフ》」と言った、と思った。しかし私の間違いだった。「まわす」という動詞は一九三〇年には、「騙す」という意味だったのだ。たぶん今でもそうだろう。とにかくミスター・バーンと私はタクシーでアスター・プレイス近くのラファイエット・ストリートにあるデュヴァル社へ行った。振り返って見れば、一九三〇年において、タクシーに乗ったのは、ハワード・ヒューズと、破産の調査をすませるのに一分も無駄にできない会計士たちだけだった。

デュヴァル社の倉庫はひどいところで、狭い上に、薄暗くて、汚れていた。こんな薄汚いところで事業をやる人物に、大枚二十万ドル以上も信用貸しした債権者の気が知れなかった。けれども、債権者たちは現に信用貸ししていて、ミスター・バーンと私が、無人のオフィスでせっせと帳簿を調べていくうちに、もっと貸していたことがまもなく明らかになった。デュヴァル社の負債はおそらく三十万ドル近かった。

「やれ、やれ」と午後三時ごろミスター・バーンは言った。「こっちの仕事に何人かまわしてもらえればいいんだがね。こいつはとんでもない大物らしいぞ、坊や」

ミスター・バーンの願いは聞き入れられなかった。それどころではなかったのだ。四時少し前に当のミスター・バーンがミスター・サルツマンからの電話でほかの仕事にまわされてしまった。急いでアプタウンを立ち去る前に、ミスター・バーンに言った、「現金払い明細書を調べあげるまでつづけるんだ。それから仕事を切り上げていい。戸締りを忘れるな。明朝ここで会おう」

私は五時には現金払い明細書を調べあげていた。仲裁人が雇った管理人から預かっている鍵の束を取り出して、その使い方を知ろうとした。一九三〇年には、何もかもが私には複雑だったようだ。ラファイエット・ストリートの倉庫の戸締りさえも。一本の鍵で、鋼鉄製のかんぬき二本を強いバネの力ではずすこつを呑みこみかけたとき、拳骨でドアを叩く音がした。

「誰かいるのか?」

その声には聞き覚えがあった。重いドアを引いて開けてみて、わけがわかった。面と向かい合っているのはピニー・スレイターだった。ジェファソン高校で私とナティ・ファーカスの級友である。彼が私とまったく同じように、この鉢合わせに驚いたのは明らかだった。

「いったいここで何をしてるんだい?」と彼は訊いた。

私は管理人がドアに貼りつけた仲裁人の掲示を指さした。「ここは破産したんだ」

「わかってるさ」とピニーは腹立たしげに言った。「俺が字が読めないとでも思っているのか?　俺が訊いてるのは、お前となんの関係があるのかってことだ」

「監査をしてる。破産管財人の代理なんだ」

もちろん、厳密に言えば、これは本当ではなかった。けれども、私はピニー・スレイターを断じて好きではなかったし、ジェファソン高校で私ばかりではなくほかの生徒の憎しみをも買っていた彼の横柄な態度にめげず、言い返してやるまたとない機会を、このときはじめて得たのだった。うまくいった。殴りつけたくなるような、乙に澄ましたピニーの美しい顔は、平凡な、まさに貧しい労働者の驚きの表情に変わった。

「何をやってるんだって?」と彼は訊いた。

「会計事務所で働いてる。北の三十四丁目のモリス・サルツマン・アンド・カンパニーさ。破産管財人の依頼でこの会社の帳簿を調べてるんだ」

「それでお前がやってるのか? ひとりで?」

「いや、もちろんそうじゃないよ。この規模ではひとりじゃ無理だ。大きな監査では毎度のことながら、ボスが総動員をかけたんだよ。でも、ほかの緊急の仕事でみんな駆り出されてしまって、ボスが俺だけをここに残したもんだから、ひとりで片づけるはめになったんだ」

断りもなく、ピニーは敷居をまたいではいって来た。それも彼らしかった。彼はうぬぼれやで、お願いしますという言葉は一方通行の通りのようなもので、他人が自分に対して使い、逆に自分が口にすることはありえないと思っていた。私がピニーを嫌ったのにはたくさんの理由があったと今言えば、かろうじてもっともらしいが、理由はことごとく、もっぱら厳しい経済事情によるものだったと思う。ピニー・スレイターは金持ちの坊ちゃんだったのだ。ジェファソン高校には少なからずいたのである。

ニューヨーク市で一番古い公立高校の一つだった。その結果、古いというだけの理由であるが、しばしば伝統と解釈される名声のかけらのようなものが積もりに積もっていた。その一つは、父親がどんなにお金を遣おうと、ニューヨーク市ではこれ以上優れた中等教育を受けることはできないというものだった。正直に言えば、私はつねにこの評判を信じていた。一九三〇年には、お金のかかる大学進学予備校に通うどんな子供にも負けないほどの教育を受けていると確信していた。この確信は私が大学進学予備校の生徒を一人も知らなかったという事実に基づいていたかもしれなかった。けれども、更衣室の噂話によって、ジェファソン高校のピニー・スレイターなど数人の生徒は、毎晩召使いに給仕をしてもらって食事をしているのを知っていた。他の生徒たちについてはこの噂を鵜呑みにしたわけではなかったが、ピニー・スレイターについては信じたのだ。

彼は制服を着た男が運転する長い黒塗りの車で、毎朝ジェファソン高校の入口まで送ってもらっていた。私たちにもっとも印象深かったのは、制服姿の運転手ではなく、後部座席のピニーと前の座席の運転手とを仕切るガラスだった。登校の仕方についてピニーの言い訳したことが思い出される。彼の家族はセントラル・パーク・ウエストの七十二丁目に住んでいて、ジェファソン高校は十番街の五十九丁目にあった。言い訳によると、この二つの間には公共の交通機関がなく、ピニーはひどく寝起きが悪いので、歩いたのでは間に合わない。運転手と車は、九時半ごろピニーの父をダウンタウンのオフィスに送って行くために、とにかく手近に待機していたので、一時間早くピニーを学校へ乗せて行っても構わないではないかというのだった。この影響を受けるのは運転手一人にすぎなかったし、しばらくピニーの行動を見守ってさえいればわかるのだが、スレイター家には運転手の超過勤務に気を揉む人などいなかった。要するにこういうことだ。ジェファソン高校のほかの金持ちの子供たちがどんなふうにお金に物を言わせたか私は覚えていないのに、ピニー・スレイターのやり方は誰しもけっして忘れられるのものではなかった。彼は嫌というほど見せつけたのだ。

彼がデュヴァル紳士男児ズボン会社の無人の倉庫を歩きまわり、まるでその建物の主であるかのようにあたりのものをじっと見つめるのを目にして、私はまだ生々しい胸の痛みに苛まれ、苦いわだかまりがつのるのを覚えた。ピニー・スレイターは私がナティ・ファーカスを失ったような形で友だちを失うことは絶対にないのだった。

「お前が会計士だとは知らなかった」とピニーは言った。

「お前が知らないことはたくさんあるさ」

私は頭ごなしに厭味を言ってみた。いずれにしても、ピニーは聞いていなかった。あの痛にさわる美しい顔に深い皺をよせて考えこんでいたので、私はふいにピニーが目に見えない垣根に囲まれているのを感じた。それは彼が頭の中で難問の解決に集中する間、外の雑音を近づけないように装った姿である。

「おい」と彼は突然言った。「なんで破産するんだ?」

「なんでって?」

ピニーはまるで自分の疑問を裏づけようと倉庫全体を寄せ集めるかのように、腹立たしげに片手で大きく掻き集めるような仕種をした。

「ここみたいなところは」と彼は言った。「何年もつづいて、持ち主のために金を稼いでいる。ところがある日、にわか景気だ。それが終わる。どうしてなんだ?」

たちまち私は彼の厚かましさを憎むのを忘れた。それどころか、ふいに彼に好意を覚えた。私に答えられる質問をすることによって、ピニーは生まれてこのかた持っていたものをほんの少し私にくれたのだ。優越感という贈り物である。

「いろいろな理由があるさ」と私は応えた。「手を広げすぎて、売上げが投資に追いつかない。あるいは商品が流行遅れになる。人が買うのをやめる」

「まさか、みんなしてズボンを買わなくなったんじゃないだろうな」

「いや、その二つの理由は、この場合には当てはまらない。この会社、デュヴァルをノックアウトしたのは、ボートとカヌーなんだ」

「ボートとなんだって?」とピニーが訊いた。

早くも興味を引かれた彼の声音にしめしめと思った。はじめて会ったかのように、私を見つめるようすを楽しんだ。

「ある人が事業をやっている」と私は言った。「たとえばこのデュヴァルのような。彼は事業からきまった額の金を定期的に引き出している。一定の生活をするには充分ってところかな。やがてその生活が突然変わる。彼はもっと金が必要になる」

「変わるってどういう意味だ？　どんなふうに？」

「たとえば賭事に凝りはじめる。相場かもしれない。競馬かもしれない。あるいはコーラス・ガールを囲うようになる。または副業で何かいかがわしい商売をする。内緒の危ない事業など。例をあげれば、コーラス・ガールのためにナイトクラブの後ろだてになり、それを誰にも知られたくないのかもしれない。たとえば、奥さんに。いずれにしろ、そういうことはみんな、今まで事業から引き出していた金では賄いきれないから、彼はもっとたくさん金を引き出しはじめる。当然さらに金を引き出していることを誰にも知られたくない、相棒がいればなおさらだ。だから架空の名前やものに小切手を振り出し、ごまかす。間もなく彼は事業が持ちこたえられないほど小切手を切り、支払い不能になるから、債権者は彼を破産に追いこむ」

「でも、それがボートとカヌーになんの関係があるんだ？」とピニーがきいた。

「洒落だよ。会計士たちがつけたおかしな呼び名で、こんな具合に事業をこっそり食い物にすることなんだ。ほら、見ろよ」と私はまとめ上げたばかりのデュヴァル社の現金払い明細書を基にした黄色い数枚の調査表を指さした。「この二年間にデュヴァル社の主は、D・G・クリスタルなる人物に毎週高額の小切手を振り出している。小切手帳の控えに、書いてある金の遣い道の理由を調べてみたんだ。ほらね。」私は一枚目の黄色い用紙の左側の欄に指を走らせた。「予想分析」と声に出して読んだ。「シャンデリア。荷棚。統計調査。その他」。目を上げた。「問題点がわかるかい?」

「シャンデリア」とピニーはおもむろに言って、きたない倉庫を見まわした。「荷棚。どういうわけであの金全部をシャンデリアと荷棚に注ぎ込むのかって言うんだろう?」

「そして予想分析」と私はうなずいて応えた。「それに何にせよ、統計調査。俺たちには、会計士には、うさんくさく見える。こんなのは実際に金をかけたものを隠す名目にすぎない。たとえば、シャンデリアや荷棚と書く代わりに、ボートとカヌーを買うのに遣った金だと小切手帳の控えに書いたのさ。そうなら、なんとかつじつまが合う。ズボンを作る会社がまあれだけの金を遣って、ボートとカヌーを何隻もどうして買うのか? この洒落がわかるか?」

ピニーは返事をしなかった。顔をしかめて黄色い用紙を睨んでいた。

「こういう小切手全部のリストを作るというのかい?」と彼はようやく口を開いた。「金はこんなうさんくさいものに遣ったのか? それで、そいつをどうするんだ?」

「破産管財人に引き渡すのさ。それがうちの監査の役目なんだ。うちのこの報告書によると、これこれの日付からこれこれの日付まで、この事業主は会社の資金の相当な額をこちらが説明できないような使途に流用した。そこで破産管財人は彼を法廷に引っ張り出して説明させる。その金で何をしたのか、みんなが知りたがるから、彼は白状したほうがいいんだ」

「でもお前たちは？　会計士さんよ。知らないのか？」

私は笑って言った。「俺たちをなんだと思ってるんだ？　ばかだってか？　もちろん知ってるよ。報告書には書かないだけさ。俺たちは、彼がペテン師に間違いないと睨んでいても、そうだとは言えない。ともかく記載はしないんだ。俺たちのすることは、金がどこへ行ったのか、俺たちが信じていることを意見として破産管財人に述べる。そして管財人は弁護士に話し、弁護士は彼から事情を聞いて、裁判にかける」

「この会社、デュヴァル。これを持っているやつ。この会社のボートとカヌー。彼が事業から金を流用したので、会社は破産した。その男は横領した金をなんに使ったのか？」

ピニーの声には、ふざけるのはいいかげんにしろという響きがあって、私を現実に引きもどした。彼は私から聞き出したいことがあったので、私を対等に扱ってきたのだと感じた。それを、その大半を聞き出したからには、彼は持ち前の鼻もちならない横柄な態度から、いつまでも仮面をかぶってはいなかった。私がふいに好意を抱いた人物は消え失せていた。私はもとどおりジェファソン高校で嫌っていた厚かましいお坊ちゃんを相手にしていた。彼は、毎朝学校へ自分を車で送ってくれた運転手にも、そんな口をきいたのかもしれない。

「知りたがっているのは誰なんだ？」と私は言い、腹が立って、訊きたいことがもっとたくさんあるのに気がついた。「ところで、お前はここでいったい何をしてるんだ？ なんの権利があって、俺のオフィスからつけてきて、ここに踏み込んだあげく、なんだかんだと訊くんだ？ 正直なところ、お前はニューヨークで何をしてるんだい？ イェールか、ハーヴァードか、プリンストンに行ってるんじゃないのか？ 手を汚さない、金の儲け方を一生懸命勉強してたんじゃないか？」

「あいにくニューヨーク大学でな」とピニーは冷やかに言った。「それでなんの権利があって俺がここに踏みこんだかって？ デュヴァル紳士男児ズボン会社の主はいったい誰だと思うんだ？ この大ばか下種野郎」

彼はそれを言ってはいけなかったのだ。私はばかではない。とにかく、一九三〇年には自分をばかだとは思っていなかった。また下種野郎でもなかった。もっと正確に言えば、どんな人ならいいのか、まだわかっていなかった。私を大きく飛躍させるのに手を貸してくれたのは、ほかならぬピニー・スレイターだった。一九三〇年のあの日、あのときに。あのとき、今まで一日中私の脳裏に寝そべっていた情報の断片が立ちあがって、頭の中でわめき出したからだ。デュヴァル紳士男児ズボン会社の大株主であり、ミスター・バーンと私が帳簿を調べている破産した当事者であり、D・G・クリスタルに振り出したあの手漕ぎボートとカヌーのおいしい小切手すべてに署名した人は、アーネスト・スレイターという名前だったのだ。

「ここはお前の親父さんの会社なのか?」と私は訊いた。「アーネスト・スレイターはお前の親父さんか?」

「見かけほどばかじゃないな。二たす二くらいはできるんだな。会計士として就職したからには、せめてそれだけはできなければならないだろう。さあ、お前の優秀な頭で考えてみろ。このD・G・クリスタル。あの小切手全部の振り出し先。あれは何者なのか?」

ピニーがいいやつだったなら? あるいはジェファソン高校でほかの金持ちの子供たちのようだったら? 嫉妬はしても、どうにも腹に据えかねるやつではなかったら? もしくはどんなやつであっても、大恐慌のあの年、あの日、あのとき、ピニーがただもう少し自分を抑えていたなら?

つまり、こういうことだ。ピニーが私を下種野郎呼ばわりしなかったなら、私は今と同じように彼の問いに答えていただろうか? 正直に?

同じではなかったと思いたい。でも自信はない。下種野郎になるというさほど難しくない術を身につければ、いつも絶対と考えていたこと、つまり二つの見方があるなどとは思わなかったたくさんのことなど、すぐに消えてしまう。

「D・G・クリスタルは」と私は自分が一言ひとことをどんなつもりで話しているのか知りつつ、彼と同じように冷やかな口ぶりで言った。「女だよ。娘であるか女の人かは知らないが。彼女宛に切った小切手の裏書きから判断するしかないんだ。うちの所長も俺も同じ意見だが、男の筆跡ではないようだ。この二年間D・G・クリスタルはデュヴァル紳士男児ズボン会社の筆頭株主から小切手を受け取りつづけている。彼はそれ以前から、ほかの形で彼女に金を与えていたかもしれない。俺にはわからない。会計士として俺にわかるのは、監査で明らかになったことだけさ。監査の結果では、二年間に大金がデュヴァル社から社長によってずるずると引き出され、この女の手に渡っていた。ほかに知りたいことは？」

「あるさ」とピニーは冷たく言った。「女を囲うと金がうんとかかるんで、こんな大きな会社が潰れるのか？」

「デュヴァルの社長が囲っていたとは言ってないよ。それは考えられるたくさんの解釈の一つでしかない。だが、かりにお前の解釈が正しいとしても、この女にどうしてそんなに金がかかるのか解せない。俺は会計士にすぎないんだ。会計士には帳簿や記録の調査から多くのことがわかる。原簿からわからないのは、やつがどんな愛人を囲っていたかだよ」

「きっと優秀な会計士ならわかるさ」とピニーは言った。

私はそんな余計な挑発は必要なかった。けれどもそれではずみがついた。こいつはみずから求めたものだ。よし。教えてやろう。はっきりと。

「お前はたまたま優秀な会計士と話してるんだよ」と私は応えた。「実を言うと、その線で俺がつかんだことが二、三ある。」実は、それをつかんだのはほかならぬミスター・バーンだった。私たちがせっせと帳簿を調べ上げていたとき、彼が経験に基づく推測を話してくれたのだった。今私はそれを受け売りしていた。「このD・G・クリスタルに切った精算済みの小切手を調べてみると、彼女はパーク、ターナー、ローズといったウォール街の株式仲買人たちに最高額の小切手を裏書きして、譲渡している。わかりやすい英語で言えば、お前がジェファソン高校で勉強したかどうか知らないし、ニューヨーク大学では教えないかもしれないが、デュヴァル社は彼女の家賃だけを払っていたわけではなかったんだ。彼女が相場で作った借金の穴埋めをしてたんだから、彼女はお粗末な相場師らしい。ほかには？」

「うん、もう一つ」とピニーは言った。「どこで会えるんだ、彼女の名前はどうだっていいが？」

「親父さんに訊けばいいじゃないか」

「だめなんだ。木曜日に家からいなくなった。親父に対するここの破産申立書が提出された日さ。でも俺は会いたい。訊きたいことがあるんだ」

「どんなことを？」

「たとえば、俺のニューヨーク大学の授業料がどうして未納なのか、俺たちの、お袋と俺の家賃の支払いがひどく遅れていて、家主から追い立てを食っているのはどういうわけかなど。一文なしなんだ、お袋も俺も。すっからかんさ。どうしてなのか親父に訊きたい。お袋も俺も親父の居所を知らないんで、ここに来たらその隠れ家が見つかりはしないかと思ったんだ。そいつを知ってるやつに会ったらしいな」

実際のところ、私は知らなかった。D・G・クリスタルがコーラス・ガールであること以外は。私が直接に知ったかぎりでは、彼女はシバの女王のような美女か、あるいは男かもしれなかった。私が知っていたのは事実とは限らない。私が知っていたのは、いくとおりかの推測をくだす方法で、結果はつねにその推測が当たっているのだった。私はこの推測の仕方を、ミスター・バーンやミスター・ジャブローなどモリス・サルツマン・アンド・カンパニーのみんなと一緒に仕事をしながら身につけたのだ。その推測を腹立ちまぎれに私はピニー・スレイターにすでに伝えてしまった。それから、今たちまち怒りは不安にとって代わった。

私がこの推測を大嫌いな金持ちの坊ちゃんに伝えたのは、彼が私のついぞ知らなかった恵まれた境遇にいたからだ。今急に彼がもはや金持ちの坊ちゃんではないのを知った。そうであれば、ピニーはもう私より恵まれない境遇にいたのだ。少なくとも私には職があった。ピニー・スレイターは今生まれてはじめて、私がナティ・ファーカスを失ったように、友人を失う痛みを味わう立場にいるのだという思いが私の胸をよぎった。それは私に少しばかり奇妙な同情心を起こさせた。「いいかい」と私は言った。「このD・G・クリスタルがどこに住んでいるのか俺はほんとうに知らないんだ」

彼は私の声の変化を感じたのだろう。いずれにしても、ピニーもまるで違った口調で言った。「すべてお見通しなんだね」

「まさか。俺が話したのはみんな推測にすぎないんだ。調査でわかった事実や数字を基にした推測で、当ってるかもしれないが、はずれてることだってある。たんなる推測なんだよ」

「俺がして欲しいのは、この女がどこに住んでいるかという推測だけさ。ほかの推測と同じように当ってるかもしれない。」彼はためらった。しばらくして、私は彼が精一杯の努力をして自制心をはたらかせていたことに思いいたった。「ほんとうに親父に会いたいんだ、頼むよ」

この一言は効き目があった。いつも一方通行のようだったその言葉、他人が彼に対して使い、逆に彼が口にすることはけっしてなかったその一言で、ピニー・スレイターは私と同じく特別扱いを受けない往来なみになったのだ。

「ねえ」と私は言った。「なんだかんだ言ってごめんよ。お前の親父さんのことを。みんな本当のことじゃないかもしれない。俺の推測のせいで、親父さんに腹を立てたりしないでくれよ」

「親父に腹を立ててはいない。腹が立つのは、お前のところの所長にこの調査を頼んだやつらだ。債権者たちさ。あいつらが親父を破産に追いこんだ」

「ちょっと待て。彼らにはほかにどうしようもなかったんだ。お前の親父さんは彼らからおよそ三十万ドルも借りてるんだぞ」

「俺に払わなければならないものに比べたらどうってことないさ」とピニーは答えた。私がただならぬ顔つきをしたに違いない。ピニーは笑った。「気が狂ってるように聞こえるだろうね。でもあいつらをやっつけてやる。大学なんかどうでもいい。俺は親父の事業をやるんだ」

「ズボン縫製の事業をか？」と私は驚いてきいた。

「もちろんズボン縫製の事業さ。新しい会社をはじめるつもりだ。紳士男児ズボンの。この街はじまって以来最大のズボン縫製会社にする。親父を破産させた張本人たちから布地を一手に買う。そして現金払いではなく、できるだけ掛け売りにしてもらい、五十万、もしかしたら百万ドルまで付けをためてから、現金を引き出してしまう。ボートとカヌーだよ、坊や、ボートとカヌー。だからやつらは親父にやったように俺を破産させても、百万ドルは戻ってこない、下種野郎どもが」

彼が言ったとおり、確かに気が狂っているように思われた。ピニー・スレイターは私と同じ年だ。十七歳の少年が百万ドルのズボン縫製会社をはじめるという思いつきは絵空事である。ピニーの目に笑みが浮かんだのは、そのせいかもしれなかった。

「俺を信じてないな」と彼は言った。

じつに奇妙なことではあるが、私は半信半疑だった。彼の目が笑っていたのは、声を上げて笑う笑いではなかった。底意地の悪そうな笑いだった。そんなふうに笑えるやつは、どんなことでもやりかねないと感じさせた。

「そうじゃない」と私は答えた。「お前がやると言ったことなんだよ。何年も何年もかかるよ」

「わかってる。でもこれを聞いたら親父は喜ぶだろう。今どこにいようと、親父は全世界が敵だと感じてるにちがいない。親父に会って俺がやろうとしていることを話したい。こんなときに、息子からそうした計画を聞いたら元気が出るだろう。さあ教えてくれ、この女はどこに住んでるんだ？」

「それじゃ、推測にすぎないが、ほら、この小切手を見ろよ」。私は、ミスター・バーンとデュヴァル社の記録を調べて集めた精算済小切手の束をとり上げた。「一枚一枚の裏に彼女が現金にした銀行のゴム印が押してあるだろう。北東通商信託銀行。小さな銀行だ。支店はない。俺たちは調査を重ねてそこに行き当たったんだ。ブロードウェイの七十二丁目にあるサラナク・ホテルの一階に、オフィスが一つきりさ」

「サラナクなら知ってるよ」とピニーは驚きのあまり上ずった声で言った。「俺たちが住んでいるセントラル・パーク・ウェスト、七十二丁目の角から近いんだ。とにかく、目と鼻の先だ」

サラナクが彼の母親の住まいのすぐその近くだったのに気がついて、私も同じように驚いた。愛人を囲う男たちは、彼女らを本宅からできるだけ遠ざけておき、金のかかる道楽から楽しみを奪ってしまう不都合が起こらないようにするものだと、私はかねてから思いこんでいた。けれども、ピニーの父はD・G・クリスタルを訪ねてサラナクに行く途中、路上でばったり妻に出会うことなど心配してはいなかったのだ。

「ところで」と私は言った。「今度の調査、今度のボートとカヌー勘定書によると、サラナクにはこのようなおめかけさんがたくさん暮らしている。なぜか知らないが、北東通商信託を使うと便利だからだろう。ホテルのビルの中にあるんだから。前にも言ったように、たんなる推測にしても、サラナク・ホテルで親父さんは見つかるんじゃやないかね」

「ありがとう」とピニーは言った。彼は妙にぎこちない仕種で私の腕に軽く触れたので、私は面食らい、あとになって思いいたった。明らかに彼はこれまでそんな仕種を見せたことがなかったのだ。まして私のような者には。「そんなに心配そうな顔をするな」と彼は言った。「どうやって捜し出したか誰にも言わないさ。お前の仕事は大丈夫だよ」

「そんな心配はしていない」と私は答えた。少しは本当のところもあった。「お前の親父さんのことを考えてるんだよ。親父さんを元気づけに行くと言うが、お前の話は効き目があるだろうか」

「あるさ」

「お前が考えてることは、彼の債権者たちを騙して百万ドルを巻き上げることだ。かりにそれがうまくいくとしても、何年もかかるのが親父さんにはすぐわかる。つまり、お前が親父さんのところへ行って、彼を破産に追いこんだやつらに復讐すると話しても、そいつはひどくまだるっこしい復讐になるんだよ」

「ホテルへ行く途中で、もっとてっとり早い方法を考えてみるか」とピニーは言った。

彼は思いついたらしい。翌朝ニューヨークのあらゆる新聞が一面に、ピニー・スレイターという十七歳の少年が、ホテル・サラナクで父とその愛人に歩みよるや、二人を射殺したと報じた。

何年も経ってからピニーが仮釈放されたあと、私は彼から手紙をもらった。レターヘッドによると、それはベネズエラのカラカスからきたもので、彼はワインの商売をしていた。大恐慌時代の私の暮らしぶりを何年も聞かされた妻は、ピニーはもう少し言うことがあったはずだと思った。私は、彼は語りつくしたと思った。

「ズボンではまだるっこしい」と彼は書いていた。「酒のほうがてっとりばやい」

ほかにも、そのレターヘッドは、何年間も私が抱いていた疑問に答えていた。ピニーは本名がピネロだったからピニーと呼ばれていたのだ。いったい誰がその呼び名を思いついたのだろう。

第八章
出発
Departure

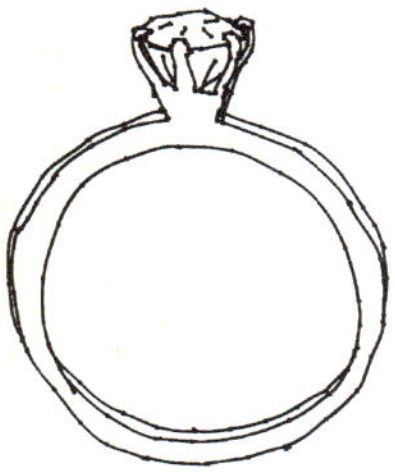

「人生の醍醐味は、
生まれてきて、
するべきことをやり、
しないですむことはやらず、
そして消えていくことだ」

ジョン・ヴァイカウント・リイ

一九三〇年のコロンバス・デイに、モリス・サルツマン・アンド・カンパニーは、ミスター・サルツマンとアイラ・バーンが会社を設立して以来、もっとも上首尾の日を享受した。その日、ニューヨーク南部地区担当の破産管理人は四件の破産会計監査に従事する職員たちを保有していた。大物二つ、特大が一つ、もう一つはとてつもなく大きい仕事だった。職員たちは週七日勤務だったので、会社としては何らかの考慮をしなければならなかった。その一つとして、ベニー・クレイマーの給料を週十一ドルから十三ドルに上げた。その結果、クレイマー一家はマンハッタンのロワー・イースト・サイド、東四丁目三九〇番地からブロンクスのティファニー・ストリート一〇七五番地へ引っ越した。クレーマー夫妻は新しい環境が気に入った。しばらくの間、ベニーはそのことを考える時間もなかった。

訳者あとがき

ジェローム・ワイドマンの小説が一冊にまとまって紹介されるのは、彼としては十七冊目の長編『東四丁目』がはじめてだろう。しかし長編といっても、八章からなる『東四丁目』は一章一章が完結していて、連作短編集といっていい。

ジェローム・ワイドマンは一九一三年四月四日、ロワー・イースト・サイド（マンハッタン南東部）の東四丁目三九〇番地に生まれた。父ジョゼフ・タデウス・アイザック・ワイドマンは『東四丁目』の第一章「家長」に書いてあるように、国境がたえず変わるオーストリアかポーランドの寒村からニューヨークにわたったユダヤ人であり、母アニー・ファルコウィッツはハンガリーからの移民である。

『東四丁目』の全八章は東四丁目に貧しく育ったワイドマンの少年時代をほぼ忠実に再現した小説で、一九八六年に出版された彼の回想録『雨乞い』"*Praying for Rain*"を読むと、ジェローム・ワイドマンがベニー・クレイマーとなっているように、登場人物の名前が変わっているにすぎないことがわかる。ワイドマン一家というより東四丁目界隈のかかりつけの医者だったグロップル先生はJ・モリス・スラツキーである。なお、ベニー・クレイマーを

作をなしている。主人公にした小説はほかに二冊あって（"*The Last Respects*", "*Tiffany Street*"）、三部作をなしている。

『東四丁目』は一九七〇年の一月にランダム・ハウス社から出版された。出版に先だって同社を訪れたワイドマンは母親について語っている。

「私の母親は文盲で、どんな言語も読み書きができなかった。今でもおぼえているが、父はユダヤ日報を家へ持ち帰って、毎夜食後に台所でこの新聞を母に全部読んできかせた」

『東四丁目』は一九一〇年代から二〇年代にかけてニューヨークのロワー・イースト・サイドで育ちゆくベニー・クレイマー少年の私的な回想であり、少年は作者と等身大である。幼稚園から高校卒業、そして就職するまでの八章にはつねに勝ち気な母が登場する。

「私はだいぶあとまで母の恨みと怒りに気づかなかった。母は自分が育ったハンガリーの田舎町のラビにお金を送るのを断わった。『いやよ、私はビター文彼には送らない。私が幼なかったころ、父は兄弟をラビのところに連れていって読み書きを教えてくれるように頼んだけれど、ラビは女の子たちには教えようとしなかったのだから』」

ワイドマンによれば、アメリカでは母の自尊心が英語を学ぶことを許さなかった。母は多くの若い移民と同じように夜学に通うこともできたのである。

ワイドマンはおとなしい内気な父親についても語った。

「父は特別な人ではない。名声にも財産にも名誉にも縁がなかった。一生をヨーロッパから移民を呼びよせる仕事に費した。お金にはならなかったけれど、それで彼は仕合わせだった。姉と私は少なくとも三十人の名前をあげることができるので、この点で父はちょっとした伝説の人だと思う。母は立派に奉仕をやっていると知って、父を誇りにしたと私は思う」

ワイドマンの母親はイディッシュ語しか話せない。『東四丁目』にイディッシュ語が数多く出てくるのは、この母親がいるからだ。ワイドマンは小説にイディッシュ語を最も早く使いはじめた作家の一人である。

ワイドマンの作家としてのデビューは早い。大不況のただなかにあった一九三二年、十九歳のとき、彼の短編が四ページの新聞「アメリカン・スペクテーター」に載った。当時ディウィット・クリントン高校（小説ではトーマス・ジェファソン高校）を卒業したワイドマンは七番街四五〇番地のモンロー・ゲシュウインド社（小説ではモリス・サルツマン社）に勤めていた。この会計事務所に就職したことは第七章の「ボートとカヌー」に書かれているとおりだが、回想録の『雨乞い』にワイドマンはもっと詳しく書いている。

モンロー・ゲシュウインド氏は速記とタイプの試験をしたのち、どうしてこの会社に応募したのかをたずねる。ワイドマンは新聞の求人広告では給仕と速記者を求めていることが先に出ていて、監査というのは三番目だったと言い、自分は高校卒業のとき総代だったことを思い切って打ち明ける。

ゲシュウインド氏に出身校をきかれて、ワイドマンはディウィット・クリントンと答える。

すると、ゲシュウイントは「デ・ウイット・ク・リ・ン・ト・ン、おお、クリントン、クリントン」と校歌を歌いはじめ、ワイドマンもそれに唱和する。こうして、ウォール街の崩壊から八カ月後の一九三〇年の夏、十七歳のワイドマンは首尾よく就職する。週給は十二ドル。そのうちの六ドルは母にわたした。ワイドマン一家は東四丁目からブロンクスのティファニー・ストリートのアパートに移る。

ワイドマンはニューヨーク公立図書館ハミルトン・フィッシュ・パーク分室で本を読む楽しみを知った。マーク・トウェインを読んで、ミシシッピ川の岸辺に遊ぶミズーリ州ハンニバルのサケ、クレメンス少年に思いをはせて、ニューヨークのイースト・リヴァーに似ていなくもないと感じた。ワイドマンは手あたりしだいに読んだ。ディケンズを愛読した。

ゲシュウインド氏はディケンズの小説を事務所の書棚に飾っていた。なかなかの読書家で、いろんな雑誌を購読していた。そうした雑誌をきちんと整理するのがワイドマンの仕事の一つである。彼は勤めの往き帰りに電車のなかでゲシュウインド氏の雑誌を読んだ。「アメリカン・スペクテーター」もその一つ。

ある日、ワイドマンは倒産した会社の監査にスタッフとともに出向いたとき、午後おそくスタッフの若い女と倒産した会社の若い女との会話をたまたま聞いてしまった。倒産した会社の女は友人の弟の話をしていて、学校の成績もよかったその弟が自殺をはかったというのである。

ワイドマンはその話の三つの奇妙な事実に興奮した。一つは、自殺をしかけた少年の気持がワイドマンには痛いほどよくわかったこと。二つは、喋っている女がこの事件が痛々しいというよりも滑稽であることにまったく気づいていないらしいこと。三つ目は、相手が自分の話を聞いていないことにも彼女は気がつかないでいるらしいこと。

ワイドマンは監査の仕事を忘れて、話を速記した。仕事が終ると、ニューヨーク市立大学の夜間部へ行って経済学の試験を受けて、社員がまだ仕事をしているゲシュウインド社にもどった。社員たちは不況で解雇されるのを怖れて、夜おそくまで会社に残っていたのだ。ワイドマンは速記した原稿をタイプして、二十分後、その四ページのできあがりに満足した。「アメリカン・スペクテーター」の第一面の半分には毎号、短編小説が二編掲載されている。短編の長さはワイドマンが書いたのと同じである。彼は五番街五五番地の同紙へ原稿を郵送した。二日後、その返事が来た。貴下の短編が気に入ったので、「アメリカン・スペクテーター」に掲載すると「編集部」が書いてきたのである。

その日の午後、ワイドマンは電話帳で「アメリカン・スペクテーター」の電話番号を調べて電話をかけた。電話に出た女性に原稿が掲載されたら原稿料はもらえるのかときいた。なぜそんなことをたずねるのかと言われて、ワイドマンは事情を話した。すると相手はしばらくお待ちをと言ってからしばらくしてつぎのように伝えた。

「十ドルの小切手を本日郵送いたします」

こうしてワイドマンは十九歳にして作家として幸先のよいデビューを飾ることができた。作家なら誰でも自作の掲載を夢見る週刊誌の「ニューヨーカー」にもやがてたてつづけに彼の短編が載るのだが、ここでは長編第一作とゲシュウインド氏との後日談を紹介するにとどめよう。

ワイドマンの長編 “*I Can Get It for You wholesale*”（申しわけないが、私はこれを読んでいない）が発売になったのは一九三七年五月五日である。ワイドマン若冠二十三歳。この日、ニューヨーク・タイムズに彼の処女長編の全ページ広告が掲載された。ワイドマンが出勤すると、ゲシュウインド氏が五ドル札を手にして、彼を待っていた。

「メイシーズ（百貨店）に行って、この本を買ってきてくれ」とゲシュウインド氏はニューヨーク・タイムズの広告を指さした。「早く行け。私は急いでるんだ」

メイシーズはゲシュウインド社のある建物と通りをへだてたところにある。ワイドマンはこの百貨店に行って自分の本（定価二ドル）を買って社にもどった。昼になると、ゲシュウインド氏は自分のスーツを注文する三十九丁目の仕立屋へワイドマンを連れていって彼の寸法をとらせたあとに靴屋へ行って、彼の靴を選んだ。おまえは入社したときから着たきりスズメで、同じスーツ、同じ靴じゃないかと言って。

それから社にもどると、ゲシュウィンド氏はワイドマンの本をとりだして、サインを頼むと万年筆をワイドマンにわたした。自著に署名するというのはワイドマンにとってもちろんこの日がはじめてである。

「私は午前中、君の本を読んでいた」とゲシュウインド氏は言った。「素晴らしいね。君は前途有望だ。だから、本日かぎり君をクビにする」

ワイドマンは礼を言って、氏の万年筆で署名した。「私の最初のボス、モンロー・ゲシュウインドに感謝を込めて」。ゲシュウインド氏が「最初にして最後のボス」と注文をつけたので、ワイドマンはそれに従った。そして、こんどゲシュウインド社に来るときはスーツ代と靴代の小切手を持参すると言った。

「小切手なんかいらない」とゲュシウインド氏は言った。「スーツと靴は君の卒業祝いだ、M・G・Uからの」

「何からのですか」

「モンロー・ゲシュウインド大学からだよ」


『東四丁目』はつぎの方たちの翻訳に私が手を入れた。天井典子「訂正」、有井薫、紀咋「ボートとカヌー」、「出発」、沖たみ「マフィア・ミア」、久原実子「家長」、杉山暢子「追悼」、林田文子「徴兵資格」、針生真理「子供か棺桶」。有井薫さんには事実関係を調べていただいた。有井さんのおかげで、この作品の背景がよくわかった。

この方たちと文京区湯島の聖堂で翻訳の勉強会を十年ほどつづけている。『東四丁目』は三年ほどかかって仕上げた。翻訳ができあがってから、編集部の矢内裕子さんに読んでいただいて、出版にこぎつけた。嬉しく、またありがたいことである。イディッシュ語やボーイスカウトの用語については、八人の女性たちが調べあげた。正確を期したつもりであるが、間違いがあれば、それは私の責任であり、大方のご叱正をまちたいと思う。

よけいなことだが、一つ書いておきたい。昨年の晩秋、ニューヨークを訪れたとき、西十八丁目の古本屋で限定三百五十部の『東四丁目』を見つけた。版元のランダムハウス社が大切な著者ジェローム・ワイドマンのために布製のこの豪華本をおくったのである。私が手に入れた本の番号は325である。

最後に矢内さんに心よりお礼を申しあげる。

二〇〇〇年九月

常盤新平

著者略歴

ジェローム・ワイドマン（Jerome Weidman）

ユダヤ系移民の両親のもと、一九一三年ニューヨークの下町、東四丁目に生まれる。短編小説でデビューし、三〇年代から五〇年代にかけてベストセラー作家として活躍。ミュージカル『フィオレロ！』でピュリッツアー賞を受賞。自分の少年時代を描き、熱狂的に受けいれられた本書が初の邦訳となる。

訳者略歴

常盤新平（ときわ・しんぺい）

作家。一九三一年生まれ。早稲田大学文学部卒。出版社勤務を経て、文筆活動へ。著書に『遠いアメリカ』（直木賞）、『ファーザーズ・イメージ』『頬をつたう涙』、訳書にアーウィン・ショー『夏服を着た女たち』ほか多数。

東四丁目

二〇〇〇年一〇月一二日 第一刷発行 ©

著者 ジェローム・ワイドマン
訳者 常盤新平
発行所 株式会社 紀伊國屋書店
東京都新宿区新宿三-一七-七
出版部［編集］〇三(五四六九)五九一九
ホールセール部［営業］〇三(五四六九)五九一八
〒一五〇-八五一三 東京都渋谷区東三-一三-一一
印刷所 中央精版印刷

ISBN 4-314-00879-2 C0097 Printed in Japan
定価は外装に表示してあります